U0484038

王继才同志守岛卫国 32 年，用无怨无悔的坚守和付出，在平凡的岗位上书写了不平凡的人生华章。我们要大力倡导这种爱国奉献精神，使之成为新时代奋斗者的价值追求。

——中共中央总书记、国家主席、中央军委主席　习近平

海魂

两个人的哨所与一座小岛

刘晶林 著

江苏凤凰文艺出版社

目录

写在前面的话   I

第一章   心里要有这片海   1
    1…… 军令如山   3
    2…… 离开家的时候   11
    3…… 初上开山岛   16
    4…… 世界末日到来了吗   23
    5…… 一个人的战争   29

第二章   夫唱妇随   37
    1…… 天边有朵云在飘   39
    2…… 最熟悉的陌生人   47
    3…… 唯一的选择   52
    4…… 最后一课   56
    5…… 阳光灿烂的日子   59

第三章   苦楝树之恋   65
    1…… 好大一棵树   67
    2…… 风暴来了   75
    3…… 海上守夜人   85
    4…… 人蝇大战   91
    5…… 乐在其中   97

第四章　定海神针　　　　　　　107
　　1......大风从门前刮过　　　109
　　2......劝说与被劝说　　　　121
　　3......靠海吃海　　　　　　132
　　4......安泰与大地　　　　　142
　　5......铮铮铁骨与誓言　　　149

第五章　生命里有棵消息树　　　157
　　1......隔海相望　　　　　　159
　　2......绝处逢生　　　　　　166
　　3......小学校的世界之最　　174
　　4......得与失　　　　　　　182
　　5......团圆的日子　　　　　192

第六章　国旗高高飘扬　　　　　199
　　1......升旗　升旗　　　　　201
　　2......旗在，阵地在　　　　207
　　3......薪火传递　　　　　　214
　　4......好大的舞台　　　　　221
　　5......小岛连着北京　　　　227

第七章　掌声与涛声　　　　　　235
　　1......一不留神成了名人　　237
　　2......警钟长鸣　　　　　　243
　　3......欲穷千里目　　　　　249
　　4......“最是一年春好处”　　255
　　5......涛声依旧　　　　　　259

结束语　　　　　　　　　　　　267
补记　　　　　　　　　　　　　271

写在前面的话

四月初，正是玉兰花盛开的季节。

作为江苏省连云港市的市花，市区主要街道两旁，一株株亭亭玉立的玉兰树，繁花似锦，开得好艳。那些花，如同一盏盏斟满春风的酒杯，高高地举向蓝天——它们是在以如此盛大而又隆重的仪式，为我饯行吗？

即便如此，我也知道，在这个春天，一座海滨城市用那么多花的喷芳吐艳来表达某种心意，决不是为我，而是为了我的被采访人——荣获全国"时代楷模"称号、驻守开山岛哨所三十二年的民兵王继才、王仕花夫妻。

他们，是这座城市的光荣与骄傲！

在玉兰花的夹道相送中，我驾车穿过繁华的市区，来到郊外，然后在导航仪的指引下，沿着一条国道，疾速向着近百公里之外的燕尾港驶去。

我将从燕尾港搭乘渔船进开山岛。

半个多月前，我与王继才在电话中联系采访的事。恰巧，正赶上中央电视台七套节目的摄制组要进岛采访王继才、王仕花夫妻。考虑到央视来的人多，岛上的接待能力有限，知趣的我当然就不去凑这个热闹了。于是，我便等待。

谁知数日过后，好不容易等到央视一班人马拍摄完毕打道回府，我却被告知，海上风大，暂时没有船进岛。

无奈之下，我除了继续等待，别无选择。

电话里，王继才抱歉地对我说，岛上正在修码头，他一时半会儿下不了岛。言外之意，近期内我的采访，只能在岛上进行。

随后，王继才又说，等有船了，他会第一时间通知我。

接下来，每隔两到三天，我都会忍不住给王继才打电话，问有没有船。

直到打了若干个电话之后，望眼欲穿的我，终于盼来了有船进岛的好消息！

往前走，离城市越来越远，离海却越来越近了。

我之所以这么说，完全凭的是感觉。因为有风从车窗外吹来，让我闻到了空气中含有的海洋特有的气息。三十八年前，我曾在连云港东北方向离大陆数十海里远的一座面积只有0.115平方公里的小岛上，度过了一段难忘的当兵的岁月。那座岛名叫达山岛。我在那座岛上，担任过一年半的连队指导员。

大凡较长时间在海岛生活过的人，都会对海的气息特别敏感。比如我吧，我可以相隔大海数十里远，就能从空气中精确地捕捉到海的体味。其实，那味道不是一下子就能够用语言描述得清的，它似乎有鲈鱼、黄鱼、鲅鱼、石斑鱼、黑鲷、鳐鱼等混合味道，其间还夹杂着海参、海胆、海星、海螺等呼吸的气息，以及阳光下各种海藻散发出来的淡淡的咸腥……总之，我感觉到我正在快速地接近大海。

正是这种快速的接近，让我拥有了一种穿越之感。我像是突然间回到了当年,回到了那座名叫达山岛的小岛上,然后把一个个曾经有过的日子,以极快的速度重新过了一遍,接着便从海底海豚般浮向水面。这时候,随着公路两旁的景色如同鸟群拍打着翅膀纷纷掠过车窗般转眼间消失在身后,我自然而然地想到了即将采访的王继才、王仕花夫妻,要知道,当年我在达山岛守岛时,虽说身居小岛,远离大陆,条件艰苦,交通不便,生活枯燥而又寂寞,但毕竟岛上居住着一个连队的官兵。而在面积仅为0.013平方公里的开山岛,只有由王继才、王仕花两个人组成的哨所,长年累月地肩负着海防哨兵的神圣职责,那样的生活,该是一番什么样的情景呢?更何况,我在达山岛守备连任职一年半,就自我感觉良好地以为如同钢铁淬火,而从王继才、王仕花夫妻进驻开山岛时算起,至今已有三十二年之久,要说艰辛,要说付出,他们又该用什么来计量?!

一个人的一生,若以百年计,除去他或她的童年、幼年、少年时期,再刨除老年阶段,这样掐头去尾地屈指一算,最具青春活力,最为成熟的人生,充其量,也不过四五十年!那么,王继才、王仕花夫妻为了国防事业的需要,在远离大陆、四周波涛簇拥的孤孤零零的小岛上,一守,就守了三十二年,他们把生命中一多半最美好的年华献给了海防事业。并且,他们还将继续守下去,直至一生一世!

说起来,能够用一辈子的大好时光,专心致志地去做一件极富家国情怀的事情,且把它做得有声有色、风生水起,那该让人多么地敬佩不已啊!

这样一想,我对王继才、王仕花夫妻的采访欲望,就更加强烈、更加迫切了。

驱车一个多小时,来到了海边。

大海是那样辽阔、宽广。

波涛连着波涛,一浪接一浪地涌向天边。

倏地，一只超低空飞行的海鸥，欢快地拍打着翅膀，不一会儿，就消失在远方……

我把车停在路边，纯属是为了看海。

给我的感觉，只要是站在海边，面朝大海，看着看着，你就会觉得自己也成了海的一部分，于是乎你的心胸，甚至是思维，也像海，迅速地扩展，再扩展，直至无边无际！

由此，我又一次深刻地感受到，大海是有灵魂的。

海魂的存在，让大海充满了挡不住的诱惑与魅力！

第一章 心里要有这片海

1......军令如山

王继才接到通知，让他到乡里去一趟，说是县武装部的王长杰政委找他，有任务。

王继才是灌云县鲁河乡鲁河村的生产队长兼乡民兵营长，之前就听说县武装部要组织民兵集训，因此他没有多想，放下手上正在干的农活，就往乡里去了。好在乡政府不远，走不了多长时间就到了。

王继才和县武装部军事科的人接触较多。村里的民兵每年都有训练任务。这样一来，作为民兵营长的王继才自然要和他们打交道，大到训练内容、科目，小到考核标准、注意事项，县武装部的军事干部每年都要事先召集民兵骨干开会，进行布置。此外，他们还会经常下基层，来到训练现场，莅临指导。久而久之，王继才就跟他们熟悉了。可是王长杰是县武装部的政委，他来找我干什么？走在路上，王继才忽然觉得情况不大对头，政委亲自来找他，多半与军事训练无关。

那会是什么事呢？

此时是1986年7月。王继才一边走一边以最快的速度把近几个月来他所了解到的与时事政治有关的若干信息，在脑海里简要地筛了一遍：

——3月28日，邓小平会见新西兰总理朗伊。邓小平在会见时说："我们的政策是让一部分人、一部分地区先富起来，以带动和帮助落后的地区，先进地区帮助落后地区是一个义务。我们坚持走社会主义道路，根本目标是实现共同富裕，然而平均发展是不可能的。"

——5月26日至29日，十四个环渤海市（地区）市长联席会议在天津举行，确定建立环渤海经济区，开展多方面、多层次、多种形式的经济联合，促进经济发展和繁荣。这十四个市（地区）是：丹东、大连、营口、盘锦、锦州、秦皇岛、唐山、天津、沧州、惠民、东营、潍坊、烟台、青岛。

——6月28日，邓小平在中共中央政治局常委会上指出：政治体制改革同经济体制改革应该相互依赖，相互配合。只搞经济体制改革，不搞政治体制改革，经济体制改革也搞不通。从这个角度来讲，我们所有的改革最终能不能成功，还是决定于政治体制的改革。

——7月11日，中国政府向世界关税及贸易总协定总干事提交关于恢复中国在关贸总协定缔约国地位的申请，并准备就此问题同关贸总协定缔约各方进行谈判。

……

经过梳理，王继才发觉纯属多此一举。你想一想啊，自己只不过是苏北沿海某个小小村庄上的农民，干吗要去操中南海里的人才操的那份心呢！于是乎，王继才解嘲般兀自笑了笑，然后快步向乡政府大院走去。

这个时候的王继才年仅二十六岁，正年轻。

因为年轻，他的经历与阅历有限，势必不可能把眼下即将发生的事情考虑得那么周全，那么深远。实际上，王继才并不知道，一年前的某一天，即1985年6月4日的上午，在北京人民大会堂东大厅召开的军委扩大会，竟与他此行接受的任务，有着某种必然的关联。

事情是这样的——

那天召开的军委扩大会，是一次具有重大意义的会议。

与会人员，仅全军正军职以上的领导，就有五百多人。

时任军委主席的邓小平，身着灰色中山装，坐在主席台的中间位置上。会议开始后，他首先讲话。他在讲话中，轻轻地竖起一个手指，用他那抑扬顿挫十分好听的四川话，对着全世界大声宣布，中国裁军一百万！

好家伙，一次裁军就裁减一百万，这在世界上绝无仅有！

邓小平代表中国作出的这个决定，需要胆识，需要气魄，需要智慧，更需要对时局高屋建瓴的认识与把握！

其实，在此之前的一次军委扩大会议上，邓小平在讲话中就提出，军队必须进一步"消肿"，"虚胖子是打不了仗的"。他说，军队员额"要减到三百万，多了不需要"。他还说，"精简要和体制改革结合起来"，"我希望两三年时间实现这个决策"。

邓小平在说这番话时，是有针对性的。"文革"时期，人民解放军员额最多时达六百多万。1975年，邓小平领导军队整顿工作，指出军队存在的问题可以概括为五个字："肿、散、骄、奢、惰"，而问题的解决必须从"消肿"着手。

1978年，基建工程兵、铁道兵，不再列入军队编制。

1980年，中央军委决定再次整编，裁并重叠机构，压缩非战斗人员，以便把省下来的钱用于更新装备。

经过几次整编，人民解放军员额从1982年的四百九十二万减到四百万。

但邓小平仍不满意，提出要继续"消肿"。1984年11月1日，邓小平在京西宾馆参加中央军委座谈会时说："就从这次国庆阅兵讲起吧。我不是讲这次阅兵如何，这次阅兵是不错的，国际国内反应都很好……我说有个缺陷，就是八十岁的人来检阅部队，本身就是个缺陷……"邓小平的话十分尖锐，一针见血地触及了军队高层领导老化问题。由此他讲到军队的体制改革和进一步实行精简整编的必要性。

与此同时，邓小平以战略家的眼光，科学地判断时代主题和国际形势的重大变化，作出了世界大战十几年内打不起来的论断。

邓小平说："讲战争危险，从毛主席那个时候讲起，讲了好多年了，粉碎'四人帮'后我们又讲了好久。现在我们应该真正冷静地做出新的判断。这个判断，对我们是非常重要的。首先就是我们能够安安心心地搞建设，把我们的工作重点转到建设上来。没有这个判断，一天诚惶诚恐的，我们怎么还能够安心地搞建设？……也不可能确定建军的正确原则和方向。"

邓小平以敏锐的战略思维，深刻洞察世界局势的最新变化，从当代国际社会存在的纷繁复杂的诸多矛盾中，抓住战争与和平、落后与发展这两对主要矛盾，科学地回答了新的世界战争能否避免、当代战争根源、时代基本特征、如何争取和平环境进行国内建设等一系列重大理论问题和实践问题，指出在当今的世界力量格局中，战争的因素虽然也在增长，但和平力量发展超过了战争因素的增长。

邓小平的讲话，从根本上改变了若干年来我军"立足于早打、大打、打核战争"的指导思想，给我军在1985年宣布裁减员额一百万提供了科学的依据！

说到百万大裁军，身在偏远村庄、并非现役军人的王继才，仍然能够感受到其力度的强大。

三月的一天，村里有人从燕尾港来，告诉王继才，说驻守开山岛的一个解放军连队，从岛上撤下来了。部队的登陆艇来来回回跑了好多趟，光是运出岛的大炮就有好几门……

王继才问，部队的守备连真的从岛上撤了？

那人用手比画着说，哄你是海鳖！

王继才又问，是换防吗？

那人说，大裁军。岛上空了，没人守了。

王继才"哦"了一声，不再问什么。

但挡不住他在想。

王继才曾听村里的老人说，早在1962年，部队就进驻开山岛了。那时候，躲在台湾的蒋介石叫喊着反攻大陆，并时常派遣全副武装的小股匪特，乘坐小艇，深更半夜偷偷摸摸地往岸上爬。虽说那些家伙成不了什么气候，一上岸就被解放军和民兵抓个正着，但毕竟扰乱人心，是个不安定的因素。于是，作为海防前哨的开山岛，就有了驻军把守。解放军官兵上岛后，建营房，打坑道，站岗、放哨、巡逻……二十多年来，在驻岛部队的守护下，他们面前的大海，没有少一朵浪花；他们守护的朝霞，没有缺一点色彩；他们目光里的船帆，依旧洁白如云；与他们朝夕相处的海鸥，歌声里一如既往地充满了欢乐……

王继才甚至还想过，这些年来，当地民兵与驻岛部队关系密切，双方联手，多次举办过反小股匪特和抗登陆演习。作为乡里的民兵营长，演习中，王继才曾不止一次地乘船进入军事禁区，上过开山岛。他对开山岛的感觉是，小岛好比是一根定海神针。有了它，大海就被牢牢地固定在祖国的版图上了！

那么，地处海防前哨的开山岛既然如此重要，驻岛部队怎么说撤就撤了呢？部队撤了，岛上无人驻守，那一大片海域将交给谁来护卫？

王继才想不明白。

等到王继才想明白了，把今后自己的人生轨迹与国际、国内形势的变化紧密地联系在一起，已是那天在乡政府见到县武装部政委王长杰之后。

王长杰见到王继才特别热情，隔着老远就伸出手来迎了过去。

王长杰握着王继才的手说，找你来，是有任务的。

王继才问，什么任务？

王长杰说，重要任务。

王长杰接着说，这个任务是经县武装部办公会议研究决定的，由我来向你传达。

见王长杰这样说，王继才下意识地收腹挺胸，将两手贴于裤缝，以士兵标准的立正姿势站立着，目光中流露出兴奋与渴望。

王长杰见状，十分满意。他拍了拍王继才的肩膀说，坐吧，坐着谈。

于是，两人便落座。

王长杰说，你听说了吧，驻军的一个守备连从开山岛撤出来了。

不等王继才回答，王长杰接着说，这是"四化"建设的需要。四个现代化，其中就有一个国防现代化。目前，世界军事变革风起云涌。发生在近几年的两伊战争、英阿马岛之战，给了我们很多的启示。其中启示之一，就是各国军队纷纷通过裁减数量，调整编制体制，优化军兵种结构等措施，来增强高科技含量，使其规模更加趋于精干，战斗力得以大大提高。而开山岛守备连的撤离，正是我军走精兵之路的必然举措。这是大局。我们要服从这个大局。

说到这里，王长杰看了看坐在他对面的王继才，然后继续说，开山岛是军事要地，早在1939年，日军侵占连云港就是以这座小岛为跳板，通过舰船换乘，在燕尾港灌河口一带登陆上岸的……历史并不遥远。现在部队撤离了，并不是说开山岛就可以不守了。相反，越是在这种情况下，开山岛越是有驻守的必要。因此，县武装部的领导经过慎重考虑和集体研究，决定把驻守开山岛哨所的任务交给你。希望你不负重托，敢于担当，为了我们国家，守好海疆！

王继才不敢相信自己的耳朵，以为听错了。在他看来，如此事关大局，与实现国防现代化紧密相关的事，怎么可能轻而易举地就这样落在他的肩上呢？他仅仅是鲁河乡鲁河村的一个名不见经传的生产队长兼乡民兵营长,履历中既没有当兵的历史,也没有跨界由地地道道的农民成为海防前沿的专职哨兵的工作经历,这么重要的任务交给他,肯定是搞错了。在王继才看来,这样的事情怎么会发生呢?

于是,王继才疑惑地问,是这样的吗?

王长杰肯定地点了点头。

王继才又问,就我一个人驻守开山岛?

王长杰说,目前就你一个人。至于以后,要视形势的发展和需要而定。

王继才本想问,鲁河乡有那么多民兵,为什么偏偏选择了我去守岛?但话到嘴边,王继才又把要说的话咽了回去。明摆着,县武装部的领导这么决定,自有他们的考虑。

其实,王继才内心的那点想法,早被王长杰看透了。王长杰索性挑明了对王继才说,在此之前,我们已先后陆续选派了四个批次的人员进驻开山岛。结果,他们吃不了独自守岛的那份苦,耐不住寂寞,其中在岛上驻守时间最长的,也不过十三天就受不了了,他们相继退下阵来。你是我们选派的第五名驻岛民兵。我们认为你能够胜任,能够成为开山岛合格的哨兵!

接下来,王长杰向王继才一一交代了守岛的具体任务。

王长杰说,你上岛后,地处海防前哨的开山岛就多了一双警惕的眼睛,从此,无论白天还是夜晚,每当海空出现异常舰船或飞行物,都要及时向上级报告;每当在海上作业的渔民遇到困难或是危险,都要给予全力的救助;每当有逃犯企图通过海上外逃,都要提供信息,协助边防武警进行缉拿……其实,一个人的能力是有限的,当你成为开山岛的一名哨兵之后,已不再是具体的一个人了,你是国家和平与安全的象征。在你的身后,是广阔的大陆,是军队和人民,整个国家都是你的强大后盾!

听到这里,王继才已是热血沸腾。是男儿,骨子里都有英雄的情结。

忽然间，王继才心底埋藏已久的那个念想与渴望，像是被王长杰唤醒了，竟让他激动万分。他觉得组织上把山一般的重任交给他，是对他的信任，对他的厚爱，他岂能辜负？！

与此同时，王继才觉得一个机会来到了面前，这将是他建功立业的机会。自己不是一直梦想着要做一件大事吗？这就是大事，事关国防的大事！因此，正值青春年华的他，绝不能错过。他必须紧紧地抓住它！

于是，激情燃烧的王继才坐不住了，他倏地站起来，面对王长杰，大声地说：坚决服从命令！

接着，王继才补充道：请上级放心，人在，岛在。我王继才在这里立下军令状，今后，力争当好一名让祖国和人民满意的海防哨兵！

2 离开家的时候

接受任务后,王继才首先面临的一个问题,要不要把独自一人驻守开山岛的事告诉妻子王仕花。

王继才认真地想过,选择无非有两种:

一是如实地告诉妻子。对于王继才来说,这么大的事,要瞒住王仕花是绝对不可能的。鲁河村就这么大的一块地盘,你可以瞒她一个月、两个月,但你不可能瞒她一辈子。再说,哪有不透风的墙啊,即使村里的张三不告诉她,李四也会忍不住说漏了嘴。所以,与其瞒不住,不如现在就告诉她,让她知道他的去向,去干什么了,以便积极支持他的工作。

二是什么也不说,能瞒一天是一天,能瞒一月是一月。王继才想过,他与王仕花结婚两年,女儿还小,才一岁。他要是驻守开山岛,家里的事就帮不上忙了,生活上的一切必将要由妻子一人承担。妻子若是得知他上岛,长年累月地在那里站岗放哨,不知会怎么想,毕竟他和她都还年轻,如果两个人因工作需要硬是近在咫尺,而远若天涯,这和分居两地有什么不一样?再说,妻子王仕花是鲁河乡的小学老师,假如她不能接受现实,闹起情绪来,是不是会影响到教学?如果是那样，王仕花就有可能因为他的原因而连累到学生，而这些小学生，却是无辜的。所以，王继才想暂时瞒着妻子，等到哪天，妻子一旦知道了实情，顺其自然，也就有了过渡期。

起先，王继才在这两种选择间徘徊，一会儿觉得应当把自己接受任务的情况如实告诉妻子王仕花，一会儿又觉得还是不说为好。这样想来想去，最终结果，王继才还是倾向于后者，即暂时瞒着妻子。

不过，一个人一旦有了心事，自己不觉得，别人一看，就看出来了。就在王继才接受任务回到家的当天，王仕花就觉得丈夫好像有什么地方不一样了。比如，以往王继才看妻子，顶多是看一看而已，不像现在，与其说是看，不如说是盯。那目光在妻子的身上停留的时间不仅比平时长了，而且还往深里去，大有渗透进去，一时难以自拔的那种劲道。王仕花见了，就说，继才，你怎么啦？王继才听了，目光便开始躲闪，说没怎么啊，不就是看看你嘛！王仕花以为脸上沾上了什么，就伸手在脸上抹。可是抹来抹去，也没抹下来什么。再比如，王继才显然比以往勤快多了，吃完饭，他主动抹桌子，刷锅洗碗之类的家务活，也都抢着干。王仕花就笑，开玩笑地说，今天怎么有点反常啊，是不是要闹地震啦？王继才听了也笑。

其实，王继才知道自己是怎么回事，他觉得自己过几天要离家上岛了，一是舍不得离开妻子离开这个家，二是想尽量帮助妻子做点事，以后，即使想做，机会也不多了。这样想着，眼下的王继才必然和之前的王继才，有了许多细微的不同，只是王继才的妻子王仕花暂时蒙在鼓里，不知道实情而已。

对王继才来说，他可以做到向妻子隐瞒自己即将执行的任务，但在家里有两个人，他却不可以不将实情全盘托出如实相告。这两个人，一个是他的父亲王金华，一个是他的二舅魏加明。

先说王继才的父亲。

王继才不可能像娱乐式大玩失踪那样，于某月某日某时悄然离家，倏地从家人的视野中消失。他做不到，也不想那样做。对于王继才来说，如果一个活生生的人，转眼间人间蒸发，无影无踪，那么，对于他的家人来说，其残酷程度，无异于一场灾难！

因此，王继才毫不犹豫地把自己下一步的去向告诉了他的父亲。

王继才的父亲王金华1948年入党，这样资格的老革命，别说在村里，就是整个鲁河乡，也属凤毛麟角、屈指可数。

王继才从小特别崇拜父亲。在他的眼里，父亲是个能干的人，世上没有什么他做不了的事情。以至于王继才从县武装部政委王长杰那里接受驻守开山岛的任务后，最想告诉的那个人，就是他。在某些问题的处理上，王继才迫切需要听听他的意见。

王继才说，爸，过两天，我就要去开山岛了。这件事，王仕花不知道，妈也不知道。我要是走了，她们找不到我，怎么办？

父亲说，你只管放心地走。

父亲又说，她们的事，交给我。由我来跟她们说。

王继才说，我这一去，日子不会短。

父亲说，要有长期守岛，以岛为家的思想准备。

王继才说，开山岛远离大陆，条件艰苦，交通不便……

父亲说，所以上级才派你去。干工作，哪有不吃苦的？

父亲又说，到了岛上，别老想家，好好干！

王继才便不再说什么了。

王继才觉得自己要对父亲说的话，都说了，说过之后，心里头也就踏实了。

接下来，说说王继才的二舅。

论资格，王继才二舅魏加明参加革命的时间比王继才的父亲还要早。二舅十六岁那年参加八路军打鬼子，到了解放战争时已是我军主力部队的连长。由于英勇善战，二舅多次立功受奖。至今，二舅身上仍留有当年光荣负伤的弹痕，并享有二等甲级伤残军人的待遇。

二舅听说王继才要驻守开山岛，顿时目光炯炯、神采飞扬。

二舅说，你知道那一年日军动用四架飞机空袭我们灌云县的板浦镇吗？他们连续投了四十多颗炸弹啊，把板浦炸成一片废墟，光是在城北那个名叫"小人堂"的育婴堂，就死了四十多人，其中许多是婴儿……

二舅说，你知道那一年冬天日寇的飞机轰炸大伊山吗？大生药店被炸，死伤三十三人。接着，县城南边的新安镇被炸，八百多间民房被毁，数十人丧生……

二舅说，你知道吗，1939年日军正是以开山岛作为跳板，通过舰船换乘，才得以从燕尾港登陆，然后集结部队向杨集、板浦、南城进犯……

二舅说，我建议你赴开山岛上任之前，一定要去灌河口的日军登陆口纪念处看一看。只有牢记历史，才能守好海防！

临离开二舅家时，王继才紧紧握住他的手，连连说，二舅放心，您的话，我都记在心里了！

王继才觉得他把该做的事都做了，然后在与王长杰政委约定的时间里，起了个大早，带上事先准备好的衣物，悄悄溜出村，匆匆向燕尾港的方向走去。

实际上，王继才是个很重感情的人。毕竟是离家，毕竟是离开亲人，王继才在迈出家门之后，曾以自己特有的方式，对父亲、母亲、妻子、女儿进行过告别。

这种告别其实很简单，就是王继才走着走着，忍不住站住了，他回过头来，朝家深情地看了一眼。但这一眼，却是王继才离家赴开山岛的过程中，绝对不可以省略的一个重要环节。

在这之前，王继才也离开过家，他曾到附近乡镇打过工。然而，那时候的离家与这个时候的离家有着根本的不同。那时候外出，是为了挣钱，为了娶妻生子，为了家里能够过上好日子，而这时候却不一样了，他觉得，更多的，是为了精神上的追求。当一个人把自己即将开始的工作与国防事业如此紧密地联系在一起，这件事的本身，就让王继才激动不已。何况，先前由解放军一个连的兵力驻守的小岛，现在所有的任务将由他一个人来完成，仅凭这一点，王继才就有足够的理由，让自己的内心获得相当的满足感和成就感。更何况，他仅仅是一名民兵，别说在中国沿海，就是在江苏苏北地区，在连云港市，甚至具体到灌云县的燕尾港一带，随便在哪里，伸手一抓，就是一大把。可是，上级却把如此重要的岗位交给了他，让他这个小人物，一步登上了别样的生活大舞台，这就像是中了彩票，多么地幸运啊！每每想到这些，王继才就觉得这时候的他，与以往的他不一样了。因此，他在离开家时，朝家望的那一眼，也就有了更多的含意。他把心里许许多多要说的话，一一融入了自己的目光。然后，他走了。他没有带走它们。他把那些目光，留在了身后……

王继才走出村时，路边一棵大树上，两只喜鹊"叽叽喳喳"欢叫着，然后拍打着翅膀飞走了。

王继才望着远去的喜鹊，心里充满了喜悦。

3........ 初上开山岛

早晨八点半，王继才如约来到燕尾港时，县武装部政委王长杰已在码头上等着他了。

七月的燕尾港，在夏日明晃晃的阳光照耀下，空气里弥漫着浓郁的海的咸腥气味。

燕尾港是国家一级渔港。它是距开山岛最近的一个港口。开山岛周围便是渔场，鱼汛季节，附近山东、江苏的六个县市和地区的渔民纷纷前来，以至于海上万船竞发，桅杆林立，白帆点点，热闹非凡。

开山渔场盛产鲈鱼、鲳鱼、马鲛、带鱼等六十多种海产品，还拥有兰蛤、牡蛎、蛏、狮螺、彤蟹等近海生物资源，仅人工养殖的对虾，年产量就达一百多万公斤，这给燕尾港带来了很好的声誉。为此，周边的人们一提到燕尾港，就会想到新鲜的鱼和虾，就会忍不住往喉管里吞咽口水，就会寻找各种机会来到这里，把这里当作是吃货们的天堂！

这时的王继才，已经顾不上留意出海归来的渔民们从船上抬下来的筐里装的是什么鱼了，他仅用眼角的余光在那些金翅银鳞上匆匆扫了一眼，便迎着王长杰快步走去。

接受任务后的王继才第一次上岛，王长杰便陪同他前往，这让王继才十分感动。

见面后，王长杰与王继才握了握手，然后对他说，上船吧！

他们是搭乘渔船前往开山岛的。

等他们上了船，渔船便离开码头，向远方驶去。

20世纪70年代末至80年代初，我曾在离开山岛约200公里远的达山岛守备连工作过一段时间。开山岛与达山岛同属连云港市。开山岛在连云港港口的南边，达山岛则位于连云港港口的东北方向。由这两座海岛分别往前推进十二海里，就是公海。从这个意义上讲，说它们地处我国海防最前沿，一点也不为过。

因为有过岛上生活的经历，我对海洋一点也不陌生。比如，海上波涛起伏时，只要有白色的浪花不断涌出，就说明风力在四级以上。风大，浪也就大。船在风浪中行驶，忽而被抛上波峰，忽而被埋入浪谷，上上下下，几经折腾，一般人就会受不了，心脏像是被一只无形的手捉住，一会儿攥得紧紧的，一会儿又忽然松开来，让你痛不欲生。于是你感觉到海天倒转，酸水从胃朝喉管里流窜，接着从舌根下泛出来，越泛越多，直到开始呕吐。先是把胃里没有完全消化的食物吐出来，然后没有东西吐了，就吐胆汁，暗绿色的；再往后，你甚至会吐出血来。一旦到了吐血的阶段，说明你晕船已经晕到相当严重的程度了！

记得我在驻守达山岛期间，有一次进岛，乘坐的军用登陆艇刚刚驶出防波堤，巨大的海浪便像怪兽张牙舞爪地迎面猛扑上来。那浪从登陆艇的船头腾空跃起，把船体撞得发出雷鸣般轰响，然后一下子覆盖住了整个船只。这时候的登陆艇，每前进一步，仿佛都要被巨浪吞下去，随后再吐出来。

我晕船晕得厉害。我看过手表，平均每隔二十五分钟，就要吐一次。刚吐过，心里好受些。可是没过多久，胃难受，接着便再吐。最严重时，海浪把我躺着的床的上铺一侧的水密窗冲开了，海水大量涌入。我本想爬起来关窗，可是刚刚抬起身子，就开始了呕吐。后来不得已，我只好躺下，一任入侵的海水迅速占领了上铺……

等到登陆艇好不容易停靠小岛的码头，我摇摇晃晃地从甲板上走过，准备上岛时，竟发现随船运往岛上的猪都晕船，它们早已吐得不省猪事！

在这里我之所以提及海上航行中晕船的往事，是想说，每一个长年驻守海岛的人，进出岛，都难免会有晕船的经历。虽然那天王继才进岛时，风浪不算太大，但他和王长杰搭乘的是渔船。要知道，渔船比起军用登陆艇来，船体小，船的底部，也不如登陆艇宽。这样一来，渔船在海上航行时，遇有风浪，上下起伏和左右摆动的幅度，相对也就比登陆艇大。好在那天王继才仅是感到头晕，他坚持住了，直到船停靠开山岛码头。

开山岛有着"海上布达拉宫"的美称。

当地人之所以这么叫，是因为开山岛高高耸立于海上，它海拔36.4米，呈馒头状，通体由黑褐色岩石构成。岛的顶端部分，即向阳的山坡上，一幢幢拾级而上用石头垒建的平顶房屋，鳞次栉比，蔚为壮观。据说从某个角度远远地看去，开山岛与布达拉宫"撞衫"的百分比相当高。

开山岛属基岩岛屿，礁石嶙峋，陡峭险峻。岛上只有一个钢筋水泥建造的码头，位于岛的西南角。潮水上涨，满潮或平潮时，船可停靠小岛。

头重脚轻的王继才登上开山岛，仍觉得自己还在海上航行，以至于整个小岛都在眼前晃动着。他知道，这种错觉是晕船造成的。他想控制，却控制不了。这时，他本想看一看手表，以便记住登岛的准确时间。可是就这么一个简单的动作，也没能做到。摇晃的码头，把他的眼睛摇晃花了。后来，王继才只好作罢。

很多年过去了，王继才至今仍清楚地记得他是在1986年7月14日早晨8点40分和王长杰政委一同乘船进岛的。一个人能把一生中某个时刻精确到分钟，且记得那么牢，可见那个时刻对他有多重要了！

与王继才一同上岛的王长杰也有点晕船，他看王继才身子在晃，就说，脚下腾云驾雾了吧？

王继才说，刚才伸手在腿上狠狠地拧了一把，才发觉自己是在岸上。我还以为……

王长杰笑着说，以为在船上，对吧？

王长杰接着说，过一会儿，晕船的感觉就会慢慢地减轻了。

听王长杰这么说，连续做了几个深呼吸之后的王继才，发觉头晕的状况果然好了许多。

头不大晕了，王继才这时才发现，从船上卸下的物资中，除了大米、面粉等生活必需品，竟然还有六条香烟、六十瓶白酒。那都是王长杰替他准备的。可是他既不抽烟，也不喝酒啊。于是，王继才就问王长杰，是不是搞错了？

王长杰就笑。

王长杰说，既然带来了，就留在岛上吧，也许今后用得着。

王继才听了，也就不好说什么了，心想，反正岛上空房子多，有地方放。

直到后来，王继才才知道，王长杰用心良苦，他太细心了。王长杰给他准备的烟和酒，对于初上海岛的他，是多么重要与必要啊！

当然，这已是后话了。

从码头沿着山坡而上，有一级级石阶。

这些石阶便是岛上的路。

王长杰和王继才通过石阶铺就的路，走不了多久，就来到一片营房前。

那些营房是当年解放军最初进岛时就地取材，开山放炮，用石头建造的。它们共有五十多间，样式相同，都是如同一个模子刻出来的那种平顶的长条屋。每幢房屋均依山而立，坐北朝南。

开山岛没有淡水。驻岛官兵在建房时就考虑到了要尽可能地利用老天降雨的机会蓄水，因此，他们在平顶房上铺就了鹅卵石，以便下雨时将过滤过的水，通过屋檐下预留的管道，存入地下蓄水池。

王长杰手指面前的一长溜营房说，到家了。房子多，你想住哪间，就住哪间。

王继才看了看长得差不多的房子，说，就住这间吧。

然后，他们把从船上卸下来的物资一趟趟往屋里搬。

搬累了，歇一歇，便接着再搬。直到把东西全搬进了屋里，两个人才大汗淋漓喘着粗气，坐在门前的石头台阶上休息。

王长杰说，继才，以前来过开山岛吧？

王继才说，来过。

王长杰说，岛上的地形地物熟悉吗？

王继才摇摇头，不熟悉。

王长杰说，这个岛啊，不大。你要是围着小岛走上一圈，用不了半个小时，就可以走个遍。

王长杰说，你看，从门前的台阶往上，走过二百零八级台阶，就可以走到观察哨。那个哨楼立于崖头，面对大海，透过观察窗口，一大片无遮无挡的海域足以尽收眼底。若是海上能见度好，凭借我们的眼睛，看到一两海里外的船只，没有一点儿问题。当然，我们给你配备了高倍数的观察镜，即使是阴雨天，有了它，目光也能够延伸。

王长杰说，在岛的东边，有一块巨大的礁石，人称砚台石。最初给它起名的人，肯定是喝了些墨水的人。往西二百多米处，有大狮、小狮两座礁石和船山。你听听这名字，就想象得出它们是啥样子。

……

平心而论，作为县武装部政委，王长杰能够对开山岛如数家珍，熟悉到如此程度，不得不令人刮目相看、敬佩不已。用现代人的话说，就是跨界，就是身为政工干部，却把军事干部的业务一网打尽了。

王长杰坐在石阶上休息了一会儿，见歇得差不多了，就说，继才，我领你在岛上四处走一走、看一看。

王继才说，好嘞。

王继才说完，站起身，跟着王长杰，两人一前一后地往山上走去。

等到该说的都说了，该看的也都看了，王长杰说他该走了。

王继才就送王长杰，一直把他送到码头。

渔船的发动机轰轰隆隆地响着。显然，船老大等得不耐烦了，他频频朝王长杰招手。

王长杰说，我走了，岛上就剩你一个人了。别图省事，该做饭时做饭，该炒菜时炒菜，吃好喝好，身体重要，不要亏了自己。

王继才说，知道了。

王长杰说，有事给我打电话。

王继才说，好的。

王长杰说，继才，一定要坚持住。就看你的了！

王继才说，你就放心吧。

王长杰上了船，然后站在甲板上对王继才说，记住，守岛的人，心里要有这片海！

王继才不再说什么，他使劲地点了点头。

船开了。

船离开小岛码头后，加速向燕尾港的方向驶去。

王继才看见王长杰一只手扶着渔船驾驶楼的门框，一只手不停地向他挥动着。王继才心里有一种说不清楚的情感潮水般地往上涌,他本想扯开喉咙喊上两嗓子,可是嘴巴张了张,却没有喊出声来。

后来,随着渔船的远去,王长杰的身影一点一点地缩小了,变淡了,直至完全隐没在一片波涛之中。

等到看不见渔船了,王继才环顾四周,忽然意识到此时的开山岛,只剩下他一个人了。他低下头,看着灰突突的水泥码头,看着他经太阳照射后缩成一团的影子,胡乱地蜷在自己的脚下,心里禁不住一阵阵发慌。

他问自己,你怎么啦?

没有回答。

海浪发出的哗啦哗啦的声响,让他更加心慌。

这时,他忽然生出喊叫的欲望,而且这个欲望不可阻挡。于是,他喊了起来:

"噢——噢——"

"噢——"

声音撞击着小岛,小岛也跟着他喊了起来:

"噢——噢——"

"噢——"

小岛的回声,让王继才的喊声停了下来。

王继才发现喊了两嗓子之后,心里好受了许多。于是,他沿着石头铺就的台阶,迈着沉重的步子,向宿舍走去。

4....... 世界末日到来了吗

上岛后仅仅住了一天，王继才就觉得特别难受。

说来，王继才既无病，又无伤，既不劳累，也不饥渴，之所以难受，主要是没有人讲话。开山岛的确很小，相当于一个多足球场的面积，可是在王继才的感觉中，却太大。要知道，偌大的一个岛子，就他一个人。他静下来，岛子也就静了下来，耳朵能够听到的，除了涛声，就是自己的脉搏跳动声和呼吸声。他要是走动，跟着走动的只有自己的影子。这样一来，王继才就有点受不了了。即使实在忍不住，对着四周喊上几声，他能够听到的，也不过是自己的声音撞在山壁上溅起的回声！

以前在家时，王继才从没有意识到人与人之间的讲话会有那么重要。哪怕偶尔外出几天，回到家，见不到妻子和女儿，王继才下意识屋里屋外地到处寻找，直到把她们找到了，也就没什么事了。可是在岛上就不一样了，关键是想和人说话，身边却没有人。有时候王继才心想，别说是和父母、妻子、女儿说话了，就是眼前出现一个陌生人，哪怕他或她老得掉了牙，走起路来气喘吁吁，或是年幼尚不懂事，他也愿意缠住他们不放，跟他们说话，且说起来没完没了。

然而，对于王继才来说，最可怕的事并不是没有人说话，而是遭遇到强台风。

在他上岛的第三天，强台风来了！

强台风到来之前，竟然一点迹象都没有。天空甚至比前两天还要湛蓝，阳光也一如既往地明媚，云朵低垂着，与细浪态度暧昧地拍拍打打或是交头接耳；同样，极远处的那几片白帆依旧一动不动地扮演成民间剪纸，较长时间地保持着类似艺术品参展的样式……过后王继才发现，他被强台风事先制造的假象彻底地迷惑住了。其实从道理上讲，大自然变幻多端，强台风既然可以明目张胆前呼后拥铺天盖地地攻击开山岛，为什么不可以暗地里潜伏，等到时机成熟，再突然发动猛烈的袭击？王继才当过多年的民兵，他懂得，兵法上讲过，这叫兵不厌诈！

是的，强台风说来就来了，强台风可不管你王继才是否正在熟悉地形地物，是否在朝某个坑道口走去，就以剧烈奔跑的速度来到了他的面前。王继才抬头一看，天空怎么转眼间暗了下来？再看，大团大团急速翻滚的云朵低得几乎撞到他的头顶。王继才感到前所未有的恐慌，他站在那里愣了大约十几秒钟，然后撒腿就朝宿舍急速跑去。

跑上山坡的时候，惊人的场景出现了，王继才看见岸边高高溅起的海浪，被风的巨臂一抓，就轻而易举地被掳走了。风把浪劫持到空中，然后狠狠地往地上掼去，瞬间，海浪四分五裂，碎成成千上万颗水滴。那水滴溅起，再次落下时，地面发出了乒乒乓乓连续不断的响声。王继才低头看去，一颗水滴在地面制造出的湿印，足有碗口那么大！

王继才见状，不敢停留，接着再跑。

风浪紧跟在王继才身后穷追不舍。

王继才跑不过强台风。狂风轻轻从王继才身后推搡了两下，只两下，就把他这个一米七八的男子汉推倒在地！

从地上爬起来的过程充满了艰辛，王继才先是用胳膊支撑起自己，让身体离开地面，然后再用头、用肩去顶住狂风，接着双腿发力，蹬地，最后使足劲，重新站了起来。

站起来的王继才不敢大意，他弯下腰，尽量减少阻力，然后继续奔跑。

好不容易进了宿舍，王继才把门关上，接着用脊梁抵着门，他担心，若不抵住，风就会把门撞开。

此时的宿舍，早已失去了原先的安静，力大无比的强台风，把这座用石头砌成的房屋当作战鼓一阵猛擂。王继才觉得屋子在摇晃，屋里的每一扇窗户都在咣咣当当地作响。他看了看四壁，突然替房屋担心起来。平时看上去坚固无比的石屋，此时在王继才的想象中，竟薄如蝉翼，极不可靠。他担心房顶会被强台风揭开，担心门会被风擂破，担心窗户会像一片树叶被风刮走，一直刮到黑黢黢的大海里去……

这样想着，王继才就觉得不安全，他下意识地躲避，将人整个儿移向北边的墙根，接着又从北边的墙根移到南边的墙根，再后来从南边的墙根往西边转移……可是无论躲到哪里，王继才都觉得无处藏身！

更让王继才胆战心惊的是，他本想挪到窗前，鼓足勇气隔着窗户想看看外面的情况。谁知就在他将目光抵近窗玻璃朝外张望时，一只被风刮得晕头转向的小鸟，在飞行中失去了控制，竟子弹一般急速向王继才射来，王继才尚未反应过来究竟是怎么回事，就觉得眼前一黑，那个飞来的物体撞在窗玻璃上随即爆炸，发出"咣——"的一声惊天动地的巨响。王继才被吓了一大跳，他的头发一根根踩着头皮齐刷刷地直直竖立了起来。那种撞击虽然隔着一层玻璃，但王继才的目光实实在在地遭受了前所未有的严厉打击。于是王继才本能地朝后让去，接着再看那块窗玻璃，竟有一朵粘有鸟儿羽毛的鲜红的血花，正在狂风之中怒放！

恐怖！简直是太恐怖了！

是世界末日到来了吗？！

深受强烈感官刺激的王继才连喊带叫像是被开水烫了似的急忙逃离窗前，然后把身子缩成一团，蜷在某个墙角，大口大口地喘着粗气。要是此时此刻有个地缝，他定会毫不犹豫地钻进去。因为眼下，似乎没有其他更好更安全的地方可供他躲藏的了。

平心而论，对于初次上岛就遇上强台风的王继才，他的这种反应太正常了。

三十多年前，我在达山岛第一次遇到风暴袭击时惊慌失措的表现，同样十分狼狈和糟糕。但我知道，每个人都有一个属于自己的成长过程。当你守岛的时间久了，由新兵成了一名老兵，你与风暴之间的关系自然而然就会变得奇妙起来。

比如说曾经驻守过达山岛的一些老兵吧，他们在远离风暴的日子里，心里反而会隐隐约约地觉得缺少一点什么，以至于日复一日的烦躁逐渐加剧。他们会讨厌平静得没有一丝波澜的湛蓝色的海洋，因为海面老是向他们展示一种温柔，缺少变化；他们会厌烦一连数日恍若蝶翅的白色渔帆凝固在远处的某个方位，死一般沉寂；他们还不喜欢悬挂在天空的云朵，总是那么一副老面孔，和蔼得令人发腻；他们还不待见太阳循着固定的轨迹每天从东方升起，又打西边坠落，把一个接一个的日子安排得十分相似……他们希望看到大海充满活力，即海浪在奔跑，云朵在飘动，波涛拍击海岸溅起玉树银花，雷鸣在厚重的云层中发出酣畅淋漓的吼叫……当然，这种状况不会持久，风暴来了，风暴开创了他们新的生活局面，很快就把平淡无奇驱赶得无影无踪。于是，从某种意义上讲，他们渴望风暴，就是渴望推陈出新，渴望不同凡响，渴望战胜平庸，渴望生命中活力四射，充满张力！风暴中，他们会暗暗庆幸自己遇到了如此强大有力的对手：他们的精神会越发振奋，他们的斗志会越发昂扬，他们拼搏的力量会越发饱满。他们会把自己处在风暴中的那种特有的状态，当成人生的一种高档享受！

当然，这些王继才不可能达到。

我说过，守岛的人，要有个较长时间与大自然磨合的过程，以及不断成长、不断战胜自己的过程。王继才亦如此。

这一天晚上，王继才是在极度恐惧中度过的。

比如说，他觉得强台风闹腾了那么久，天也该亮了吧？可是一看表，才晚上十点多！王继才不敢相信自己的眼睛，怎么可能呢？他蜷缩在屋子里的一个墙角很长时间，腿都麻木了，怎么才过了这点点时间？别是看错指针了吧？于是，再看，没错，手表的指针的确是处在那个让他觉得充满假象、充满欺骗的位置！那么，就是手表出问题了！王继才记得台风来时他急着赶回宿舍，被风推搡，重重地摔了一跤。他想，定是他摔倒时手撑地，有石头碰着了手表，把手表碰出了问题，走得不准了。这么想着，他就不再看手表了。

既然对手表产生了不信任感，王继才也就失去了对时间进行判断的依据。过后，王继才打算从天色上概略计算一下时间，但很快就放弃了。窗外一片漆黑。狂风继续不知疲惫地摇晃着门窗，以至于屋子里到处发出乒乒乓乓的声响，让王继才头脑昏昏。他觉得，既然时间那么难熬，还想它干什么？越想，不是越害怕吗？索性就不去想它了！

再比如，王继才时刻担心有怪兽破门而入！

王继才从小就听老人讲过海怪的故事，说燕尾港灌河口一带经常闹海怪。那海怪平时人们看不到，它潜藏在深深的海里，只有到夜深人静的时候才钻出水面，爬上岸来。海怪个头很大，身体粗壮，像一座小山。长得青面獠牙，背上有鳍，能直立起来走路。据说，海边人家的牛啊、猪啊、羊啊、狗啊等等经常被它吃掉！如果有哪个小孩子不听话，大人就会说，你再闹？再闹海怪就来了。小孩子听了，就依偎在大人的怀里，老实得像一头小羊羔！

后来王继才长大上学了，他从书本上读到许多海怪的故事。让他记忆深的有"挪威海怪"。据书上说,"它背部,或者该说它身体的上部,周围看来大约有一里半,好像小岛似的……后来有几个发亮的尖端或角出现,伸出水面,越伸越高,有些像中型船只的桅杆那么高,这些东西大概是怪物的臂,据说可以把最大的战舰拉下海底"。还有一百多年前,一艘名叫"阿力顿号"的法国军舰,在从西班牙的加地斯开往腾纳立夫岛的途中,遇到一只有五到六米长,长着巨大触手的海上怪物。船员们用鱼叉叉它,怪物伸出触手,把鱼叉都弄断了……

这天晚上,极度恐惧中的王继才,尽管很怕触及"海怪"这两个字,海怪却偏偏出现在他的脑海里,任他驱赶也赶不走。有时候,他会出现幻觉,从门缝里挤进来的风,把煤油灯的灯芯推搡得不停晃动,造成一种忽明忽暗的诡谲氛围,他似乎看见海怪趁着狂风巨浪爬上岸来。海怪的脚步迈得很大,每迈一步,地上就会留下一个巨大的湿漉漉的脚印!后来,那串巨大的脚印不断延伸,直至延伸到王继才居住的宿舍门口。王继才吓坏了,竟连大气都不敢喘,生怕喘出的气被海怪听到了,海怪用头轻轻一顶,就把他屋子的门给顶开来!有时候,他的耳朵里会不断生出海怪钻出水面的声音。那声音怪怪的,既像一千面破锣在使劲地敲,又像一万块锐利的石头在玻璃上乱划,王继才觉得他的耳膜都快要被这声响磨破,甚至磨穿,这让他难以忍受。他不得不用手紧紧地捂住耳朵,那样子,事后想来,就像是他在护住自己的脑袋!

俗话说,度日如年。此时的王继才,感受到的却是度时如年。有生以来,王继才第一次感到时间过得如此缓慢。对于王继才,时间拉得越长,对他的折磨就越大。

这一夜,在王继才的记忆中,是最长的一夜,他根本就没有也没法睡觉……

5........一个人的战争

强台风刮了整整一夜,到了天亮时,它仍像一群扬鬃奋蹄的马群,撒野还没有撒够,继续在海面狂奔,速度竟然一点儿也没有减缓。而天空,仍旧是乌云戒备森严重兵驻扎的领地,光线理所当然地发暗,以至于透过窗户,王继才目光所及之处,景物一律面目不清,模模糊糊。

虽说王继才生长在海边,但他居住的鲁河村毕竟离海有一段距离,因此,他从未经历过这种阵势。感觉中,强台风强大无比,只一夜的工夫,就占据了偌大的空间,把他挤兑得微小如蚁。

他觉得自己被险恶包围着,无处藏身。

恐惧不断地袭来。恐惧像蛇一样阴冷溜滑地钻入他的每一个毛孔,在他的身体内部尽情地扭动,以至王继才心理防线几乎全线崩溃。他也想过要让自己坚强起来,可总是身不由己,很是无奈。

幸好,这时王继才想到了王长杰。

一想到王长杰,王继才眼里湿润了。他迫不及待地扑向桌上的那台老式的带有摇柄的绿色铁壳军用电话机。他手握摇柄,使劲摇了又摇,待电话里响起总机的声音之后,王继才像是遇到了救星般地大声呼喊,给我接县武装部王政委!

似乎王长杰已知道王继才要在这个时候给他打电话。他就坐在电话机旁。当电话铃响起时，王长杰及时拿起了电话。

王长杰说，是继才吧？

王继才说，是我、是我！

王长杰说，怎么样？

王继才说，不好，非常不好……强台风来了……可怕、太可怕了……

王长杰说，你一夜没睡吧？

王继才说，你怎么知道？

王长杰说，是你沙哑的嗓子告诉我的。

王长杰又说，吓坏了吧？

王继才说，嗯。

王长杰说，那你晚上怎么不给我打电话？

王继才说，我忘了……脑子里一片混乱……

王长杰说，这仅仅是个开始。守岛，哪有不经历台风的？一次害怕，两次害怕……经历多了，就不怕了！

王长杰又说，要坚持，坚持就是胜利！

放下电话，王继才觉得心里好受了一些。

但这种好受仅是暂时的。屋外狂风大作，王继才出不去，他只能待在屋子里。而待在屋子里的他无事可做，就只能想着风、想着浪、想着雨……想得多了，就不由自主地感到害怕。

怎么办？

王继才曾动过再一次给王长杰打电话的念头，可是手握在电话的摇柄上，又放下了。毕竟他有自尊心。他不想在这个时候，向王长杰赤裸裸地表现出自己的懦弱。

可是当他的手从电话摇柄上放下来时，目光竟无意间触及了堆在墙角的物资,那里面有香烟和酒。它们是王长杰上岛时特意带来的。当时他不明白王长杰的用意,心想自己一不抽烟,二不喝酒,你带这些东西上岛干什么?现在王继才忽然发现,它们正是他此刻迫切需要的东西!于是,说不清为什么,王继才就向那堆物资走去。

王继才取出一条香烟,笨拙地撕扯开,取出其中的一包,然后用颤抖的手指捏住一根烟,递到眼前看了看,一时犹豫不决,不知是递向嘴边,还是丢弃……如此纠结了片刻,最终王继才还是把那支烟含在了嘴上。

划火柴的过程充满了曲折。他划了几次,耗费了三根火柴,才划着火。

当他把香烟点着时,冉冉升起的烟雾,让他不由自主地眯起了眼睛。过后,望着忽明忽暗的被点燃的烟头,他不再犹豫,接下来,大口大口地吸起香烟。

仅仅吸了两口,王继才就被香烟呛着了。

王继才第一次抽烟。他觉得香烟一点儿都不好抽。那烟苦涩,会呛嗓子。他的嗓子被香烟呛着了。于是他大声地咳嗽着,接着,又忍不住继续去抽烟。至于为什么抽,王继才说不清楚,只是觉得这会儿他特别需要而已。或者说,他此时迫切需要用抽烟的方式,与台风进行抗衡!

一支香烟抽完,王继才又点燃了一支。

时隔不久,已经有好几个烟头丢弃在王继才的脚边……

光抽烟,还不能满足需要。那天,王继才喝酒了。

酒是云山白酒。

这种白酒是本地灌云酒厂生产的,玻璃瓶装,瓶上贴着上红下黑形状如盾的标牌。

王继才以前见过这种酒。在村里,谁家来亲戚了,家里人就会从鸡窝里掏几个鸡蛋，到村头的小卖部兑换一瓶散装的云山白酒。听常喝酒的人说，这种酒有年头了，据说一千多年前，由当地石佛寺落难还俗的僧人，取寺旁茯苓泉水，用高粱、大米、豌豆、山芋等酿造而成……

王继才平时不喝酒，他品不出酒的好孬。此时，他喝酒的目的非常单一明了，就是在强台风袭来的时候，把自己灌醉。至于这酒是否口感醇正，香味悠长，是否采用"双重窖藏"发酵，都已无关紧要了。人一醉，什么都不知道，即使强台风再可怕，也与己无关了。王继才需要的，就是这样的效果。

于是，王继才喝起酒来完全不像是在喝酒，如同在和谁拼命。他嫌小口小口地抿不过瘾，直接用嘴对着瓶子，仰起脖子，大口大口地往喉咙眼里灌。这种喝法，对于平时不喝酒的王继才来说，便与享受无关了，说得严重一点，相当于自虐。要知道，那酒一大口喝下去，酒精沿着嗓子往下走，沿途便火烧火燎，让他觉得很不是个滋味！接下来，酒流到了胃里，胃火辣辣的，像是烧红的烙铁在烙。痛是肯定的，不舒服也是肯定的，可是王继才愿意。他情愿胃部疼痛，哪怕穿孔，也不愿意让台风闹得他胆战心惊、如坐针毡！所以，他一边喝，一边在心里告诉自己，喝吧，喝吧，多喝点，喝醉了，就解脱了，就什么都不知道了……

王继才的这种喝法，肯定要喝醉的。

果然，王继才就喝醉了。只见他身子一歪，就地躺倒，至于强台风以及海怪什么的，"一醉万事休"，就不去想它了。醉倒真好，好到想睡到什么时候，就睡到什么时候。

等到睡醒了，迷迷糊糊地起来，晃一晃晕晕乎乎的脑袋，揉一揉发涨发紧的太阳穴，王继才又拿起酒瓶，继续喝！

曹操在《短歌行》中曰："何以解忧？唯有杜康。"可见，自古以来，人们大多乐意用酒来排解忧愁，宣泄苦闷。

可是，唐代大诗人李白却说："抽刀断水水更流，举杯消愁愁更愁。"也就是说，即使人醉，但还是处于清醒状态；即使酒醒，但愁并未远走。甚至，短时间内，酒在麻痹你的神经之后，会让你格外地愁上加愁！

王继才就是李白所说的那样。

王继才原以为喝醉了，任何恐惧都会经酒精浸泡融化殆尽。其实不然。酒后的他，反而变本加厉，一发而不可收，有了更多的恐惧。他开始对开山岛有了抵触情绪。你想想，出于本能，一个人长期驻守在这座远离大陆的小岛上，怎么能不害怕呢？

他怕时间久了，在这个较为封闭，几乎与世隔绝的环境里，如果一直没有人跟他说话，他会因此而丧失语言功能。

他怕自己独自守岛，会影响到夫妻的感情。人与人一旦减少了相互接触的机会，久而久之，会变得冷漠和陌生吗？

他怕自己与现代社会生活脱节。毕竟是在岛上，与陆地相隔一片海洋。受条件限制，你获取信息的渠道，只能依靠一部电话和一台半导体收音机。然而，这些简单的设备能够承载得起你所需要的广阔世界吗？

他怕寂寞和孤独。他觉得这是人类的通病。就像他怕眼下的强台风，怕强台风袭击下一个人躲在屋子里的孤独无援，怕狂风怒卷中的不眠之夜，怕传说中离奇的鬼怪故事……

种种的怕，归根到底，集中到一点，那就是让王继才觉得自己不该到岛上来。他很后悔，当时怎么不好好想一想，就毫不犹豫地答应王长杰了呢？是年轻人的一时冲动，还是被某种崇高的精神向往怂恿？

不错，作为一名民兵，应当尽到一个公民应尽的义务，在国家需要的时候，为国防事业贡献自己的力量。可是，且不说全县有那么多的民兵，就是他所在的乡，也是人才济济的啊，为什么偏偏选择了他？完全可以挑选更加优秀的人，或是挑选具有丰富实践经验的人来守岛嘛！

再说啦，一个人驻守小岛，能起到多大的作用啊？就是你王继才再能干，长着三头六臂，能抵得过原先守岛的解放军一个连队吗？一个连队少则数十人，多则百十人，要枪有枪，要炮有炮。而你呢，孤身一人，除了自己，就是自己的影子。人在岛上，基本上不增加小岛的分量，开山岛该是什么样，还是什么样！

这样想来，王继才严重泄气，打起退堂鼓，不想干了。他打算，等到强台风过去，有船来，就出岛。俗话说，前有车，后有辙。既然前面有四个人上岛后又折了回去，他为什么不可以？

王继才越想，越觉得没有必要孤身一人留在这个荒无人烟的岛上。

可是仅仅过了一个晚上，王继才就改变了主意，他觉得人是要有精神的，不能一事当前，光想着自己。国防事业需要，开山岛总要人守吧？你不守，他不守，那让什么人来守呢？要是所有的人都像自己，考虑这考虑那的，不顾国家，仅顾小家，那怎么行？

想一想曾经驻守开山岛的那些军人吧，他们哪个没有家，没有亲人？他们在远离故乡、远离家的时候，定会带上一张全家照，并把它紧紧地贴在靠心脏最近的上衣口袋里。每到逢年过节，夜深人静时，他们也会如同唐诗里说的"倍思亲"。他们都是父母的儿子，有的是孩子的父亲。生活中，他们同样不能忠孝两全，舍弃了很多很多，顾及的是民族的昌盛、国家的安宁。实际上，同为一名普普通通的人，他们也会寂寞、孤独，也会在强台风袭击小岛时感到恐惧。但他们没有退却，他们深深懂得，军人的内涵，已经更多地不属于某个具体的个人！他们都很年轻，各种欲望想必也很强烈。他们知道什么食物可口，什么音乐好听，什么衣服漂亮，什么地方好玩。可是一旦国家需要他们坚守小岛，他们就会守土有责、寸土不离；国家需要他们引而不发，他们必定藏龙卧虎；国家需要他们流血牺牲，他们必定毫不犹豫地挺身而出，甘愿付出一切……这就是责任与担当！

再想一想吧，想一想临来开山岛之前二舅对他说过的话。二舅让他去看看当年日军从燕尾港灌河口登陆的地方。他曾去看过。那里至今仍是一片滩涂。岸边的芦苇，生长了一年又一年，它们肯定会记得历史深处的那一天，打着太阳旗的鬼子兵，手中持有的三八大盖明晃晃的枪刺，是怎样在阳光下一闪一闪，刺痛了一个民族的目光！他还联想到了二舅，在一次战斗中，他和战友们坚守阵地，曾以一个连的兵力，打退了数倍之敌的猛烈进攻……

是一个男子汉，就应像当年守岛的军人们那样，就应像二舅那样，当国家把你这颗棋子摆放在需要摆放的地方，你就要在那个位置履行应有的职责。即使是个小卒子，也只能前进不能后退。要发挥好作用，小卒子过河赛如车！

这样想来，王继才又有了守岛的决心和信心。

屋外，强台风依旧肆虐横行。

屋里，王继才像一只困兽，一会儿焦虑不安地走动，一会儿蜷在床上用被子蒙着头一任思绪飞扬。其间，反复无常成了他的常态。他往往刚刚打完退堂鼓，想等台风平息之后，拍拍屁股走人，没过多久，又狠狠地谴责自己，骂自己是逃兵，没出息，甚至毫不客气地把自己骂得狗血喷头！

就这样，王继才在强台风袭击小岛的初期，闭门不出，进行了一场又一场一个人的战争。

他是他自己的敌人。他跟他自己打，有时打得激烈，有时打得平缓；有时旗开得胜，有时丢盔弃甲。

他心里很清楚，战胜恐惧，首先要战胜自己。他对自己说，恐惧是一种心理体验。你体验到痛苦，你就觉得痛苦；反之，得到的则是充实与快乐。

其实，像王继才此时进行的一个人的战争，我们每个人都曾经历过，或正在进行着。我亦如此。因为理想与现实之间存有差异。这样一来，你就要和自己打仗了。一个人最大的敌人往往就是自己。人生就是一个不断战胜自己的过程。你想获得人生的精彩，你想发掘自身的潜能，你想完善自我，你想充满自信，你就要打赢一个人的战争，从不自觉，走向自觉，直至战胜孤独、战胜懒散、战胜自卑、战胜懦弱、战胜恐惧、战胜艰难、战胜愚昧，战胜你需要战胜的一切！

既然生活中注定要发生一个人的战争，那么，我希望王继才，也希望我们每一个人，生命不息，战斗不止，永远战胜自己，做个常胜将军。

第二章 夫唱妇随

1.   天边有朵云在飘

事后王仕花想起来，王继才瞒着她离家上岛，完全是有预谋的。

在这之前，王仕花就觉得王继才那些天有些不对劲，但究竟怎么不对劲，她一时又说不清楚，只觉得王继才有点怪，仅此而已。

比如我在前面说过，王继才看妻子的目光与往日不同了，眼神里有了更多的内容。王仕花见他这样，就问，你怎么啦？王继才便一边目光躲躲闪闪，一边说没怎么啊！说着，王继才还笑了笑。当时王仕花并没有太介意，以为是自己看错了，或是想多了。

再比如王继才一有空闲，抱起女儿就不愿放下。以前他可不是这个样子。他喜欢女儿，常逗女儿玩。可他不黏女儿。王仕花发觉他反常，是因为他抱女儿时变得婆婆妈妈，爱叨叨了。他会对女儿说，你已经长大了，是个大姑娘了，以后可要听妈妈的话哟！他还说，要学会自己玩，不要老缠着妈妈。你妈妈上班多忙啊，回到家还要做饭，还要洗衣服，还要打扫卫生，还要给学生批改作业……王仕花听了就笑，心想，一个大男子汉，平时做起事来风风火火、利利索索的，怎么说变就变，一不留神，就变成娘们了！尽管如此，王仕花仍然没有多想。王仕花以为孩子一岁多了，可以和人交流了，作为父亲，王继才叨叨一点，纯属正常。

然而，王仕花万万没有想到，这些微小的细节，曾一而再再而三地暗示生活中将要发生什么，只是她没有警觉罢了。

1986年7月14日早晨，王继才起了个大早，他说他要去燕尾港。至于去那里干什么，王继才没说，王仕花也没有问。王继才是村里的生产队长，平时事情就比较多，王仕花已经习惯了王继才工作的繁忙。于是，早饭后，直到王继才手上提着一个包走了，王仕花也没有觉得他有什么地方不对劲。

那天早上，王仕花从窗户里看见王继才走出家门，然后回头望了一眼。当时，王仕花并没有意识到那是王继才在向她告别，她举起胳膊，还朝王继才挥了挥手。她也不知道王继才看见没有。后来，王继才就这样走出了她的视线……

王仕花上完课回到家已是中午了。

王仕花没有见着王继才。王仕花心想，这时候王继才不回来，一般情况下就不回来吃饭了。这样想来，王仕花也就不等他了。

事实上，王继才怎么可能回来和妻子一起吃午饭呢？早晨8点40分，他和县武装部政委王长杰从燕尾港码头乘船前往开山岛。当王仕花从学校回到家，喂完女儿饭，自己端起碗来时，恰巧，远离大陆，独自一个人在开山岛的王继才，也为自己做好了饭。只不过，几乎同时吃饭的王继才与王仕花夫妻，两个人空间距离拉得很大，其间，相隔一大片海！

到了下午，回到家的王仕花仍然没有见到王继才。王仕花对自己说，他肯定在忙，过不了多久，就会回来的。为此，她特地为王继才留了晚饭。她把晚饭温在锅里，以便王继才回来，好及时吃上热饭。

可是，直到天完全黑下来了，王继才还是没有回来，王仕花心想，他今天怎么啦？再忙，到了这个时辰也该回来了呀！

这样一来，王仕花便时常站在窗口朝外面望。她看见树的剪影在远处被风轻轻地晃了又晃；她看见挂在天上弯弯的月亮，忽而露出笑脸，忽而又隐入云层……看了好多遍，王仕花也没有看见她的丈夫王继才回来。

需要说明的是，那时候还没有手机、BB机之类的通讯工具，那些玩意要再过两年才在港台的电视剧里出现。鲁河村远离都市。身居鲁河村的王仕花，既不可能有早先老板们手持的那种砖头般硕大的大哥大，也没有城里的那种可供及时联络的传呼电话，因此，在这天晚上，见不着王继才的王仕花，只能等。

等待的过程，是一种煎熬。

等到半夜时分，王仕花仍然没有等到王继才回来。王仕花开始着急了，心想，别出什么事了吧？

可王仕花转而又想，他能出什么事呢？

接下来，王仕花不断提醒自己，要往好的方面想，多想一些吉利的事……

这天夜里，脑子里乱糟糟的王仕花，失眠了。

第二天下午，仍然没有见到王继才，王仕花觉得情况不妙。这时候的王仕花经过回想，才发现近几天来王继才有着种种的异常。原先，王仕花以为沿着蛛丝马迹，可以顺藤摸瓜地找到一点什么，可是任凭她怎么努力，都未能如愿以偿。

其实，这也太难为王仕花了。只要王继才离家前瞒着她，不告诉妻子他接受的是什么任务，即使王仕花的思维再活跃，思路再开阔，也不会想到丈夫会成为一名海防哨兵，独自驻守开山岛。这就好比王继才驻守开山岛是个谜，王仕花若在无人帮助的情况下，短时间内猜出谜底，其概率，无异于某好运者仅仅买了一注彩票，就命中了特等大奖！

那么，眼下的王仕花该怎么办呢？

情急之下，王仕花急急忙忙去问她的婆婆。

王仕花心想，许是王继才离开家前，由于种种原因，来不及把情况告诉她，而告诉了她的婆婆。人老了，记性不好，她的婆婆忘了跟她说。如果是这样，问清楚了，不就不让她为之火急火燎的了吗？

于是，王仕花见到了她的婆婆，急忙问，知道继才上哪了吗？

她的婆婆说，不知道啊。

王仕花说，他没和你说？

她的婆婆说，没啊。

她的婆婆又说，他没和你说？

王仕花说，没有。

她的婆婆说，别找了，那么大的人了，丢不掉的。

王仕花说，昨天一夜都没回来……

她的婆婆说，那能上哪去了？

王仕花说，他说是去燕尾港，就走了……

她的婆婆说，没问问村里的人，有谁看见他了？

于是，王仕花和她的婆婆急忙出门，见人就问，见到继才了吗？

就在王仕花和她的婆婆四处打听王继才下落时，远在开山岛的王继才，正在为向妻子王仕花隐瞒自己的行踪而后悔。

王继才想，离开家一天多了，妻子王仕花见不到他，该会多么着急啊！他和她的感情那么深，恨不能两个人能够天天黏乎在一起才好。可是就在昨天早上，吃过饭，好好的他离开家后，忽然不见踪影，像一朵云，在天上飘着飘着，就不见了。面对这种情况，王仕花会怎么办？

想当初，王仕花是乡里的文艺骨干，既能唱歌，又会跳舞。人长得又好。而他王继才呢，家境不富裕，兄弟多，负担也重。论条件，王继才哪个方面都比不上王仕花。可王仕花愿意嫁给他，图的是什么？

不正是图的人好嘛！可是他离家，却瞒着王仕花，无论怎么说，都是不应该的！

王仕花肯定急了，急得偷偷掉泪。

她会到处找他，向见到的所有的人打听他的下落。

她还会到村委会，甚至是到乡政府去问，问他到哪去了，是什么工作让他忙得顾不上回家？

……

一想到这些，王继才十分难过，他觉得对不住妻子，让她为他担惊受怕，为他吃苦了。王继才了解王仕花，其实，把驻岛的事告诉她，相信她会支持的。她是个通情达理的人。道理她都懂。大事当前，她分得清哪个轻哪个重。

这样想来，王继才心里很过意不去，他打算以后有机会，一定要向王仕花道歉，且今后再不做这种傻事了。

王仕花和她的婆婆在村里向许多人打听王继才的下落，无功而返时，遇到了王金华。

前面我交代过，王金华是王继才的父亲、王仕花的公公。其实，就在王仕花和她的婆婆为寻找王继才忙忙碌碌时，王金华就在她们的身边，只是灯下黑，她们没有向他询问而已。

王金华十分理解王仕花，他明白一个人最大的担惊受怕，莫过于弄不清楚眼前究竟发生了什么事。就像伸手不见五指的夜晚，黑暗中隐藏了什么，你不知道。于是，黑暗就会趁机放映出许许多多的惊悚大片，让你害怕，让你恐惧，让你身不由己地胡思乱想，让你无端生有无穷无尽的猜疑。其结果，可想而知，你将会多么糟糕。

王仕花便是如此，她在为寻不到丈夫而焦急、痛苦。因此，就在王仕花和她的婆婆遇到王金华时，王金华决定把儿子王继才的去向如实地告诉她们。

王金华说，你们不用找了。

王仕花愣住了，她不相信自己的耳朵，以为听错了。怎么就不用找了啊，莫非……她不敢往下想。

王金华见吓着王仕花了，便微微笑了笑，接着说，继才在开山岛呢。

这下王仕花听清楚了。

但听清楚了的王仕花却又糊涂了，心想干吗搞得神神秘秘的，继才他上开山岛干什么？都两天了，走前连个招呼都不打？！

王金华就把王继才去开山岛的来龙去脉一一告诉了王仕花和他的老伴。王金华说，继才不是怕你们担心，不让他走，才暂时瞒着你们的嘛！

王金华又说，继才这是为国家效大力呢，你们可要支持他。

王仕花听了不说话，她低着头，抿住嘴，强忍着不让眼泪掉下来。可是泪水不听使唤，还是从她的眼角渗出，然后滚落下一滴，然后又滚落下一滴……等到泪水滚落得多了，王仕花用手捂着脸，转身往家跑去……

王仕花跑进家，用后背抵住家门，站在那里无声地大哭起来。

门外传来她的婆婆的声音。

她的婆婆一边敲门，一边说，仕花，开门啊！

王仕花仍旧用背抵着门。这时候，她只想一个人待在屋里，好好地哭上一阵子。她觉得太委屈了，怎么说自己也是知书达理的人，凭什么丈夫不信任她，竟将驻守开山岛这么大的事情瞒着她，瞒得滴水不漏。结婚两年多了，说来她和他相互之间也是知根知底的人了，继才这么做，实在不应该！

一想到这，王仕花就在心里骂起了丈夫，说你这个死心眼的家伙，即使是有任务，保密，也可以向自己说一说啊？不直说，拐点弯也行，或者暗示什么的，只要让她明白是怎么一回事，总比藏着掖着的好啊！

本来需要一个人扛着的事，由两个人分担，不是心里可以踏实一些嘛！

再说啦，你一人拍拍屁股走了，丢下老婆孩子就不管了？让你老婆着急，急得偷偷掉泪，你就不心痛？你老婆和你老妈在村子里逢人就问，恨不得挖地三尺，把你给找出来，你在开山岛上隔岸观火，就开心了？满意了？是不是觉得这样挺好玩啊？告诉你，王继才，你要是找我逗乐，我可没这个闲心陪你玩。你该干吗就干吗去！

王仕花把丈夫狠狠地骂了一顿，觉得心里竟然好受了许多。

接下来，王仕花开始心痛起王继才来了。王仕花听说过开山岛，略知岛上的一些情况。她心想，就那么个巴掌大的小岛，王继才待得住吗？他本是个爱热闹的人，现在倒好，一个人在岛上，那还不给憋闷坏啦？想拉呱，没有人；想下个棋打个牌的，还是没有人。想看电视，那里没有；想吃点可口的饭菜，还要自己做……是的，驻守小岛是国防需要，作为民兵，王继才有责任担当这个重任。要不，他上岛上去干什么呢？

王仕花自打上学时候起，就崇拜英雄。比如民族英雄岳飞、抗日名将杨靖宇等。她认为，凡是男子汉，就要像英雄那样不畏艰难，勇往直前，敢于担当，无私奉献。当年她与王继才恋爱，看上的就是他身上的那股子男子汉特有的劲道。

说实话，当她最初得知王继才受命独自守岛时，还真有点接受不了，毕竟他是有妻有女儿的人了，他这一走，她该怎么办？今后的日子怎么过？但后来王仕花静下心来细细一想，又挺为丈夫高兴的。你想啊，光是鲁河乡，就有那么多的年轻人，为什么偏偏选中了王继才？这说明他是百里挑一、千里挑一，甚至万里挑一，特有能耐，肩头能担得起这样的重担！

于是，王仕花抹净了脸上的泪，然后转身打开屋门，让婆婆进来。

婆婆看到她脸上留有的泪痕，说，怎么啦，哭啦？

王仕花点点头。

婆婆说，是继才不好，不管怎么说，他不该瞒着你！

王仕花接着又点点头。

婆婆说，等哪天他回来，看我怎么收拾他！

王仕花就笑说，用扫帚头打他屁股！

婆婆也笑。

婆婆说，他这一走，就苦了你了……

这天下课后，王仕花走出教室，一抬头，看见蓝蓝的天空，有一朵孤零零的云在飘。不知怎么，王仕花一瞬间就由这朵云联想到王继才。在远离大陆的小岛上，王继才多像这朵孤独的云啊，那里的四周全是海，尽管很宽广、辽阔，但只有他一个人。那么，他在岛上的生活一定很寂寞很枯燥吧？

他会在晚上独自站在山坡上看星星，看哪颗是牛郎，哪颗是织女，哪七颗组成了北斗……甚至他不睡觉，一看，就看到大半夜？

他会和天空低飞的海鸥说话，说一些鸟类根本听不懂弄不明白的事儿？

他会无聊时像个孩子蹲在地上看蚂蚁打架？

他会面朝家的方向，把目光投向大海的对岸，然后让目光沿着一条路，找到鲁河村，找到他熟悉的家……

由王继才，王仕花自然而然地想到了自己。今后的日子怎么办？就像眼下这样，思念丈夫时，抬头看一看天边飘动的云？到了晚上，再去望星空，看一条银河是怎样隔开了牛郎与织女？

王仕花不敢再往下想。

王仕花对自己说，接下来还有课呢，你胡思乱想些啥？

2........ 最熟悉的陌生人

  机帆船驶出渔港，王仕花就一直站在前甲板上朝远处张望。
  王长杰说海上风大，他让王仕花到舱里歇着。他说这里离开山岛还有个把小时的海路，等快到了，他会告诉她。
  可是王仕花不去。她说她就想在这里看看海。
  王长杰知道王仕花的心思，她是想早点看到开山岛。
  其实开山岛远着呢。
  开山岛像一朵浪花，隐藏在前方的某座波峰或是浪谷之下，这时候你根本就看不到。不过，好在王长杰理解王仕花，他见王仕花不愿进船舱休息，也就不再劝。

  时间过得很快。
  这一天，已是王继才进岛的第 47 天。
  这么多天以来，王继才在岛上的所有情况，王长杰了如指掌，包括他遇到了强台风，包括他的恐惧，包括他思想动摇，想打退堂鼓，包括他后来信念的坚定……自从王继才上岛后，王长杰一直与他通过电话保持着正常的通讯联系。

其间，王仕花得知丈夫王继才驻守小岛之后，便及时与王长杰接上了头。每隔一段时间，王仕花就会通过各种方式向王长杰打听王继才在岛上的情况。直到这一天，她在王长杰政委的陪同下，一同乘船前往开山岛。按照王仕花戏谑的话说，她这趟出远门，是去探亲！

得知要到岛上去，王仕花兴奋得连续两个晚上没睡好觉。也怪了，明知天晚了，该睡了，可躺在床上怎么也睡不着，头脑特别地清醒。她想了好多，从她与王继才谈恋爱，到结婚生女，再想到王继才瞒着她上岛，她满世界地找他，都快要把自己给找疯了……像是放电影，画面那样地清晰，情节那样地生动。到了动情时，她会掉泪；到了生气时，她会不高兴地噘起嘴。而更多的，是她到岛上去，给他带些什么。其实，无非是王继才平时喜欢吃的那些东西。可是王仕花在心里盘算过来盘算过去，越是盘算得细，越是毫无睡意！这不，到了上岛的这一天，临来前，王仕花还在家里照过镜子。她发觉自己的眼圈隐隐约约地泛出了一点点淡淡的乌青，她知道，那都是睡不好觉惹下的祸！

在开山岛上的王继才当然知道妻子要来看他。事先，县武装部政委王长杰已经通过电话告诉了他。为此，王继才也像妻子王仕花一样，兴奋不已。

对于王继才来说，毕竟离家47天了，在岛上的每一天，就像一年一样时光漫长。在这47天里，王继才经历了他从未有过的生活。他要把日子过得由完全陌生，到渐渐适应；由抵制排斥，到可以接受；由一度绝望，到充满信心；由寂寞难耐，到忍受得住……其间的过程，该是多么艰难曲折啊！好在他一一经历了，也一一承受了。尽管在这之后他保不定还会有反复，还会面对艰难进行选择，但最起码他在独自守岛第47天后，人还在岛上，并且今后仍旧愿意在岛上守下去。他觉得，这就挺好。

于是，王继才竟有了些许小小的得意，他觉得等到船来了，见到王长杰政委和妻子王仕花时，他可以挺直腰杆，昂起头来，在码头上迎接他们！

就像王仕花不愿意进船舱，宁愿被海风吹也要站在甲板上，为的是第一时间看到开山岛那样，王继才明知道船还没有来，他仍然早早地来到小岛的最高处，朝燕尾港的方向眺望，为的是早早看到王仕花乘坐的那艘船。

实际上，王继才站在山坡上朝远方看，纯属是一种心情使然。这时候的王继才，看什么都非常好。他看见海天之间，辽阔无垠，一片蔚蓝。阳光下，云朵洁白，浪花洁白，就连海鸥的翅膀也是洁白的。

让王继才特别开心的是，竟有一两只白腰雨燕超低空从他的头顶欢快地掠过，它们在这个夏日里，把一阵清爽而流动的海风带给了他，让他感到了惬意。当他下意识地扭过头来去寻那白腰雨燕时，它们转眼间就飞走了，飞得不知去向。

又等了一些时候，王继才在心里计算着船该来了，果然，目光再往远方搜寻时，他发现海天之间就像蚕茧似的忽然就被一只小小的浅灰色的蛾子轻而易举地咬破了。接下来，那只蛾子在他的目光里，身子一点一点地变大，颜色也一点一点地变深，距离也一点一点地缩短。啊，是船，是船。

船来了！

船来了！！

王继才情不自禁地扯开喉咙喊了起来：

船——来——了——

船——来——了——啊——

王继才一边喊，一边跳，一边挥动着双手纵情欢呼！

这时候，眼泪从王继才的脸上流了下来。顿时，泪水模糊了王继才的视线，船也就变得模糊起来。但不要紧，王继才心里清楚着呢，他知道船来了。王仕花来了。王长杰来了。在他上岛的第47天，终于盼到了来人，这让王继才激动不已！

等到船的轮廓再次清晰地进入眼帘时，王继才张开双臂，像只展翅飞翔的大鸟，迅速向山下的码头奔去……

船刚刚靠上码头，王仕花就迫不及待地登上了岸。

王仕花向王继才跑去。

王仕花跑到王继才面前，突然停住了。王仕花不敢相信自己的眼睛，迎面而来的那个人是她朝思暮想的丈夫王继才吗？他的头发那么长，乱糟糟的，像一只胡乱搭建的鸟窝，顶在头上；他竟然长着胡子，弄得整个下巴颏脏兮兮的。王继才可不是这样的。王继才是个爱干净的人。那么，这个人是谁呢？这个人看上去非常熟悉，可是乍看又很陌生，让王仕花一下子不敢认了。于是，王仕花便站在那里，不知道自己该怎么办。

定是王仕花异样的表情告诉了王继才，才让王继才意识到在这漫长的47天里，自己的相貌有了很大的变化。其实，这也怪不得他。起先是强台风袭击，王继才哪见过这种阵势，恐惧一度占据上风，以致他精神上差点儿崩溃。那些天，王继才光知道害怕了，根本顾不上吃饭。他只是抽烟，喝酒，也不知道饿。等到台风停了，他才感到饥饿难忍，于是胡乱做了一顿饭，接着狼吞虎咽，差点儿把自己给撑死。后来，他的思想多次出现反复，一会儿想走，一会儿想留，自己把自己折腾得够呛，折腾到后来，人瘦了，头发和胡子长了，人整个儿变了个样。所以，在码头上，分别一个多月的王仕花不敢认他，王继才一点儿也不奇怪。

这样一来，两个人面对面地站在那儿，近在咫尺，却像远在天涯。

王长杰见了，说，怎么啦，不认识啦？

听王长杰这么说，王仕花哇的一声哭了。她知道面前的这个人是谁了。她朝那个人的怀里扑了过去！

王仕花上岛后，一刻也没闲着，她给王继才理发，剪胡子；然后又烧水，让他洗澡；然后洗衣服；然后做饭……直到要走了，王仕花仍然觉得还有许多许多的事情要做。

于是，临走时，王仕花再三嘱咐王继才，让他一定要照顾好自己，要吃好，休息好，只有这样，才能工作好；要他常洗澡，常洗衣服，不要怕麻烦，要讲究卫生。等等。

有一句话，王仕花没有说，她把话放到心里去了。其实，那句话很简单，是句大实话。大意是一个男人独自驻守在这样小的一座岛子上，他完全有能力当一名称职的哨兵，为祖国看好大门，守好海疆；但要他照顾好自己，似乎就有点强人所难了。

那天，王仕花离开开山岛时，她把这句话揣在心里带走了。

那句话的分量很重，以至于王仕花从岛上回到家，掂量了很多日子。

3........ 唯一的选择

从开山岛回来，王仕花日子过得一如既往，她每天按时到学校去教书，回家后便做饭、带孩子。总是在忙。只是到了晚上，批改完学生们的作业，哄女儿上床睡觉之后，王仕花才有空静下心来想想自己的事。

她的事理所当然也就是关于王继才的事。

自从上岛见到王继才，他那头发长长、胡茬零乱的样子，就像一枚印章，在王仕花的心里揿下了印迹，以至于她只要想到王继才，眼前就会出现丈夫那粗粗拉拉、潦潦草草的模样。

她很心疼他。

她觉得他作为一个男人，为了做他要做的大事，真是太不容易了。在岛上，他要巡逻放哨，他要守护军事设施，他还要自己做饭洗衣服……日常生活中的一切，都要自己动手，进行打理。以往，他若是干活累了，可以偷一点点懒，回到家往床上一躺，其他事都交给老婆去做。可是在岛上不行。老婆在对岸的家里。岛上就他一个人。海螺姑娘只存在于传说中。要是哪天他累了，或是受凉感冒身体不舒服了，那就麻烦了，就有可能吃不上饭，要忍饥挨饿了……王仕花不敢多想。

但她又不能不想。

这样想得多了，某天晚上王仕花冷不丁地冒出一个念头来，她决定辞职，追随丈夫王继才，上开山岛，当一名共和国的哨兵！

当这个念头突然出现时，王仕花把自己吓了一跳，你真要辞职吗？你可要想好了，一旦迈出人生这一步，即使后悔，也来不及！

王仕花是鲁河乡小学的民办教师。

鲁河乡小学是当地最好的一座学校。它是乡政府直属机关，不仅学校各种设施一流，而且办学质量高。

再说，鲁河乡政府所在地，就在鲁河村。王仕花到学校上班，走不了多远就到了，方便得很。

更重要的是，王仕花虽然是民办教师，但她正面临着转正的机会。

说来话长。众所周知，民办教师，是20世纪中叶起中国农村地区特有的一个特殊群体。为什么这么说？因为中华人民共和国成立之初，国家一穷二白。经济困难，教育自然也就上不去。加上大量文盲半文盲的人口大都集中在农村，大力发展富有中国特色的"农村民办教育"，就成了那个特殊时期各级政府的必然选择。于是，民办教师应运而生。在这之后漫长的岁月里，民办教师填补了历史造成的空缺，为全国农村地区的"文化脱贫"，为推动社会经济文化的发展，在建立了不可磨灭的功勋的同时，也创造了人类教育史上的奇迹！

到了1984年，也就是王仕花参加工作不久，《中共中央、国务院关于普及小学教育若干问题的决定》的文件下发。这个文件的主要精神就是：贯彻小学教育方面执行国民经济"调整、改革、整顿、提高"的八字方针，并指出"没有文化教育事业的充分发展，就不可能有完全的社会主义"，要"提高教师社会地位"等等。总之，就是要重视教育，并与此相应地逐步提高乡村民办教师的地位。

有了这样的背景，近年来，县里分期分批地给了乡村学校一定的民办教师转正的名额。其间，校长已经跟王仕花打过招呼，说是1986年的下半年，她有望由民办教师转为公办教师。

然而，就在多年来盼望的转正就要实现时，王仕花却想辞职，也就是说主动放弃即将到手的转正名额，这要放在王继才上岛之前，即使借给她一百个胆子，她也不敢啊！

由民办教师转为公办教师，这在乡村小学，曾是多少人期盼的梦！一旦梦想成真，你的身份就变了。你成了公家的人。你的姓名就在学校老师的正式花名册上注册了。从此，你手上捧着铁饭碗，有工资，有奖金，还有了比以往更多的尊严与自信。甚至，因为你的转正，还会惠及你的家庭，在村子里，你就和许多人不同了，其他人是农民，而你是体制内有着事业编制的公家的人。就连你的孩子也会感到荣光，毕竟你身在乡村，工作已经和城里人没有什么区别了！所以，鉴于民办教师与公办教师之间的巨大差别，王仕花何去何从，可要慎重、慎重，再慎重！

俗话说，三思而行。

王仕花，你真的想好了吗？

这是一个艰难的选择。

在作出最后决定前，王仕花有过冲动，也有过犹豫；有过坚定，也有过迷茫。她在辞职这个问题上的反反复复，主要有如下考虑：

一是继续在鲁河乡小学当老师，承受夫妻分居两地给家庭生活带来的种种不便。在工作上，无需做到不同凡响，只要和往常一样，不出差错即可。熬上三四个月，顶多熬到这一年的年底，就可以瓜熟蒂落、水到渠成地转为公办教师，享受体制内工作人员应有的福利待遇。然后，一如既往地过着一天相似一天的日子，一直过到退休。到那时，如果王继才还在开山岛守岛，她就以退休教师的身份上岛，陪同丈夫，相伴到老。

二是立即向校领导打报告，提出辞职的请求。一旦组织批准了，她就转换工作岗位，乘船过海，登上开山岛。将来，不管是当一名县武装部认可的哨兵，还是当一名业余的海防守卫者，总之，都行。她要用实际行动来诠释"夫唱妇随"这个成语。她要和丈夫白天一起看日出日落，晚上一起数满天繁星。那将是他们夫妻人生中最浪漫的事。与此同时，她还要和丈夫一同在岛上巡逻，清点碧波银浪；一同在山顶放哨，守护蓝天白云。同样，只要国防需要，她和他就在开山岛生活一辈子，用一生的时光，共同书写一首与家国情怀内容相关的诗！

王仕花认真地想过，人的一生，怎么过，都是过。

如果过得像前者表述的那样，顺其自然，按部就班，也不是不可以。许多人一辈子不都是那么过来的吗？且过得无风无浪，心安理得。

如果过得如后者，毫无疑问，往后的日子必然会生动许多、高亢许多、浪漫许多，也别致许多。当然，这并非是一般人能够做得到的。王仕花试图去做，却与作秀无关，与表现欲无关，与某些大道理无关。在她看来，仍旧是那句老话，夫唱妇随。她觉得丈夫在岛上，她就要上岛。这是合情合理、天经地义的事。

几经反复，王仕花最后还是选择了后者，即辞职上岛。

尽管这种选择的过程中伴随着痛苦，有得，也有失，但她不再犹豫。她认定了，这将是她今生今世在这件事情上唯一的选择！

4........最后一课

阿尔丰斯·都德的短篇小说《最后一课》，作为法国文学名篇之一，曾被选入我国的中学语文教材。我很早就读过它。这篇小说以沦陷了的阿尔萨斯的一所小学校被迫改学德文的故事线索为题材，通过对最后一堂法文课的生动描写，刻画了小学生小弗朗士和法语教师韩麦尔先生的形象，反映了法国人民深厚的爱国情怀。

小说作者都德的高明之处在于，他把一个小学校里的一堂课的意义，提高到向祖国告别的高度，使这一堂课的场景和细节都具有了庄严的意义。

历史与现实，有着许多细微的相似之处。就说鲁河乡小学老师王仕花吧，当呈交的辞职报告经校方批准，在她即将离开心爱的讲台之前，也为学生们上了最后一课。她的最后一课，与都德的《最后一课》，虽然大的背景不同，一个写的是向祖国告别，一个寓意是向祖国报到，但有一个共同点，就是爱国。爱国这一主题，在不同的时间和地点，都被提升到一个很高的高度！

王仕花给学生们上的最后一课，是经过事先精心准备的。

那一天，王仕花郑重地向校长递上辞职报告。事先毫无思想准备的校长看到报告，非常吃惊。他连看了两遍，然后说，王老师，你真要辞职？

王仕花微笑着点了点头。

校长说，你不妨再慎重考虑考虑。

王仕花说，我已经考虑很久了。

校长说，你知道吗？县教育局近日就要向各个小学分配转正名额，按你的资历、教学能力，即使是排队，也该排到你了。你要是放弃，岂不是太可惜了！

王仕花说，鱼和熊掌不可兼得。能够转正，由民办教师转为公办教师，固然很好，可是随同丈夫同守开山岛，为国防事业效力，不也挺好？两者只能选一。所以，权衡再三，我决定辞职，选择进岛。

王仕花在说这些话的时候，既没有高亢昂奋的语调，也没有表现出燃烧的激情，她的声音是平静的，平静得就像是在说一件生活中平平常常的事。

也许正是这样，校长感受到了王仕花话语中潜在的力量。因此，他看着面前的这位个子不高的老师，内心不禁风起云涌，深为感动。

校长说，王老师，我个人尊重你的选择，并对你表示敬意！

校长接着又说，按照程序，你的辞职报告要经过开会研究才能答复你。你看，除此之外，你还有什么要求吗？

王仕花说，如果领导批准了我的辞职报告，我一定搞好交接，站好最后一班岗。

其实，王仕花在说这话的时候，已经考虑到要给学生们上最后一课。并且，她的最后一课，将讲述新的课文《我爱北京天安门》……

王仕花不想让学生们知道这一堂课是她在学校上的最后一课。如果学生们因为她的离职而带着附加的感情来听课，她是不愿意看到的。在王仕花看来，凡是煽情，均含有虚假的成分。作为一名多年来教书育人的老师，她历来要求自己求真，求实。

应当说，王仕花这一堂课上得非常完美。

当上课铃声打响时，王仕花像往常那样，以平常之心，微笑着走进教室。然后，她拿起粉笔，在黑板上工工整整地写下了"我爱北京天安门"这几个字。

写完，她转身对同学们说，今天，由我来为大家讲这一课。

接下来，王仕花声情并茂地朗读课文：

"首都北京天安门，是我们最向往的地方。高大的城墙雄伟壮丽，金黄的琉璃瓦闪闪发光。庄严的国徽高悬在城楼上……一盏盏宫灯放射红光，一面面红旗迎风飘扬。啊！北京天安门，你是我们最向往的地方。"

她讲到，北京是我国的首都，今后，无论我们身在哪里，只要看到国旗，就会想到北京，想到天安门。接着，她讲到了开山岛。她说同学们，你们知道开山岛吗？开山岛离我们不远。开山岛是祖国的东大门。在岛上，有一座一个人值守的哨所。每天早晨，那个哨兵都会迎着早起的太阳，升起国旗。为什么？因为国旗是我们国家的象征……

王仕花讲到这里，动情了，眸子里，泪光闪闪……

上完课，王仕花的教师生涯结束了，但她的人生，却有了一个新的开始！

5....... 阳光灿烂的日子

王仕花来到了岛上，王继才就觉得整个世界变了样，变得美丽了，变得欢快了，变得多彩了，变得尽如人意了！

王仕花咯咯地笑着说，我有那么神奇吗？

王继才说，你说呢？

王仕花说，我要是有那么大的魔力，就不是你老婆，是神了！

王继才说，你本来就是神，我心中的女神嘛！

王继才说这话时，他正和王仕花一人抓住刚刚洗净的被罩的一头，像是拧麻花，使劲地拧水。

这一天，天气特别好，海上无风无浪，天空阳光灿烂。早上起来，王仕花推开窗户一看，就嚷嚷着要洗床单和被罩。王继才说，你刚来，歇一歇。王仕花说，床上铺的盖的都用了那么多天了，早该洗洗了。说着，她一撸袖子，麻利地拆洗起被罩和床单来。

王继才自然不会袖手旁观。

近几个月来，王继才一个人守岛，与孤独、寂寞为伴，好不容易盼来了王仕花，他恨不得整天黏着她才好。所以，王仕花走到哪，他跟到哪；王仕花干什么，他也乐意干点什么。

其实，洗床单被罩这么简单的活儿，要是搁在平时，无论谁一个人做就行了，可是现在他们却愿意一起来完成，主要是为了好说说话。在这之前，他们天各一方，已经好久没有像现在这样痛痛快快可着劲地说话了。瞧他们那样子，就像是要把以往的损失补回来似的，话匣子一打开，就没完没了了。

时间就这么不紧不慢地走着。他们的话还没说够，被罩和床单却已经洗好了。再后来，就该晾被罩和床单了。当年部队在岛上住的时候，战士们在宿舍前都安装了晾衣架，这样王继才和王仕花就方便多了，他们把洗净拧干的床单被罩展开来，抖了又抖，抖得空气中浮动着数不清的水汽。那些水汽经阳光照射，竟然出现了彩虹，让王仕花看了，忍不住接二连三地发出了赞叹！

晾在晾衣绳上的被罩和床单，不经意间，就使小岛充满了生活气息。它们像巨大的旗帜，悬挂在宿舍门前。它们似乎在用这种特有的方式，向蓝天，向大海，向白云，甚至向海鸥诉说着什么。

而在王继才一个人驻守小岛的那些日子里，是没有这样的风景的。这风景可以说是王仕花带来的，是属于两个人的。

晾好被罩和床单，王继才夫妻并没有马上离开。他们忽然发觉，阳光照耀在被罩和床单上，竟是那样的美！于是，他们像是欣赏一幅画，逆着光，欣赏自己的杰作。

这时候，那被罩和床单被太阳照得薄如蝉翼，大面积的色块，通透，呈现出暖暖的色调，让人看了，不由心里也暖暖的。

后来，王继才和王仕花不再说话，他们生怕发出的声音惊吓到美轮美奂的被罩和床单，于是，就这么默默地相互依偎着站在那里，一直站了很久很久……

岛上有许多小菜地，它们形状各异，一律朝南，分布在向阳的地方，大的比一张双人床略大一些，小的就像一只箩筐扣在地上那么小。

早在王继才上岛后的第47天，王仕花由王长杰政委陪同来到岛上看望丈夫时，她就注意到小菜地了。只是当时时间有限，王仕花仅在岛上走马观花地走了走，看了看，等到回到家，那几块小菜地竟然又出现了，且赖在她的心里不走了。她想过，王继才若要长期守岛，小菜地的作用不可忽视。你想啊，开山岛远离大陆，日常生活用品包括蔬菜，全靠船艇运进来。要是遇上大风大浪，船进不了岛，供给中断，如何是好？假如你自力更生，在岛上种了菜，情况就不一样了，就有了属于自己的"南泥湾"，就可以借此与风浪抗衡，更好地驻守海岛。

当王仕花辞职，即将远赴开山岛时，她不免又想起了岛上的那些小菜地。于是，王仕花准备行装时，特地带了一些蔬菜种子。

王仕花上岛后，把带来的种子，分别播种在了小菜地里。

在等待种子发芽的日子里，王仕花时常会站在小菜地旁，静静地观察着，希望土壤里能钻出一片片让她渴盼的绿。

若是在陆地，王仕花完全不用担心种子与土壤双方配合的默契，但在岛上，情况就不同了。在带有咸腥气息的海风长年累月的侵蚀下，没准土壤的碱性大，而碱性过大，菜种能正常地发芽吗？她不知道。

但王仕花相信自己的判断。

凭直觉，王仕花觉得岛上既然有小菜地，说明此前驻守小岛的解放军战士们种过菜。他们能种，自己为什么不能种？

王仕花把自己的分析说给王继才听。

王继才说，多年前，他曾听老渔民说过，说开山岛早先山坡上全是石头，几乎没有泥土。小菜地里的这些泥土，都是当年驻守小岛的战士们从大陆一点一点地捎进岛的！

王仕花听了，惊讶极了。

王仕花说，没想到这些小菜地，竟有这般非同寻常的来历！

当王仕花得知小菜地有着如此非同寻常的身世后，她种菜的积极性更加高涨了。她和王继才商量，先种一些青菜、辣椒、萝卜、葱……过一些时候，再种一些过冬的菜……总之，一年四季，地里都要有蔬菜。

在说到这些时，王仕花脸上绽放出花一样的笑容。

王仕花上岛后，养了一些鸡。一开始，王仕花把它们关在一间屋子里，每天给它们喂食。后来，小鸡一天一天长大了，王仕花曾打算把它们转移到户外，但试了试，不行。主要是有老鹰。在小岛的上空，几乎一年四季有老鹰，它们飞得很高，在云端不知疲倦地盘旋着，显得极有耐心。当王仕花把鸡群赶到屋外的山坡上时，老鹰立即降低了飞行高度，盘旋的直径也越来越小了。

鸡似乎天生对老鹰怀有警惕性，它们低头看见地面上迅速移动的鹰的影子，便恐慌起来，就连咯咯的叫唤声都和以往不一样了。这时，王仕花也注意到老鹰的存在。王仕花连忙将鸡往回赶。

不管是在户外还是在户内养鸡，对于饲养者来说，殊途同归，目的就一个，多产蛋。

王仕花每天都能从收获到的鸡蛋上，觉出自己的富有。

开山岛的秋天，山坡上的野菊花开得好艳。它们一丛丛、一簇簇，只要有一点点空间，就会奋不顾身地热烈绽放。即使遇到地方狭小伸展不开拳脚的情形，也无妨，它们并不嫌弃泥土的稀少和贫瘠，三三两两地照样生长，该开花时开花，该美丽时美丽，绝不辜负季节的厚望！

许是岛上风大的缘故，野菊花的枝不高，杈却多。它们尽可能地贴近地表生长。叶子不是很大，这样消耗水分就少。花呢，也小，呈白色，一朵朵显得十分精致。

据医书上说，野菊花含菊醇、野菊花内酯、氨基酸、微量元素等多种活性成分。其水提取液对心血管系统有明显保护作用，能提高心血输出量，增加心肌供氧量，保护缺血心肌的正常生理功能。

还说野菊花水提取物及蒸馏法提取的蓝绿色挥发油对多种致病菌、病毒有杀灭或抑制活性，水提取物对金黄色葡萄球菌、痢疾杆菌、大肠埃希菌、伤寒杆菌等的抑制活性强于挥发油，并有抗炎、抗氧化、镇痛等活性。

这在《本草汇言》《现代实用中药》等书中，都有过详细的描述。

王继才对野菊花的功效略知一二，他小时候曾听村里的老人说过，说要是哪个孩子头上长了毒疖头，采些野菊花泡茶，喝上几回，就好了。至于其他方面，王继才对野菊花的感觉就显得迟钝多了。当然，这仅局限于妻子王仕花上岛之前。那时候，王继才一个人守岛，心头的孤独感挥之不去，以至于他对岛上的花啊草的，基本上没有什么感觉。尽管他每天都会看到它们，但它们在他眼里，只是野生的植物而已。

直到某一天，王仕花上岛，情况就大不一样了。

王仕花来到岛上，看到山坡上开了那么多那么多的野菊花，开心得不得了。她忍不住地惊呼："太美了！太美了！"然后兴奋地跑到花丛中，先是蹲在那里，细细地看；后来觉得不过瘾，索性就地坐下，坐在花丛中，闭上眼睛，闻着野菊花散发出的淡淡的清香，充分享受阳光把自己晒出一阵阵舒舒服服的眩晕；再后来，她躺倒了，躺在花旁，把语文老师的本性暴露无遗，情不自禁地把自己能够记得的有关咏菊内容的唐诗宋词搜索出来，默默地背诵着。比如苏轼的《赵昌寒菊》："轻肌弱骨散幽葩，更将金蕊泛流霞。欲知却老延龄药，百草摧时始起花。"比如白居易的《重阳席上赋白菊》："满园花菊郁金黄，中有孤丛色似霜。还似今朝歌酒席，白头翁入少年场。"等等。默诵的过程是享受的过程，这时的王仕花，心间揣着满满的诗意！

光是这样还不够，临走，王仕花采了一些菊花带回宿舍，然后找来酒瓶盛上水，把花插在瓶子里。

如此一来，窗台上、桌子上，就被王仕花摆上了花。

如此一来，宿舍里因有了花，视觉效果就与以前大不一样了。

在远离大陆的开山岛，王继才夫妻有了家的美好感觉！

第三章　苦楝树之恋

1. 好大一棵树

那时候我种过一棵树

岸是我热吻过的笑靥
韵味无穷

风说礁石很结实
绿色是它遥远的梦幻
浪花说积水很咸腥
种子是它腌熟的鸭蛋
我却固执地要在小岛
种一棵树
一棵相思树

相信我的树
树冠是一支集合起来的优秀队伍

铺天盖地的阵容里

站立着太阳星星和月亮

站立着云朵白帆和彩虹

还有一只叫不上名字的小鸟

红嫩的小嘴很可爱

有歌日夜唱

牛郎和织女的故事

在我树下得不到生长

绿荫里只有一根常青藤

援着树干往上攀

情调很是缠绵

是一根长长的纤绳吗

奋力拉着树的船

站在甲板上

我看见岸的码头上

红纱巾舞得动情……

许多年以后

我和妻很想去那座小岛

看当年种下的那棵树

生长得怎么样

这首诗写于1992年9月22日。

就在我写下这首诗时，王继才夫妻已经在开山岛守岛六年多了。

很多年之后，我得知王仕花上岛和王继才一同栽树，他们夫妻想把开山岛的山坡上栽满树,让整个小岛成为万顷碧波之上的一座森林,成为茫茫大海中的一片绿洲……可是,他们栽了许多许多的树,直到第三个年头,才开始成活一棵。

这棵树,是一棵苦楝树!

正因为如此,才让我想起当年写下的这首诗。我曾在达山岛有过一段令人难忘的当兵的岁月,深知在岛上种树的艰辛不易。所以,我把诗写成了爱情诗。我觉得唯有爱情诗,才足以表达在岛上种树的那种特有的感情。

1986年秋天,王仕花上岛后,他们夫妻俩想到了种树。岛上一旦有了树,情况就大不一样了。你想啊,岛上石多土少,种树可以减少水土的流失;岛上风大,种树可以起到防风的作用;岛上色彩单调,种树可以美化环境……总之,好处很多。

于是,他们就开始种树。

他们选择了春天,选择了植树节,把从岛外运来的一百棵杨树苗,种在了岛上。

他们本以为,尽可能地找土层深的地方挖坑,栽下树后,把泥土踩实,不让土中留有空气,然后再在树的周围培上一些土,这样种下的树苗很快就会扎根,等到那些根须向四周扩展,如同一只只小手,紧紧地抓住小岛,就能确保风刮不倒树干。树成活后,就可以继续生长了。

可是王继才夫妻忽略了,海风是树的最大克星。

春天,海上风大。一刮起来,就没完没了。虽然会有停的时候,但那是风在转向,暂时的。很快,风又开始刮了起来。

风大,会把树苗吹干。

这是常识。

但这仅是常识之一。还有之二。

但凡有过海岛生活经历的人都知道，海风中含有一定比重的盐碱性物质，人被海风吹久了，皮肤会发黏，会起细微的盐屑。如果较长时间不洗，人便感到很不舒服。新栽的树苗也是这样。树干上附着的盐碱多了，它会破坏植物细胞内离子平衡，抑制细胞代谢，使其光合作用能力下降，最终导致树苗的死亡。

写到这里，也许有人要说，既然如此，不能把树苗栽到背风的地方吗？

当然，对于新栽的树苗，背风处肯定要比直接风吹要好。但是你别忘了，海风中既然含有碱性物质，空气中必然也有，再就是，久经海风侵蚀的土壤，已成为盐碱地。由此可见，在岛上种树的难度多么大！

王继才夫妻种下了第一批树苗后，天天盼着它们长大。

他们每天都要给树苗浇水。

别看王继才是个高高大大的男子汉，做起事来，却特别细致。有一次，他给树浇了水，可是没过多久，就惦记起它们来了，便过去看；光看，还不放心，王继才还用手去试试土的湿度，然后生怕浇不透，树干渴，接着再浇……王仕花见了，连忙阻止，说不能浇了，水多了根会烂！王继才说，怎么会呢？浇水要浇透。你看，光是土的表层湿了没有用的，根须吸收不到水分！

说着说着，两人便据理力争，互不相让。

但最后妥协的是王继才。

王继才讲不过王仕花，是因为在他看来，王仕花当过老师，讲起给树浇水来，理论性强，讲得头头是道。

比如，王仕花讲，植物的根须只有在有氧的状态中，才能够吸收水分。如果你浇水浇多了，树的根须被水浸没，土壤中的空气少了，根的呼吸作用客观存有阻碍，生理功能降低，树苗反而会枯萎。

比如，王仕花讲，浇水要因地制宜、因树制宜。有的地方土壤有黏性，并且吸湿性强，就可以少浇一些水。而且浇水要"见干见湿"。有的树呢，比如白腊、马尾松，相对耐旱，浇水的次数可以适当减少。

比如，王仕花讲，浇水浇多少合适？最好是达到平衡，即所浇的水量，等同于树苗吸收的水分以及蒸发等消耗的总量。人也是这样，吃多了，营养过剩，不利于健康；吃得少了，会饿着，当然也不行……

王继才口服心服，他采纳王仕花的意见，给那些栽下去的树苗，该浇水时浇水，该浇多少水，就浇多少水。

说来，不巧的是，就在王继才夫妻满怀希望地在岛上栽下树苗不久，他们就通过收音机收到海洋天气预报，说是海上的风力加大了。那样子，好像是海风有意跟他们作对。

连续的海上大风，显然对新栽的树苗不利。王继才夫妻看在眼里，急在心头。他们每天都要无数次地收听海洋天气预报，每天都要看海面是否有被风席卷起的高高的浪花，希望风能够停下来，或是减弱。

可是，海风依旧肆虐。

大约是在种下树苗半个多月后的一天夜里，王继才夫妻被风唤醒了。风使劲地用身体撞击着门窗，以至于屋子里到处都发出咣当咣当的声响，王继才醒来，说风大了！王仕花说，不知道树苗怎么样了？

然后两个人不睡了，就要去屋外看树苗。

风实在太大，与其说是王继才打开房门，不如说门是被风撞开来的。就听"咣——"的一声，门把王继才猛地推开，接着王继才倒在了地上。

王仕花试图用手臂去挡风，可是徒劳，风把她连连推搡着，直到把她推到墙根，她才好不容易站住。

王仕花急切地问王继才，怎么样？伤着了吗？

王继才一边从地上爬起来，一边说，没问题。风太大了！

接着，王继才让王仕花留在屋里。他说，天黑，风大，浪也大。你就别去了吧。

王仕花哪里肯听。

王仕花说，去，怎么能不去呢！

说着，王仕花拉着丈夫的手，一起朝门外走去。

风迎面吹来。为了最大限度地减少阻力，王仕花和王继才弯下腰，把身子弯成弓状，一步一步地向前挪动。其实，从住处到栽种树苗的地方并不远，可是他们却走了很长的时间。等到他们好不容易来到树苗的跟前，风把他们呛得连话都说不出来了。

看到栽种的树苗被风吹得东倒西歪，王继才夫妻心痛极了。他们把被风刮倒的树苗扶起来，可是手一松，树又倒了下去……

怎么办？

王仕花向丈夫打手语，告诉他，找木棍支撑，然后再用绳子进行加固。

王继才点点头，表示赞同。

接下来，他们就去找木棍和绳子。

此后的时间里，王继才夫妻一直在为加固树苗而忙碌着。直到天色渐亮，四周的景色显现出清晰的轮廓，他和她才忙里偷闲，突然发现对方的头发，已被风吹得杂乱无章、凌乱不堪，像是经常看到的公路边的一棵树上被枝干高高托起的喜鹊窝……

尽管王继才夫妻尽心尽责，他们种下的树苗还是全军覆没了。

他们不甘心，接着再种。

第二年，他们种下了五十棵松树。

结果，成活率为零。

王继才说，我就不信，我们夫妻俩在岛上种不活一棵树？

王仕花说，那就接着干！

于是，他们又栽种下了一批树苗。

后来，已记不清他和她究竟种下了多少棵树苗了，种到第三年，不知是老天为他们的不懈努力而感动，还是他们坚定的信念给树注入了强盛的生命力，总之，在一批接一批的树苗倒下之后，竟有一棵顽强地挺立着！

这棵树，是一棵苦楝树！

三年了啊！

三年来不停歇地栽树，虽然仅存活了一棵，但它的存在给王继才夫妻带来了希望与乐趣。他们觉得它的成长，也是他和她的成长。从此，他们在岛上，除了继续栽树，还种蔬菜，养鸡，养狗，让岛上多了一个又一个成员！

而在我看来，这棵苦楝树来之不易。因此，是否可以说，在它的身上，承载着许许多多未能站立起来的树的梦想？或者说，它代表着许许多多的树，在小岛上站立，把自己站成了一种象征，一种不畏艰难困苦、坚韧不拔、默默奉献精神的象征？！

四月初，当我驾车从市区出发，在马路两旁盛开的玉兰花树的夹道欢送下，前往开山岛采访时，开山岛上的那棵由王继才夫妻种下的，至今已长有碗口粗的苦楝树也开花了。它那满树的淡紫色的花，像是在用一种特殊的语言，向辽阔的天空与海洋，讲述着过往时光带来的沉甸甸的收获！

既然能够种活一棵树，就能种活两棵、三棵……

在那棵挺立的苦楝树的鼓舞之下,王继才夫妻以愚公移山的精神,继续种树不止。现如今,在开山岛,已有三十多棵松树、苦楝树、无花果等树木顽强生长着,它们在岛上扎下根,然后把一片片绿色托举向天空……

它们以蓬勃旺盛的生命,向世界诉说着存在的价值,诉说着生机与希望!

2 风暴来了

风暴来了！

风暴来了！！

风暴从菲律宾以东的海面生成，然后以每小时一百多公里的速度，进入南海东北部海面，之后呈加强状，调转方向，挥师北上，直朝东海与黄海凶猛扑来。

风暴大口大口地喘着粗气，呼哧呼哧地剧烈奔跑着。风暴所经之处，乌云翻滚，天昏地暗。汹涌的波涛，歇斯底里，发出一声接一声惊天动地的吼叫；滔天的巨浪，失去了理智，疯狂地撞击着天空，恨不能把老天撞个粉碎！

这时候，海燕们一律失踪。它们曾被诗歌一再歌颂的勇敢，在狂暴的大自然面前，显得十分虚假，不堪一击！

这时候，所有的鱼类纷纷潜入水下。它们深知风暴的强悍、骁勇。它们必须躲避。若是丧失警觉，或是麻痹大意，它们就会身不由己地被巨浪掳向空中，然后狠狠地砸向海面，粉身碎骨……

风暴不无骄傲地大声宣告，这个世界属于它。它是这个世界的主宰！

风暴的威力究竟有多大？

举两个例子。

一是在我曾经驻守过的达山岛附近，有一座平山岛。前些年，每到八月十五退大潮，在平山岛的东北方向，海面会有一截断桅，被一片蔚蓝小心翼翼地托举着，进入守岛官兵的视野。

我知道，那是风暴留给人类的广告牌。

平山岛守备连的老连长告诉我，1968年的夏天，一艘当时北海舰队最大的运水船在那里沉没了。那个只有在退大潮时显露的桅杆，就是那沉船留下的标记。

老连长说，当时天气晴好，风平浪静。那艘运水船从青岛开来，停靠在平山岛的北码头，为岛上输送淡水。其间，风暴突然袭来。运水船来不及撤离，被风浪簇拥着撞在岸边的礁石上，很快沉没。运水船因舱内装有淡水，下沉的速度极快，等到船上大部分官兵顺着抛出的缆绳攀爬上岸时，船上最后一名准备撤离的副政委，连同运水船一起，被风浪吞没……当时，岸上的官兵争着抢着要下水去救那位副政委，老连长说，他急了，风浪实在太大，下去一个死一个啊！为阻止大家的鲁莽行为，他操起冲锋枪朝天射出了一连串的子弹，并且一边射击，一边大吼，谁敢下去，我打死谁！

二是1965年，那时候我还没有来到达山岛守备连任职。听老兵们说，风暴来了，风暴驱赶着巨浪扑向岸边的坑道。在无数次攻击之后，厚实的坑道防护门竟然被它咬开了。防护门打开，坑道里的一门八五加农炮就失去了保护。于是，又一个巨浪扑来，大炮被它叼走了！

发现情况不妙，两名英勇的士兵冲过去，企图从巨浪的口中夺下那门加农炮，结果，连人带炮都被大海吞没了……

风暴的凶猛，从中可见一斑！

王继才夫妻在开山岛不止一次地经历过台风。

但台风的等级，远不如风暴。当风暴袭来时，他们被风暴的气势、风暴的霸道强烈地震撼着，以至于他们发现，以往在书本上见到过的风暴，远远抵不上现实中的真实。风暴足以让所有的文字逊色！

风暴来了！

风暴驱赶着阵阵波涛猛烈撞击着岸边的礁石，然后将溅起的巨浪高高地举起来，再借助强大的风力，向小岛的另一端凶猛地抛去。风暴这样做的结果，等同于让海浪覆盖了小岛。或者说，风暴在用一只无形的巨手，有力地攥住开山岛的衣领，忽而把它按进海里，忽而又把它拽出水面。反反复复，乐此不疲！

户外肯定出不去了。

户外是风暴强行占领的地盘。

王继才夫妻只能躲在屋子里。开山岛本来就小。相比之下，王继才夫妻在开山岛住的这间屋子，就显得更小了。在这样一个狭小的空间里，被困住的王继才和王仕花，必须做的一件事，就是耐心、耐心、再耐心。他们需要以极大的耐心与风暴较劲，看谁能在相互的对峙中坚持到最后。

风暴也很有耐心。风暴的先头部队抵达开山岛之后，它的后续部队源源不断地向这里聚集。也就是说，风强一阵子，又弱一阵子，强弱交替，但不间断。

这样一来，风暴的持续进攻与王继才夫妻的顽强坚守，两者之间便呈现出了胶着状态——风暴在户外横行霸道，王继才夫妻在屋内岿然不动。

一天、两天、三天……半个多月过去了，风暴仍在岛上盘踞，而王继才夫妻遇到了麻烦，他们的后勤供给出了问题。首先是食物吃光了，其次是王继才的香烟断了顿。

民以食为天。食物重要。那么，不妨先说说食物。

正常情况下，岛上备有可供王继才夫妻较长时间食用的米、面等食物。然而，巧的是，就在食物消耗得差不多，等待船来进行食物补充时，风暴来了。风暴是在王继才夫妻毫无防备的情况下突袭开山岛的。风暴的到来，打乱了王继才夫妻的生活规律。

风大浪高，王继才夫妻被困在宿舍里。

库存食物一天天减少。

王继才夫妻本以为风暴袭来，在岛上闹腾一番，过后觉得没啥意思，该走时就会拔腿走的。没想到它如此任性。风暴一天不走，王继才夫妻就多消耗一天的食物。结果，当食物消耗得所剩无几时，王继才夫妻意识到情况不妙，于是他们采取措施，由一日三餐，改为每天两顿。后来，又改为一天只吃一顿饭。

可是即使是这样，食物还是被他们吃光了。

怎么办？

必须出门寻找吃的！

海边人常说，靠海吃海。在岛上生活了一段时间的王继才夫妻当然知道，只要出了门，到海边去，就能找到食物。

问题是屋外的风实在太大。即使是他们出得了门，但是如何顶住狂风艰难抵达海边，并在这种恶劣的天气情况下从礁石上顺利地挖取海蛎子，成为王继才夫妻面临的一大难题。

然而，王继才夫妻别无选择。

此时，他们只有一个选项，那就是走出去，走到海边寻找吃的。有了吃的，就有了在岛上继续坚守的可能。

大约风暴觉察到了王继才夫妻此时的心理活动，随即实施了一轮新的打击。风暴以更加猛烈的动作敲打着房屋，让房屋有了一种弱不禁风、摇摇欲坠的假象。即使是这样，风暴仍觉得不够，风暴让天空更暗了。风暴驱逐着大片大片的黑云，对王继才夫妻的住处进行了围堵。透过窗户，王继才夫妻隔着一层薄薄的窗玻璃，就可以看到伸手可触的风起云涌。

王继才对妻子王仕花说，你待在屋子里，别出门。我去去就回来。

王继才在说这话时，显出十分轻松的样子。他是有意这样的。他知道门外险恶。他怕妻子担心。

王仕花说不。王仕花的态度非常坚决。王仕花说，要去，一起去！

王仕花又说，两个人，好互相照应。

王继才心里明白，妻子的意思是风雨同舟，有福共享，有难同当。只是在这种情况下，她不愿把这种话挑明了而已。

于是，王继才不再说什么，他伸出胳膊，拥抱了一下妻子，然后说，好吧，我们一起去！

风实在太大了，王继才夫妻一前一后刚刚走出宿舍，立即领教了它的威力。

力大无比的风，使劲地推搡着他们，欲把他们推倒在地。要不是王继才夫妻思想上有准备，出门后就弓着腰，尽可能地减少阻力，然后用脚踩实地面，身体前倾，一步一步地奋力朝前挪动，风暴的阴谋就得逞了。

顶着狂风行走，其艰难程度可想而知。有时候，王继才夫妻好不容易朝前挪动了三步，接着，又被狂风刮回来两步。尽管这样，王继才夫妻还是坚持着朝前走。他们必须往前走，走到海边去。只有到了海边，才有可能找到食物。

一路上，他们已记不清多少次被狂风刮倒了。感觉到跌得疼，是后来的事。当时，他和她没有感觉。摔倒了，甚至是摔得在地上接连翻了几个跟头，爬起来再走。

王继才始终走在前面。他试图用身体为妻子挡一挡风。其实，风是挡不住的。风无孔不入。你在前面挡，它就从侧面刮过来。总之，它可以左右开弓，让你防不胜防。尽管如此，王仕花心里有数，她知道王继才在尽可能地保护她。有男人护着，她感到心里热乎乎的，浑身就有了力量。

若在平时,他们只需十分钟就可以走到海边,可现在却要花上个把小时的时间。路不长,但每走一步,都很艰难。

尽管如此,王继才夫妻百折不挠,最终还是来到了海边。

风暴袭击中的海边,面目全非,让人看了心惊肉跳,目不忍视。

昔日里,礁丛的宁静、细浪的轻柔,全没有了,取而代之的是乌云翻滚,巨浪滔天。汹涌的波涛拍打着岸边礁石发出的阵阵雷鸣,惊天动地,震耳欲聋。更有那被狂风扬起的白色浪沫,如同乡间什么人举办丧事时抛撒的纸钱,凌空飘散,把一种恐怖的气氛营造得很足。

出门前,王继才特地找了一根长长的绳子,缠在腰间。现在这根长绳起作用了。为了防止被狂风刮进海里,王继才取下绳子,将绳子的一头拴在妻子王仕花的腰上,另一头系住自己。这样一来,一根绳子把王继才夫妻连成了一体。如果说,一个人抗击风暴的力量有限,那么,两个人协同作战,足以让战斗力倍增。

在海边,王继才夫妻冒着生命危险,开始了他们采集海蛎子的艰难过程。

不过,这么好的东西,采集起来并非易事,在风暴袭击下更是如此。因为海蛎子附着在礁石上,潮水上涨,海蛎子就会被淹没,所以采海蛎子,要等潮水退去,礁石裸露,为最佳时机。

在风大的情况下,潮水的起落,间隙时间较短。这就是说,王继才夫妻要在潮水落下的片刻,迅速出手,敲碎海蛎子坚硬的外壳,才能取到他们所需的海蛎子肉。

此时,王继才夫妻该出手时就出手。

海边多有鹅卵石。他们用鹅卵石当工具,用它来敲海蛎子。别看这种方法原始,但在眼下风大浪高的情况下却非常适用。他们将石头当铁锤,一下一下地使劲凿着附着在礁石上的海蛎子。凿开一个硬壳,挑出蛎肉，然后再去凿另一个。

  他们身上的衣服湿透了。那是被海浪扑打的结果。为了采到更多的海蛎子，他们已经顾不上了。有时候，他们刚刚采到两三个，一波潮水又涌了上来。他们只好站在水里，等待着下一次机会……

  在海滨城市，夜晚有很多吃海鲜烧烤的大排档，那是年轻人的最爱。
  在这些大排档中，碳烤海蛎子作为一道美味，深受"吃货"们的欢迎。喜爱自己动手的"吃货"们，往往将海蛎子直接放在炉架上，用碳火烤至硬壳稍微张口，然后取蒜片和辣椒酱灌入其间，接着再烤，直至烤到硬壳大张，海蛎子的香味四处飘溢时，就可以开吃了。
  在当地，海蛎子炖豆腐是老百姓餐桌上的一道家常菜。这道菜做法简单，先将海蛎子加少许盐，用淀粉拌匀，然后往锅里放油，下姜片、蒜白、等作料爆香后，放入备好的香菇片、胡萝卜丝、芹菜段进行翻炒，接下来，往锅里加清水。水开后，加切成小块的豆腐，再加海蛎子，等到烧开，即可出锅。
  在风暴袭击下的开山岛，王继才夫妻没有上述的条件制作美味佳肴。他们只是将好不容易采来的海蛎子洗净，煮上一锅，然后连汤带水地吃。
  对于缺粮断炊、饥饿难忍的王继才夫妻，第一顿吃，根本顾不上品味，三口两口就把海蛎子吞下肚了，果腹成了他们的当务之急；到了第二顿，他们才感觉到味道的确不错，地地道道的海鲜，原汁原味。然而，接下来顿顿吃水煮海蛎子，感觉就大不一样了。平日里美味的海鲜，竟成了他们舌尖上的灾难。以至于每每闻到海蛎子味，他们的胃就条件反射泛酸水，就不由自主地感到恶心。但他们又不能不吃。为了战胜风暴，哪怕是黄连，他们也要把它吃下去！
  于是，就有了如下的情节——
  王继才和王仕花把煮好的海蛎子汤，每人盛上一碗，端到面前，然后说好了，两人比赛，看谁吃得快，吃得一点不剩！

别看这是孩子玩的游戏，但是搁在特定的时间、特定的环境里，对于成年人王继才和王仕花夫妻来说，效果特别明显。虽然他和她吃着吃着，脸上就出现了痛苦的表情，随后，眼睛潮湿了，接下来，泪水流了下来……

他看了看她，不好意思地抹了一把泪，继续吃。

她也看了看他，伸出手来抹去脸上的泪水，继续吃。

就这样，两个人一边抹泪，一边吃着水煮海蛎子，直到把各自碗里的食物吃光！

再说说香烟断顿的事。

王继才抽烟的历史不长，来到开山岛才开始抽烟，而且抽烟的目的非常明确，是为了抵抗孤独与寂寞。也可以这么说，越是孤独与寂寞，王继才抽烟越厉害。久而久之，王继才对香烟就有了依赖。尤其是天气恶劣的情况下，他被台风堵在屋里出不了门，这时候，他会下意识地掏出香烟，一支接一支地抽。他感觉不到抽烟是一种享受，只是觉得心里憋闷，需要抽烟，就抽了。

在此之前，王继才并不知道风暴袭击中一旦没有烟抽，会是个什么滋味。后来随着风暴在岛上赖着不走，王继才抽烟量加大，接下来持续消耗，最终结果必然是香烟告罄，出现断顿。

风暴继续肆虐。

王继才却没有烟抽了。

没有烟抽的王继才有了一种没着没落的感觉。潜伏在身体里的尼古丁依赖性，时常提醒王继才你该抽烟了，然后王继才就去衣服口袋里掏烟。可是每每掏出来的都是空烟盒！

王仕花说，没香烟了，你就不抽呗。

王继才说，想不抽，可是做不到。

王仕花说，怎么做不到了？

王继才说，说不出为什么，只是觉得别扭、难受，心里不舒服。

王仕花不说了。

王仕花知道他有了烟瘾，一时半会儿戒不掉的。于是，王仕花就想办法给丈夫找烟。她在屋子里仔细搜了一遍，结果在门后和墙旮旯儿里各找到一枚烟把。那是王继才丢弃的，现在王仕花把它们找出来，让王继才当成了宝贝。王继才接过烟把，用鼻子使劲闻了又闻，然后才开始抽它们。

王继才舍不得一次抽完，他先抽了一颗烟把。过了很长时间，实在忍不住了，再抽第二颗。等到他把王仕花找来的烟把都抽完了，风暴仍没有停歇。

接下来，又没有香烟了。

宿舍不大。王继才把宿舍的各个角落都找了个遍，再也找不到烟把了。这让王继才很失望。

王继才后悔上次有船进岛时，没有多带一些香烟。王继才是个节省的人。在1986年，他抽的是二角三分钱一包的"玫瑰"牌香烟。人说：有备无患。既然香烟不贵，就该多买几条，之前自己怎么就没有想到这一点呢？以后可要长记性了，哪怕是天再好，海上风平浪静，岛上需要的物资都要多多储备，以防万一……

然而，想归想，在眼下风暴依旧横行的情况下，没有香烟抽，对于被恶劣天气困在屋子里的王继才来说，的确是件伤脑筋的事。

这时候，王继才想到了代用品。

突然间冒出来的这个想法，源自王继才对童年的记忆。那时候村里的孩子们淘气，闲来无事，学大人抽烟。当时不知是谁，找来一截干枯了的丝瓜藤，用火点燃，含在嘴上，当作"香烟"抽。干枯的丝瓜藤，藤心有若干细微的小孔，点燃后特别好吸，一吸，烟就到了嘴里。而且那"香烟"的劲道特别大，吸时不注意，吸猛了，会呛嗓子，呛得人直咳嗽，咳得厉害时，都能把眼泪咳出来……

岛上没有丝瓜藤，只有干枯的大叶草。王继才决定试一试。他顶着大风出门，从山洼子里撸了一大把大叶草，回到屋里后，精心制作。

王继才像烤烟叶那样，把大叶草用锅烤了烤。等到草烤黄了，烤草的味道出来了，他把那些加工过的大叶草揉碎，然后用纸卷成喇叭筒状，接着将所谓的"烟叶"装进去……代用品"香烟"制成后，王继才拿起一根"香烟"，放到鼻子底下使劲嗅了嗅，脸上荡漾起了笑容。

在王继才制作"香烟"的过程中，王仕花始终是他的热心观众。

王仕花问，怎么样？可以抽吗？

王继才说，当然可以！

王继才又说，这是"开山岛牌"香烟，高级着呢！

接下来，王继才点燃了他制作的"香烟"。

那"香烟"肯定不好抽，要不然王继才不会在抽第一口时皱了皱眉头。

但王继才毕竟有"香烟"抽了，尽管是代用品，无法与真正的香烟比，眼下他却可以通过抽这样的"香烟"，与风暴较劲了。即使风暴再猛烈，他王继才也不怕了。有海蛎子吃，有"香烟"抽，他就能与风暴有一拼！

一个海岛的守卫者，如果没经历过风暴，等同于没有在海上守过岛。

风暴是守岛人的资格确认。

经历的风暴次数越多，说明你守岛的资格越老。从某种意义上讲，就像那些胸前缀满军功章的老兵们，守岛人的军功章是由风暴铸造的。它是守岛人的骄傲！

3........**海上守夜人**

国庆节的夜晚，按照惯例，加强战备，需要站岗放哨。

两个人的哨所，这个岗怎么站呢？王继才和王仕花为此进行了讨论。

王继才说，干脆，你站上半夜的岗，下半夜交给我。

王仕花说，不合适。

王继才说，那就两个人一起站岗，相互有个做伴的。站一夜。

王仕花说，那就更不合适了。

王继才说，怎么不合适？

王仕花说，听王长杰政委讲，原先开山岛守备连站岗，是从晚上八点开始，每两小时一换班，直到早晨六点钟结束。也就是说，一个晚上，要由五个人轮流站岗。可是我们现在只有两个人。并且以后逢年过节，站岗的任务都将由我们两个人来完成。

王继才说，那又怎么样？

王仕花说，我的想法是，岗要站，一是不能打疲劳战，两个人把一晚上的岗全包了；二是要科学地安排。比如说，我们是否可以夜里十一点半上第一班岗，每人站三个小时。早晨五点半，天就亮了。通常，这个时候发生情况的概率，相对来说，要小得多了。

王继才想了想说，这个办法好，我看行。

接着，王继才又说，一般情况下，后半夜到凌晨之间，是敌情易发阶段。我们值哨的人力有限，应有侧重，对重要时段，进行防范。

于是，两人商定，由王继才先站第一班岗，到了凌晨两点半，王仕花来换岗。

天不黑，是因为天上有星星。

王仕花出门时，一抬头，就看到了北斗星。她朝北斗星所指的方向朝山坡上走去。那里是哨位。事先由王继才和她选定的。那里地势比较高，在那里站岗，视野开阔，可以相对看得远一些。

王仕花不是第一次站岗。她上岛后，王继才曾经带她熟悉地形，两个人模拟站了一班岗。当时王继才就说了，以后有战备任务，在岛上是要站岗的。王继才说，他带她站一次，体验体验，以后，就单独执行任务，自己站岗了。

那一次，有王继才陪同站岗，王仕花并没有害怕的感觉。

但这次不同了。这次是王仕花一个人站岗。

当王仕花在这个夜晚一个人朝山坡上走去，去接丈夫王继才的岗时，心里不免有些紧张。尽管她在心里一再告诉自己，别怕，别怕，不就是站个岗吗，有什么怕的。可是越是这样，她越是觉得胆怯。甚至连走在路上，都觉得身后有人跟着。她停下来，回头去看，竟什么也没有。可是走着走着，又觉得身后有动静。然后她又停下来，回头看。这样反反复复重复了几次，王仕花心里一根无形的弦便开始绷着了。

小时候，王仕花在村子里，晚上经常看到四周有信号弹升空。那会儿她觉得信号弹很漂亮，像个长着翅膀的小星星，闪闪亮亮，在空中飞啊飞，飞得很高很高……尤其是逢年过节，信号弹发射的情景要比往常多得多。在王仕花的印象中，20世纪60年代末到70年代初，这种情况非常普遍。

可是，村里的大人们与孩子们不同，大人们不但不觉得发射的信号弹好看，相反，他们会感到紧张。届时，村里的民兵会接到上级通知，紧急出动，到信号弹升起的地方进行搜索。那时候王仕花年龄小，不大懂事，只是听大人们议论，说信号弹是特务放的。特务为什么经常放信号弹？他们从哪里弄来这么多信号弹？实际上村里的大多数人也弄不清楚，他们只是一再告诉小孩子，晚上不要出门，有坏人。

后来，王仕花长大了，得知信号弹的确是敌特放的。村子临近海边，敌特活动多。他们的目的，是用发射信号弹这种方式来搅乱人心，破坏社会的安定。

再后来，王仕花听说，敌特放的那些信号弹都是定时的，塑料壳，一旦到了事先设定的时间就会自动发射，并且发射后，现场几乎不留痕迹。所以，在那个年代，尽管全民皆兵，每有不明信号弹升空，部队和民兵就会进行大规模地毯式的搜索，却从未听说过抓获施放信号弹的敌特分子。

现在，正在走向哨位准备接岗的王仕花，想起关于不明信号弹的那些往事，心里不由更加紧张了。她心想，千万不要在这时候有不明信号弹从她身边的某个地方升起，那样，多吓人啊！

刚刚来到山坡上，就听不远处有人低声吆喝："口令！"

尽管王仕花听出是她丈夫王继才的声音，还是浑身一哆嗦，心里直打颤。毕竟是在夜晚，在远离大陆、四面环海的孤零零的小岛上，万般寂静之中，突然发出的口令声，让她一时难以适应，显得特别恐慌。

口令是王继才事先和她设定的。他们认为，既然是节日期间站岗放哨，一切都要按正规程序进行，该有口令时，就要有口令。再说，这也是出于安全考虑。有口令与无口令是不一样的。

王仕花的慌乱只是暂时的，片刻过后，她就镇静了。

王仕花说出了口令："黄海。"

接着，王仕花问对方："回令？"

王继才答："前哨！"

待王仕花走到王继才跟前，王继才开始交接岗。

交接岗的内容有如下几项：一是交接武器。那是一支 56 式半自动步枪，由县武装部配发。这种 7.62 mm 口径的步枪，弹仓可装十发子弹，是当时民兵普遍使用的武器装备。二是交接望远镜。三是交接情况。

王继才说，海空一切正常。

随后王继才又说，大约两点钟左右，东南方向的崖头下，有海鸥嘀嘀咕咕地叫了两声，过后就没动静了。王继才说，大概是海鸥夜里睡觉不老实，在说梦话吧。

至此，交接岗的程序便完成了。

王继才说，回去也睡不着，我留在这儿陪你吧。

王仕花说，不用、不用。你走吧。回去还能睡上一觉。

说着，王仕花就催他走。

见王继才仍不愿走，王仕花说，日子长着呢，你总不能每次站岗都陪我吧？

这样一说，王继才觉得有道理。既然是守岛，就不是一天两天的事。万事都有个开头。想到这，王继才便答应不陪她了。

王继才临走前，再一次叮嘱王仕花，要提高警惕，不要放过任何蛛丝马迹。遇到情况不要慌……

王仕花说，走吧、走吧。你什么时候变得这么婆婆妈妈了！

王继才笑了笑，不再说什么了。

随后，王继才转身，向山坡下宿舍的方向走去。

王继才走后，四周很快恢复了原有的宁静。

其实，周围越安静，王仕花的内心越紧张。她总觉得在这个夜晚，隐藏着什么。究竟是什么呢？她说不清楚，只是一种感觉。人啊，常常会被一种感觉折腾来折腾去，想摆脱，却又摆脱不掉，很是无奈。此时的王仕花，就是这样一种状况。

记得1969年底，作为刚入伍的新兵，我第一次站岗，也和王仕花一样，置身于夜色的包围中，心里总有一种说不出的恐惧感。那时候，正值"文革"期间，当地的武斗虽然结束了，但造反派手中的武器并没有完全收缴上来。既然有人仍旧持有枪支，社会就不稳定。隔三岔五，夜晚不时会有零星枪声响起。所以上岗前，班长特地嘱咐我，一定要睁大眼睛，不要麻痹大意，把心中的那根警惕的弦绷紧了！听班长这么说，我更加紧张了，以至于人在哨位上，右手的手指始终放在打开保险的半自动步枪的扳机上，随时处于准备击发的状态……

王仕花握着枪，但仍觉得不够安全。

不过，对于一个哨兵来说，恐惧感并非一无是处。比如王仕花，当她感到不安全的时候，找到的原因，竟是哨位选择得不够理想。也就是说，现在的哨位目标太明显。你想啊，你站的地方虽然是高处，视野开阔，从这里可以看到很远的地方。可是别人看到你，也很容易。你把自己置于明处，周围没有任何遮挡物，说不好听的话，就像靶子一样戳在那里，那怎么行？要是遇有敌情，你还没把对方怎么样，对方就把你消灭了！这样想来，王仕花就觉得应当换个隐蔽的地方站岗。

于是，王仕花果断地把哨位挪了个地方。

那个地方是一处洼地，人站在那里，身体被很好地掩护着，露出的头部，恰到好处地能把远处的景物尽收眼底。如果采用军用术语来评价这个地方，那就相当于是一个天然的单兵掩体。所以说，这个洼地，应当是个很不错的哨兵位置。

王仕花对新的哨位非常满意，她开始观察四周的环境。

这时候，夜晚很静。有风从海面吹来，凉爽爽的，让人感到十分舒服。王仕花巡视完天空，接着将目光投向海洋。结果，海天一如既往，仍是原先的样子。这让王仕花看了，特别地放心。

人一感到放心，紧绷着的那根弦就会悄悄松懈下来。王仕花感到了一阵轻松。由此，她的思维也比先前活跃多了。她想到了身后的大陆，在这个国庆之夜，该是万家灯火的不眠之夜了吧？电视里现在正在重播国庆文艺晚会的节目吗？在这些节目里，准有她喜欢的歌星出场，也准有她喜欢的小品……虽然她远离大陆，在黄海中部的一个小小的海岛上站岗放哨，但她同样可以感受到节日的欢乐。这种感受来自内心。你想啊，全国像她这样的同龄人该有多少？而在他们当中，又有多少人能够肩负重任，节日之夜，在为共和国站岗放哨？！一想到这，王仕花心里就充满了自豪感……

起初，王仕花站岗时，觉得时间过得特别慢，明明站岗站了很久，可是低头一看手表，仅仅过了十分八分钟，以至于王仕花怀疑手表出了问题，否则时间怎么比蜗牛爬行得还要慢呢？

后来，站岗站得适应了，王仕花竟然忘记了时间。当她再次想看手表时，天已经渐渐亮了……

4........ **人蝇大战**

先讲一小段我的个人经历。

1972年初夏，我和我所在部队的一位名叫李伯屏的老作家来到达山岛修改电影剧本。那部反映海岛连队生活的电影剧本被长春电影制片厂认可后，让我们作最后的改定。为此，长影厂特地派了一位姓傅的导演随行。我们在岛上住了两个多月。其间，我们遇到了蝇群的疯狂袭击！

事情发生在某一天上午，起风了，天边飘来一大片灰褐色的云。那云背衬阳光镀亮的蓝天，显得十分醒目。它急速膨胀着身体，轻而易举地就把其中的某个部分夸张、变形，然后将越来越厚重的阴影投向了海面。当时连队的官兵正在操场上训练。连长田德俭抬头看见空中那片奇异的正向小岛快速接近的云，连忙通知大家快跑，回宿舍，钻进蚊帐里别出来！

连队的官兵们得令，急忙往宿舍跑去。

那片云跟在大家的屁股后面追了过来。

当时我跟着大家一起跑。我一边跑，一边好奇地回头看。我看见那片越来越接近我们的灰色的云中竟然泛有无数细碎的亮点，如同银屑闪烁。与此同时，空气中明显带有被什么东西微微振动着的感觉。等到我跑到宿舍门口，身上骤然间有了针刺般的疼痛，才获知那片扑向小岛的灰褐色的云，是由苍蝇组成的！

突然袭来的苍蝇会咬人，针一般尖锐的长长的嘴巴，能够刺透我们身上穿着的军装。我被它们咬得狼狈不堪，直到躲进蚊帐，才觉出了安全。

但很快我就被眼前的情景惊呆了。我的蚊帐上落满了苍蝇，原先洁白的蚊帐因此而呈现出脏兮兮的灰暗。尤其令人恶心的是，蝇们大约嗅出我身上散发出的气味，竟贪婪地把嘴巴从蚊帐布纤维的缝隙中肆无忌惮地伸进来，让蚊帐的四壁冷不丁地生长出一片毛绒绒的恐惧。

苍蝇实在太多了，多得超出了我的想象！

透过蚊帐的空隙，我看见宿舍的墙上、桌上落满了苍蝇，甚至连从天花板上垂下来的那根电灯线，也变得异常粗壮，警棍一样戳在空中，好像随时都有可能击打在你的头上，令人望而生畏……

田连长是位老兵，守岛时间长，他曾不止一次经历过这样的蝇袭，积累了一些经验。他把桌上的电话机拖进蚊帐，然后打电话，指挥连队的卫生员穿上雨衣，将毛巾蒙住脸，用装有敌敌畏药水的喷雾器打苍蝇。

后来，仅在连部的门口，我看见被打死的苍蝇多得竟然装了满满两大筐，由战士们抬着，倒进了海里……

群蝇飞走，是在第二天早晨。同样是起风了，风不大，却是这个季节里少有的西北风。这时苍蝇们像是冥冥之中听到某种神秘的召唤，忽然间集体行动，朝着远方奋不顾身地疾飞而去。时间不长，蝇们便消失在灰蓝色的天空中……

我问田连长，那么多苍蝇是从哪飞来的？

田连长说，不知道。

田连长接着说，这种情况不多见，他在岛上这么多年，连这次，也就经历过三次!

开山岛的苍蝇也咬人。

那种苍蝇灰褐色,细看,背上有几道浅色的杠。它长得模样有点像牛蝇,个头却比牛蝇小,飞起来速度比较快,往往趁着人不注意,冷不丁地就扑过来,即使是隔着衣服也能狠狠地叮你一口!

被苍蝇叮咬后,看上去皮肤上仅是一个小小的红点,但是又疼又痒。你要是忍不住去挠,结果越挠,越疼,越痒,即使你挠破了皮,结了疤,也好不了哪儿去。

从春天天暖和开始,一直到秋天,王继才夫妻在岛上最讨厌的就是苍蝇。那可恶的小东西任你怎么赶都赶不走,你走到哪,它跟到哪。你早上起来,刚清闲一会儿,它就醒了,飞过来缠住你不放;你晚上休息了,它也找个地方一动不动地卧在那里歇着,优哉游哉地闭目养神、韬光养晦。

夏天,岛上早晚凉爽,中午却很热。即使天再热,王继才夫妻也要穿长袖衣服、长裤子,为的是防范苍蝇的叮咬。我说过,岛上的苍蝇隔着衣服能咬人,但有衣服护着,总比裸露皮肤强。尽管如此,王继才夫妻的小腿、胳膊上,仍免不了被苍蝇叮咬得伤痕累累。

王继才也曾想到过用药水打苍蝇,问题是成本高,再加上上级也不提供这方面的开支,如果自己掏腰包,一次两次还行,若是隔三岔五地打一次药,天长日久,也支付不起。再说,苍蝇灭不尽,你今天打药,过两天它们又有了。王继才弄不清岛上的苍蝇是从哪里来的,总之,它们有着极其顽强的生命力。

有时候,被苍蝇咬得恼怒了,王继才索性用手去打苍蝇,权当是用来解气。

他打苍蝇的方法比较简单,先是捋起裤腿,引诱苍蝇落在他裸露的小腿上。这时他并不急着打,而是看,看那只得意扬扬的苍蝇落下后,习惯性地将两只前腿抬起，相互搓了搓，然后观察了一下周围的环境，认为没有什么危险了，这才放下心来，将臀部高高耸起，支起后腿，以便通过身体的前倾，把力量集中到长长的针一般的尖嘴上，然后准备猛地下口进行叮咬……王继才肯定不会让它得逞的。说时迟，那时快，就在苍蝇的嘴巴快要接近他小腿的皮肤时，王继才的手及时拍了下去，一举将它毙于掌心！

许是20世纪70年代至80年代期间，大环境有了改变的缘故，王继才夫妻上岛后，没有遇到过类似我在前面所说的那种大规模蝇群袭击达山岛的现象。但一年四季，除了冬天，其他三个季节，开山岛都有苍蝇。它们时多，时少，却从未间断过。

如何减少苍蝇的危害，王仕花与王继才在处理方法上有所不同。王仕花当过老师，见岛上苍蝇多，并且会咬人，便动脑筋琢磨起它们来。

通过从书本上查询资料，王仕花得知苍蝇在生物学上，属于典型的"完全变态昆虫"。比如说世界上有双翅目的昆虫132个科12万余种，其中蝇类就有64个科3.4万余种。主要蝇种是家蝇、市蝇、丝光绿蝇、大头金蝇等。据王仕花分析判断，在开山岛上具有嗜食人血特征的那种苍蝇，基本上属于麻蝇一类杂食性蝇类。

王仕花发现，苍蝇多，生命力强，跟它的生理特点有关。因为苍蝇通过一次交配，可以终身产卵。这在其他昆虫看来，简直无法想象。再加上苍蝇不讲计划生育，一只雌蝇一生可产卵5到6次，每次产卵数量大约在100至150粒，最多可达300粒左右。一年内可繁殖10到12代。若按照这个数据，保守一点估计，每只雌蝇能产生200个后代，而100只雌蝇只需经过10个世代，繁殖的总数便可达到2万亿只！因此，有着如此惊人和旺盛繁殖能力的苍蝇，它们的数量众多，也就一点儿都不奇怪了！

常识告诉王仕花，苍蝇多以腐败有机物为美味佳肴，哪里越脏，它活得越自在，越舒服。因此，要想消灭苍蝇，你光打是打不尽的，必须从根本入手，改变环境卫生。

有了这样的想法，王仕花就和王继才经常打扫卫生。他们把岛上易于苍蝇繁殖产卵的地方，进行了清理。

比如厕所，基本上天天打扫。苍蝇产的卵孵化成幼虫，也就是人们俗称的蛆，既需要温度，也需要湿度。温度在十三摄氏度以下，基本上不发育；湿度越低，相对它的孵化率也就越低。

再比如，苍蝇的幼虫期是它一生中生长的关键时期，其发育的好坏，直接关系到成年的苍蝇体质是否健壮，繁殖效率是否高。一旦你把环境卫生清理干净，就等于降低了童年苍蝇的生活水准。那么，苍蝇从小得不到正常发育，势必会影响到它的正常成长。

王仕花还特别注意厨房的卫生。从某种意义上说，人要吃饭，苍蝇也要吃饭。人们在厨房里做饭做菜产生的垃圾，却是苍蝇可口的饭菜。尤其是人吃剩下的食物，若不及时处理，一旦质地发酵和腐烂，便成了苍蝇们的美味大餐！王仕花当然不愿给苍蝇享受生活的机会，她总是把厨房打扫得干干净净。

王继才也不甘落后。

平日里，王继才除了被苍蝇惹火了时，会抢起巴掌拍打一阵子苍蝇，他还会采取其他方式消灭苍蝇。他根据苍蝇对酸、甜、腥等味道的极强趋向性，用纱网做了几个诱杀苍蝇的笼子，然后在笼子里放上少许鱼鳞、鱼肠等物，挂在苍蝇易到的地方。苍蝇见到腥味奋不顾身地扑上去，结果，上了王继才的当，进了笼子就出不去了。

王继才采用这种简便的方法，每天都能消灭不少的苍蝇。

在开山岛，一年中的大部分时间都在上演人蝇大战。

苍蝇咬人。在岛上，只有王继才夫妻两个人，苍蝇不咬他们，也就咬不到人了。所以，他们是苍蝇攻击的目标和靶子。

就数量而言，王继才夫妻仅是两个人，而苍蝇就多了，成百上千甚至有时达到上万只！苍蝇以多战少，往往攻其不备，容易得手，时常闹得王继才和王仕花防不胜防，身上被苍蝇叮咬后留下的伤痕，几乎从春一直到秋，基本上是好了老疤又添新伤，累累伤痕，惨不忍睹！

而王继才夫妻，灭苍蝇也灭得效果明显。他们保持环境清洁卫生，不给苍蝇的滋生创造条件。

但苍蝇总是灭不尽。究其原因，在于海上有风。岛外的苍蝇会乘风空降小岛。这样一来，苍蝇兵源充足。你消灭了它一千，它又补充了一千，甚至，你消灭苍蝇的数量还没有它补充的数量多。因此，王继才夫妻积极地消灭苍蝇，苍蝇也在积极地攻击他们。这样的"战争"，不论规模是大是小，总在不断地发生。

开山岛因为有了会咬人的苍蝇，让王继才夫妻的守岛生活多了丰富性。

5 乐在其中

对于长年驻守开山岛的民兵王继才夫妻来说，风暴不可怕，饥渴不可怕，住宿条件差不可怕，苍蝇叮咬不可怕……生活中，最可怕的是什么？是寂寞！

寂寞是毒。让你明知自己中了毒，却一时难有解毒的药。

寂寞是把软刀子，在一点一点地切割着你的耐心。

寂寞是让你想发疯，想狂奔，想大喊大叫，想张口骂人……可是你却做不到。

寂寞还是人远离群体之后，人性对你的严厉惩罚……

王继才和王仕花对于寂寞，有着极其深刻的人生体验。为此，他和她曾不止一次地探讨过这个问题。他们觉得，要是自己一生下来，就在开山岛，不知道小岛的身后还有如此广阔的大陆，也不知道世界上还有那么多人过着与他们不同的生活，那么，倒也罢了。他们会在这个封闭的小岛上，自然而然地度过一生，且不会感到任何的寂寞。可是，事实并非如此，命运让他和她在岛外生活了二十多年，其间，结婚、成家、生女……然后他们远离家人、朋友，来到了这个面积只有0.013平方公里的小岛上。在他们的记忆中，岛外的生活情景越清晰，在岛上就会感到越寂寞。强烈的反差,往往会把他们对于寂寞的体验推向一种极致!

夫妻团聚,两个人一起守岛,生活中该不会太寂寞了吧?

其实不然。

两个人的寂寞有时候比一个人的寂寞,更加让他们感到寂寞。

你想啊,纵然是一对夫妻,生活在远离大陆的偏僻小岛上,虽然能够相互作伴,天天在一起,但时间久了,当他们把一个个最初感觉到的新的日子,过旧了,过得波澜不惊,不再有什么感觉了,那样子就会很糟糕。这时候,你看他,就像是在看自己孤独的影子;她看你,也是熟悉得不能再熟悉了。他们把以往能够共同回忆的生活,回忆了不止一遍。他们把想说的一些话,反反复复地说成了唠叨。接下来,他们每天要做的事和要说的话,都是机械性的、程式化了的。比如,该做饭了;该站岗放哨了;该给地里的菜浇水了……今天过的日子,与昨天相似,昨天与前天相似。总之,在太多相似的日子中,寂寞就会找上门来,让他们感到一种前所未有的煎熬!

这种煎熬,对于他们,是由生活中点点滴滴的细节构成的。

比如说,海上的风景多好啊,蓝天白云、日出月落……许多旅游者不惜花费大把的时间和钞票,想尽情享受都不一定享受得到。可是他们天天看,就看腻了。在他们的眼里,一波接着一波不停涌动的海浪,每天都是一个样子;那些被诗人们经常赞美的浪花,总是在重复开放着。一朵云在天上飘,上午从东往西飘过去;下午,又有一朵云抄袭前者,也从东往西飘,它们飘的过程惊人地相似,让人误以为时光在倒流。更让人受不了的是,海天之间出现的一两条渔船,由于距离遥远,位移的速度非常缓慢,缓慢得犹如定格,固定在那个方位动也不动。你看了甚至都会替它们着急,心想你这家伙也太懒了,怎么就不挪一挪身子,让目光能够感受到哪怕是一点点的新意呢?

再比如，人感到寂寞了，就去听收音机，让收音机帮个忙，打打岔或是解解闷。可是如今的广播，真是不敢恭维，除了播放新闻，听一两首歌曲，余下的都是广告了。那些广告给人的感觉是铺天盖地，狂轰滥炸。尤其是那些广告的推销者，声嘶力竭，生怕你不买他的东西，一个劲地向你兜售产品。明明产品一般，却被吹得天花乱坠。明明说是插播一小段广告，播起来却没完没了，让人生厌。但即使是这样，王继才夫妻闲来无事，还得去听。他们只能买价格低廉的收音机，听着听着，收音机就罢工了，不是集成线路出了问题，就是某个零件坏了。于是你得换一个，继续听。守岛三十二年来，王继才夫妻听坏的收音机累计竟达二十多台！

当然，王继才和王仕花也在想方设法调剂生活。晚上，夜幕降临，两人无事可做时，会下下跳棋。那种跳棋特别简单，他们用石头在地上画好格子，然后双方用酒瓶盖当棋子，你走一步，我跳一格地玩起来。

除了跳棋，他们还打牌。两个人常打的牌，名叫"跑得快"。看谁把手中的牌先出尽，谁就赢了。

可是，无论你玩跳棋，还是打牌，都是在两人之间进行。刚开始，玩起来挺有兴趣。久了，就觉得没意思了。因为你太熟悉你的对手了，熟悉对方的思路，熟悉对方的习惯，这样一来，对方下一步棋怎么走，如何出手上的牌，你全都知道了，这棋这牌就不好玩了。

下棋打牌，本是为了不寂寞。一旦玩到这个份上，王继才和王仕花则会感到更加寂寞难耐。于是，他们玩着玩着，就不怎么玩了。

那么，就这么任凭寂寞横行霸道，不可阻挡？

现在的年轻人常说，我快要被逼疯了！是的，王继才夫妻清醒地意识到，他们不能被寂寞逼疯。出于生存的本能，他们必须面对现实，与寂寞较量，进行坚决的对抗！

这一天，是周末。

以前，周末对王继才夫妻没有实际意义。他们生活在小岛上，没有节假日和星期天这个概念。他们天天都要上观察哨，天天都要巡逻。

但他们从这一天开始，有了改变。他们让周末，成为了他们所需要的周末。

事情的发生，是王继才喝酒引起的。王继才在寂寞的时候，经常喝酒。初进开山岛的那几年，王继才大多喝的是当地产的散装酒，五十块钱买五十斤，分别装在若干个塑料桶里，随船运进岛。晚上，觉得闷得慌，就喝酒。

对于王继才来说，他对下酒菜要求不高，有个花生米，就算高档的了。平时也就是凉拌萝卜丝，拍个黄瓜什么的，开一袋小包装的榨菜也行。

翻开浩如烟海的中国古代文学作品，有关寂寞与饮酒的诗词非常多。比如白居易的《问刘十九》："绿蚁新醅酒，红泥小火炉。晚来天欲雪，能饮一杯无？"陶渊明的《饮酒》："结庐在人境，而无车马喧。问君何能尔，心远地自偏。"李白的《月下独酌》："花间一壶酒，独酌无相亲。举杯邀明月，对影成三人。"这些都已成为经典。

至于王继才的独酌，能否具有古人"月既不解饮，影徒随我身"的那种内心孤独寂寞的感受，只有他自己知道了。因为寂寞是不可分担的。就像下着很大的雨，满街都是流动着的花花绿绿的伞，其中也只有一把，能为自己遮雨而使自己不被淋湿。既然寂寞无可取代，那么，王继才觉得只有喝酒，才能打发寂寞了。

王继才喝酒喝得很慢，他一小口一小口地抿着，似乎只要把酒中寂寞的滋味喝尽，生活中就感受不到寂寞了。

以往，王继才喝酒的时候，王仕花要么就是做自己的事，要么就是坐在丈夫的对面，看他喝酒。可是这一天晚上，王仕花看着看着，就看不下去了。她觉得这样的生活不是自己想要的生活。是的，岛上的生活枯燥寂寞，这是客观存在的事实。但不是不可以改变。事在人为。

只要你想方设法去改变它，就有改变的可能性。

这样想着，王仕花就对王继才说，别喝了吧？

王继才把举到嘴边的酒杯放了下来。

王继才说，喝酒解闷啊，要不，闲得浑身的骨头都快散架了。

王仕花说，今天是周末。

王继才说，我们哪天都可以是周末。周末有用吗？

王仕花说，有用。

王仕花说，我们也可以让周末过得像正常周末的那种样子！

王继才说，怎么过？

王仕花说，我们开周末晚会吧。我们每人都出节目，既当演员，又当观众，自娱自乐，热闹热闹，总比你一个人坐在那里喝闷酒，我在一边傻傻地看着强吧！

王继才说，这个主意好，那我们就试试？

王仕花笑了。

王仕花说，那就试试！

两个人的周末晚会，也是晚会！

晚会需要舞台。

王仕花爱好文艺，熟悉演出的所有程序。于是，王继才夫妻当即就在屋子里辟出一块地方当舞台。

王继才夫妻居住的宿舍是一间旧营房，二十平方米那么大。一个煤气罐，一个小灶台，一个小方桌，一张木板搭的床，就是他们的全部家当。他们把舞台设在小方桌的对面，这样一个人在台上演出节目，另一个人就可以坐在桌子后面当观众。桌上放着杯子，谁要是表演节目表演得嗓子干了，口渴了，可以随时喝水。

晚会需要有舞台灯光。

为了达到比平时灯光明亮的舞台效果，王仕花提议换上大灯泡。

王继才当然举双手赞成。他们用两百瓦的灯泡替换下平时用的瓦数小的灯头，让屋子里——不，是让舞台上灯光璀璨，亮亮堂堂！

晚会还需要有话筒。

王仕花说，音响效果很重要。王继才说，话筒是必须的。于是，他们就乐呵呵地开动脑筋置办话筒。起先，王仕花找来一把盛饭的勺子模拟话筒，王继才说可以是可以，就是还不太理想。王仕花就笑，说那你找一个话筒来看看？王继才找了好几个，都被王仕花否定了。最后，王继才找了个红萝卜，拿在手上试了试，惹得王仕花直叫好，说就是它了！就是它了！！它是我们周末晚会特制的"金话筒"！

等到一切准备就绪，王仕花兴奋地大声宣布：

开山岛民兵夫妻哨首个周末晚会正式开始——

晚会的第一个节目是王仕花的独唱。

王仕花唱的是《唱支山歌给党听》。这是一首老歌，早先是电影故事片《雷锋》的插曲，由胡松华演唱。后来这首歌经藏族歌手才旦卓玛的重新演绎，很快成为那个年代的流行歌曲。王仕花喜欢才旦卓玛的歌。她觉得才旦卓玛的歌声优美圆润、洪亮宛转。听才旦卓玛唱歌，你能感觉到她是站在喜马拉雅山上歌唱的，否则歌声不会那么辽阔、宽广，音质不会那么纯粹，不带一点儿杂质。才旦卓玛是雪域高原的歌者。听才旦卓玛的歌是一种享受，唱她唱的这首歌，也是一种享受。

唱支山歌给党听，
我把党来比母亲；
母亲只生了我的身，
党的光辉照我心。
……

王仕花唱得很用心，很投入。

站在"舞台"上，王仕花已经不只是唱给现场唯一的观众王继才听，她还唱给开山岛听，唱给远方忽明忽暗的渔火听，唱给暮色中的大海听，唱给天空闪烁的星星和弯弯的月亮听……

王仕花唱完，掌声响起来。

尽管台下只有一名观众，掌声照样很热烈！

接下来，登台演唱的是王继才。

王继才唱的是电影《铁道游击队》的插曲《弹起我心爱的土琵琶》。他和那个年代大多数年轻人一样，喜欢这部电影，并喜欢这首电影插曲。他觉得唱这首歌特别带劲，洋溢着铁道游击队的队员们在艰苦卓绝的斗争环境中所表现出的革命乐观主义精神。

西边的太阳快要落山了，
微山湖上静悄悄。
弹起我心爱的土琵琶，
唱起那动人的歌谣。

王继才边唱，边挥动胳膊给自己打着拍子。这样一来，随着手臂的挥动，他的歌唱得非常有力。

爬上飞快的火车，
像骑上奔驰的骏马。
车站和铁道线上，
是我们杀敌的好战场。
……

台上王继才在唱，台下王仕花忍不住也在唱。一个歌声嘹亮，一个轻声附和。用现在年轻人的话说，那叫互动。通过台上台下互动，演出渐入佳境，很快达到了高潮！

随后，是王仕花唱《绣红旗》。

王仕花喜欢这首歌，不仅仅是因为它曲调优美，音域处在一个比较好唱的区间，既不高，也不低，唱起来舒服，还因为它柔中有刚。你看，这首歌开始时唱的是"线儿长针儿密，含着热泪绣红旗绣呀绣红旗"，多么深情，多么柔美。到了后面，"平日里刀丛不眨眼，今日里心跳分外急。一针针一线线，绣出一片新天地新天地"，效果就出来了，该表现出的内容，一览无余！所以，王仕花在唱这首歌时，用心体会歌词的含义，唱得很动情！

随后，是王继才唱《战士的第二故乡》。

这是王继才刚刚学会的歌。他第一次听到它，就觉得好听。"云雾满山飘，海水绕海礁。人都说咱岛儿小，远离大陆在前哨，风大浪又高。啊，自从那天上了岛，我们就把你爱心上，陡峭的悬崖，汹涌的海浪，高高的山峰，宽阔的海洋。啊，祖国，亲爱的祖国！你可知道战士的心愿，这儿正是我最愿意守卫的地方！"王继才甚至觉得，这首歌分明就是词曲家们为他谱写的，要不，歌儿怎么会唱到他心里去了呢！

由于刚学，王继才唱时，中间有几小节竟然忘了词。但他唱得很认真，词忘了，就哼曲，等到词想起来了，再接着唱。等到唱完了，自己竟被这首歌曲感动了，眼角有了一些湿润。

在晚会的最后，王继才夫妻共同演唱了一首男女声二重唱《九九艳阳天》。

这同样是一首电影插曲，旋律优美动听，曲调活泼宛转，再加上歌词真挚淳朴，曲调充满了浓郁的地方风味和民歌情趣，唱起来，自然让王继才和王仕花感觉到心里美滋滋的。

要说，两个人配合得还真不错——

王仕花先唱：

九九那个艳阳天来哟，
十八岁的哥哥呀坐在河边，
东风呀吹得那个风车儿转哪，
蚕豆花儿香啊麦苗儿鲜。

接着两人合唱：

风车呀风车那个咿呀呀地个唱呀，
小哥哥为什么呀不开言……

王继才唱：

九九那个艳阳天来哟，
十八岁的哥哥呀想把军来参，
风车呀跟着那个东风转哪，
哥哥惦记着呀小英莲。

两人合唱：

风向呀不定那个车难转哪，
决心没有下呀怎么开言。
……

电影《柳堡的故事》插曲，是一首爱情歌曲。虽然歌中没有一句"海誓山盟""海枯石烂"之类的词，但对于王继才和王仕花来说，那种忠贞不渝的爱,早已深藏在其中了。因此,他和她唱得非常好,唱出了爱,也唱出了这首歌所特有的情趣……

　　周末晚会给王继才夫妻带来了愉快和欢乐。
　　晚会结束后,两人意犹未尽,都觉得有许多的话要说。
　　王继才说,以后我们每个周末都举行这样的晚会!
　　王仕花说,好,就这么定了!
　　王继才说,下次晚会,我们要唱老歌,也要唱新歌。
　　王仕花说,不光唱歌,还要讲故事,讲笑话……内容要丰富多彩!
　　两人说着说着,竟忘记了时间,不知不觉已是晚上十点多钟了。
　　此时屋外,海面风平浪静,夜色格外明媚。镰刀一样弯弯的月亮,高高地挂在天空,似乎在等待着收割更多的喜悦……

第四章　定海神针

1. 大风从门前刮过

20世纪80年代末至90年代初，是一个躁动而又充满了各种诱惑与希望的年代。

那些年里，"脱贫致富"成为绝对的流行语，穷怕了的中国人，一心一意想过上好日子。大家都想抹平曾经的创伤，以经济建设为中心。在村子里，若是出了个万元户，那是何等的光荣啊！"万元户"的称谓，既是衡量经济社会发展的指标，也代表了当时生活的幸福指数，是人们追求物质生活最直接、最明显的目标。

那些年里，全民经商热席卷全国。更多的人开始把金钱和财富当作成功的象征。经商一时成了走向富裕的捷径，最大限度地得到了社会上许许多多不安于现状的人们的推波助澜，以至于有了"下海"这个充满了诱惑的词，有了"十亿人民九亿倒，还有一亿在寻找""搞导弹的不如卖茶叶蛋的"等诸如此类的流行语。

那些年里，喇叭裤、录音机、卡带，几乎成了时代的象征，无论是在城市还是乡村，年轻人以极快的速度，本能地拥抱了这种生活。他们恋爱、打架、抽烟、听邓丽君……新的社会文化形态，令人心动，催生了许多的向往与渴望！

那些年里，几乎人人躁动不安，心里揣着从来没有过的那么多的想法，各种诱惑变换着花样纷纷袭来，让人难以抵挡。人们好像从睡梦中醒来，开始重新考虑生命的意义，不断地问自己，你是谁？你究竟需要什么样的生活？今后的路在何方？于是，不在诱惑中奋发，就在诱惑中沉沦，整个社会就像是一座打开闸门的水库，洪流滚滚，水面不再平静……

开山岛远离大陆，却并非与世隔绝。岛外刮有什么样的风，岛上就会落下什么样的雨。

这一天，一艘渔船停靠在小岛码头。虽然是鱼汛季节，但王继才发现这艘船的甲板上没有通常渔船所载的渔网；船上的人皮肤白净，头戴凉帽，鼻梁上架着当时流行的蛤蟆墨镜，从穿着打扮上看，也不像是捕鱼的。王继才意识到可能有情况，便快步向码头走去。

一个年轻人，正指挥其他人从船上往码头卸箱子。见王继才走来，这个年轻人连忙笑容灿烂地迎上前："王叔，你来啦！"说着，掏出香烟，十分殷勤地递给王继才。

王继才没有接香烟。

王继才问："从哪来？来岛上干什么？"

年轻人说："王叔，不认识我啦？"

说着，年轻人摘下蛤蟆镜，和王继才套起近乎来。

年轻人说："我是邻村的。听说开山岛归你管，你是一岛之主。岛上的事，你一人说了算。嘿嘿，这不就来找你了嘛……"

王继才见过这个年轻人，的确是邻村的。

王继才说："找我？有什么事吗？"

年轻人用脚轻轻踢了踢卸在码头上的几个纸箱，然后弯腰打开其中的一只，从纸箱里拿出四条中华牌香烟，递给王继才。

年轻人说："王叔，这四条烟是孝敬你的，拿着吧，别客气。"

王继才说:"无功不受禄。这四条烟是好烟,值不少钱呢!"

年轻人说:"当然,大中华,名烟。"

年轻人接着说:"王叔,帮帮忙,我把这些香烟存放在你这里,过几天有人来拿。这四条烟嘛,就当是酬劳。日后,事成,定当重谢!"

王继才明白了,这个年轻人是在打他的主意。开山岛四面环海,远离大陆,这个年轻人是想把这里作为香烟走私的理想的中转站。今天,他们是来试探的。一旦得手,将来他们就会把大批的香烟源源不断地从岛上转出去。

王继才是不会给他们这个机会的。

王继才说:"四条烟,太少了吧?你要是大方,索性把从船上卸下的这些烟都留下,我打电话给边防派出所,让他们来拿!"

年轻人一听,急了:"你……你你,你怎么不识好歹呢!你看你,夫妻两人守岛,辛苦不说,每个月就拿那么一点点钱……要是和我们合作,不用你做什么,仅是借你这块地存一存货,这辈子吃香喝辣全都有了。你好好想想,多划算啊,何乐而不为?!"

王继才听了,笑了笑。

王继才说:"我劝你别打这个主意,赶紧收拾东西走人。否则,我可要不客气了!"

听王继才这么说,那个年轻人知道没戏了,便三十六计,走为上。

临走前,那个年轻人似乎还有些不死心,他对王继才说:"王叔,你不妨再想想,要是想清楚了,有心想做这事,可以跟我联系……"

王继才说:"你就死了那个心吧!给我滚!"

曾有一部名叫《新宿事件》的电影,讲述的是20世纪90年代偷渡的故事。影片中由成龙扮演的工人铁头,冒着生命危险偷渡日本,去寻找他的女朋友秀秀,最终客死异乡……

这部电影的背景是真实的。那时候改革开放,封闭多年的窗口被打开，让人们看到了外面的世界很精彩。于是，受其诱惑，一些通过正常渠道不能够出境的人，便抱着爱拼才会赢，或是赌一把的心理，企图借助偷渡，奔向想象中的美好生活。

早期的偷渡潮主要发生在南方，后来渐渐北移。据一份资料显示，1991年，江苏抓到偷渡分子六十九人，而1992年第一季度就抓获了九十七人。可见其蔓延的趋势。

在承揽偷渡生意的"蛇头"眼里，开山岛是个理想之地。它位置偏僻，像是一处被人们遗忘的角落，既不显山，也不露水。即使操作的过程中稍有不慎，闹出一点小动静，也不会有什么危险。当时，偷渡这样的生意，大多采取一条龙服务的方式，即大"蛇头"花钱买下一艘即将报废的轮船，然后各地的小"蛇头"积极配合，把偷渡的人分批带到指定的海域集合，再将船开往目的地。

马克思说过，资本如果有百分之五十的利润，人们就会铤而走险；如果有百分之一百的利润，就能让人冒着绞首的危险；如果有百分之三百的利润，它就让人敢践踏人间的一切法律……虽然偷渡风险系数高，但价格昂贵，"蛇头"们为了牟取暴利，情愿不顾一切，以身试法。

后来发生的事，让王继才意识到了它的必然性。也就是说，开山岛并非与世隔绝，社会上刮有什么样的歪风，这里就有可能落下什么样的粉尘。

但让王继才想不到的是，那一次偷渡的规模竟然那么大，大得完全超出了他的想象。

那天早晨，一艘运输船停靠在开山岛码头。一个留着小胡子的年轻人走出驾驶舱，朝正向码头走来的王继才看了看，然后来到船舱前，弯下腰，掀开舱盖上蒙着的帆布。

这时候，王继才看见舱盖打开了，从舱里陆续爬上来一些人。他们有男有女，一个个眼睛里流露出了慌张与惊恐。

许是在舱里憋闷久了，一上甲板，这些人便忍不住大口大口地呼吸着海上的新鲜空气。王继才看见他们的胸脯起起伏伏，大约就知道来者是一些什么人了。

王继才一一清点了人数：四十九人！

这么多人像罐装的沙丁鱼被塞在一个封闭而又相对狭小的船舱里，可想而知，行船的这一路上，舱里该是一种什么样的恶劣状况了。

王继才皱了皱眉头，对那个大约是"蛇头"的年轻人大声问道，干什么的？！

年轻人没有回答。

年轻人仅是嘿嘿地兀自笑了笑，然后自来熟地和王继才打招呼，王大哥，是我啊！

显然，年轻人事先做了功课，知道开山岛上的情况，所以他见到王继才就直呼"王大哥"，其目的在于占个主动，套套近乎。

可是王继才不吃他的那一套。

王继才接着又问，你们从哪来？到岛上来干什么？

年轻人见王继才不好对付，转身对一个同伙悄悄耳语了一番，然后提起事先准备好的编织袋，下船后，径直朝王继才走来。

年轻人一边走，一边说，王大哥，有话好说，有话好说。

说着，年轻人走到王继才的跟前，站住了。他把手中的编织袋往王继才的脚下一扔，"扑通"一声，编织袋重重地落在了地上。

王继才没看编织袋。

王继才的眼睛始终没有离开对方。

王继才说，这里是海防重地。你们是什么人？

年轻人说，我们是生意人。我们来这里是想跟你做一笔生意。

年轻人接着说，怎么样，我们双方合作吧！你都看见了，我的船上有不少人，你只要打开岛上的坑道，把他们安排进去临时休息，等到晚上我们来船把人接走，事情就算办妥了。报酬嘛，喏，十万块钱，就在这个袋子里!

说着,年轻人用脚踢了踢那只编织袋,脸上露出了狡黠的笑容。

王继才摇了摇头,钱太少了!

年轻人一愣,你的胃口也太大了吧!不就那么一点点活吗?对你来说,简直就是举手之劳!

王继才说,那么一点点钱,你就想把我收买了啊?

年轻人听了就笑。

年轻人说,王大哥,你一个月才拿多少钱啊?百十块钱!可是你想过没有,只要你答应和我们合作,你就不仅仅是万元户了,而是十万元户、百万元户,甚至是千万元户!你可以得到你以往就连做梦都得不到的那么多的钱!

王继才说,实话跟你说吧,你就是把钱堆成了山,也买不走我这个人。

王继才又说,你知道我是什么人了吧?我是开山岛哨所的民兵。上级要我驻守在这里,我就要为国家站好岗放好哨,守好海疆。年轻人,我劝你赶紧把人弄走,否则,我不客气了!

那人见王继才态度如此强硬,知道情况不妙,便恶狠狠地瞪了王继才一眼,随后捡起地上的那只编织袋,慌慌张张地爬上船,逃离了开山岛。

但他们最终没能逃出法网。经王继才及时向上级报告,武警边防支队的快艇迅速出击,成功地将偷渡船堵截在海上……

听说王继才面对金钱,心如止水,不为所动,犯罪分子便改变方式,用美色对他进行大肆诱惑。

在犯罪分子眼里,自古以来,英雄难过美人关。你看,历史上吕布等人够英雄了吧?他们能够"泰山崩于前而不变色,刀剑加于身而不改容",可是遇到美女,往往乱了方寸,腿软了,心甘情愿地拜倒在石榴裙下！《诗经》里说，"窈窕淑女，君子好逑"。所以啊，食色性也，英雄如此，凡夫俗子更是如此。因此，犯罪分子认定好色将是王继才的软肋。他们相信一个长时间驻守在远离大陆、远离人群的小岛上，几乎与世隔绝的成年男人，即使明知美色是糖衣裹着的炮弹，也会非常乐意地被它击中。这就叫作本性难移。

于是，20世纪90年代的一天，某娱乐有限公司孙总经理，信心十足地带着一群涂脂抹粉、丰乳肥臀，穿着少而又少的女孩，乘船登上了开山岛。

孙总色诱王继才，采取的是赤裸裸的方式。他见王继才正朝码头走来，手一挥，对女孩们说，美女们，这就是我们的民兵大英雄，还不快去慰问慰问哈！

那群女孩得令，一边夸张地嗲声嗲气"哇——哇——"叫唤着，一边扭动着腰肢，朝王继才扑了过来！

说实话，在岛上待久了的王继才哪见过这个阵势，面对年轻的姑娘们连眼睛都不敢直视，他下意识地朝后退了两步，然后站住，慌忙间伸出双臂，作出了让对方止步的手势。王继才说，别、别……你们这是干什么？！

没有人回答他。

女孩们继续往他的身上扑。

跑在最前面的两个女孩，抢先一步，不管王继才是否愿意，一人搂住他的一个胳膊，使劲地摇晃着，摇落了一地甜得发腻的笑声。

王继才觉察到他的胳膊裸露的皮肤上起了一层密密麻麻的鸡皮疙瘩！

王继才感到了恐惧。他想摆脱对方，手臂动了动，却被那两个女孩搂得更紧了。这时王继才急了，他大声吼道，你们到底想干什么嘛？！

吼声如雷，来得突然，顿时吓住了那两个女孩。趁那两个女孩愣住之际，王继才一甩胳膊，摆脱了对方的搂抱。

王继才厉声道，你们究竟是什么人？知道这是什么地方？

那群女孩相互望了望，然后不约而同地把目光转向了身后的孙总。

孙总嘿嘿地笑了笑，然后说，你也太……太那个了吧？现在是什么年代了，思想还那么不解放？美女们崇拜英雄，爱英雄，这是天性！

王继才说，有话直说，你们到岛上来干什么？

孙总说，别误会，我们是生意人。说着，孙总掏出一张名片，递给王继才。

趁王继才低头看名片之际，孙总说，我们准备在岛上投资旅游业，开办歌舞厅。这里四面环海，相对封闭，离大陆也就是一个多小时的航程，是个创办特色娱乐场所的理想之地……嘿嘿，一旦我们把歌舞厅办起来，即使你想不火都不行！

王继才说，开山岛是海防重地，你们来岛上开办歌舞厅，经过有关部门批准了吗？

孙总说，这你就不懂了吧，这年头，改革开放，打破的就是条条框框。何况这里位置偏僻，山高皇帝远，等到什么事都上面批准了，黄花菜都凉了！

王继才明白是怎么回事了。

王继才说，不经批准，不能办。对不起，请回吧！

孙总连忙说，有话好商量，有话好商量嘛。

边说，孙总边凑到王继才跟前，低声说道，老哥，你是明白人。你知道我们到岛上来办歌舞厅是为了什么……其实，我们不要你做什么，你只要不吭声就行。其他事都由我们来做。到时候，你可以随时随地到我们的歌舞厅来潇洒，想跟哪个美女玩玩，任你选，随你挑……

王继才说，你说完啦？

孙总说，说完了，说完了……

王继才说，说完了，就走。别尽想好事，这里不是你们待的地方！

孙总见王继才一脸严肃的样子，不死心，还想争取一下。于是他说，大哥，你看，我们是不是可以再商量商量？

王继才说，还商量什么？赶紧给我走人！

实际上，孙总来到开山岛，事先经过精心策划，是有充分准备的。此行，孙总不光带着一群从事色情业的小姐，还带来了好几个打手。他让那些行为放荡、衣着暴露的小姐们先行一步，利用美色，对王继才进行诱惑。一旦王继才不肯就范，那么，他即实施第二步计划，让藏在船舱里的打手们上岸，对王继才动武，迫使其屈服，以达到在岛上开办色情场所的目的。

当王继才以不容商量的强硬语气让孙总带着那些小姐走人时，孙总脸色立马变了。他不再点头哈腰。他像某部影视剧里黑帮老大那样，朝身后的船上招了招手，立即唤来几个彪形大汉。

王继才知道接下来会出现什么样的情景，但他毫不畏惧。

王继才面对那几个打手，厉声喝道，你们想干什么？这里是海防重地，你们胆敢胡闹，国法不容！

孙总嘿嘿地笑了笑，然后阴阳怪气地说，吓唬谁哪？给你鲜花你不采，偏偏要栽刺，那就别怪我了。弟兄们，给我打！

那几个打手恶狼般扑上来，冲着王继才，好一阵拳打脚踢。

一开始，王继才还能招架，他用手紧紧地护住脑袋，可是时间不长，就支持不住了。那些人出手狠，专朝他的两肋打。他听到自己的身体被拳头击打得连续发出"噗噗噗"的声响，与此同时，钻心的疼痛竟让他忍不住喊叫起来。

为了躲避击打，王继才左冲右突，可是无济于事。那几个打手把他围住了。他的躲让，只能让对方打来的拳头更加凶狠。

这时，王继才的喉管里涌出了一股咸腥，他知道是血。他被打得吐血了。那血涌了出来，滴在他的胸前……

接下来，王继才只觉得天旋地转，脑袋一阵阵地发沉发晕，过后就什么都不知道了。他重重地倒在了地上。

王继才被打得昏死了过去。

打手们见状，停止了击打，他们不约而同地朝孙总望着，那意思是下一步该怎么办。

孙总用脚踢了踢倒在地上的王继才，见王继才没有反应，对打手们说，跟我来！

打手们便跟着孙总，沿着石阶，拾级而上，朝山上的哨所走去。

在这之前，王继才和王仕花在哨所值勤，他们通过望远镜看见孙总一伙人乘坐的船朝开山岛的方向驶来。

王继才说，船要上岛，我过去看看。

王仕花说，我跟你去。

王继才说，不用了。你留在这里，继续观察海空。

说完，王继才就走了。

王仕花继续值勤。

哨所与码头之间，有视觉上的死角。王仕花虽然不能看到码头，但王继才走后不久，王仕花感觉到码头那边似乎发生了什么事，因为风里隐隐约约传来了一些异常的声音，虽然这些声音零零星星、断断续续，却引起了王仕花不祥的心理预感。她感觉到那边出了问题。她本想过去看看，可一想到王继才临走前的吩咐，便没有离开岗位。

当山下来的那一伙人闯入王仕花的眼帘，王仕花就知道不好了。王仕花没有看见王继才。这时候没有看见王继才，就意味着有情况。于是，王仕花操起步枪，走出哨所。

王仕花对正朝她走来的那一伙人喝道，你们是干什么的！

来人不理会，仍旧朝哨所走来。

而且，越走越快。

王仕花持枪大声喊道，站住！

来人不仅没有站住，反而跑了起来。

他们冲向哨所，把王仕花团团围住。

孙总说，商量一下吧，我们要在岛上开发旅游，建歌舞厅，你要是答应呢，我们什么都好说？

王仕花说，要是不答应呢？

孙总说，码头上躺着的那个人，就是你的下场！

王仕花一听急了，你们把他怎么样了？

孙总说，还能怎么样？不识抬举的东西，打还是轻的，没把他扔到海里喂鱼就算不错了！

话音未落，王仕花抡起枪托就向他们击了过去。

然而，面对强悍的歹徒，一个弱女子的进攻显然对他们构不成威胁，就在王仕花扑过去时，早有准备的对手，一拥而上，不费吹灰之力，很快制服住王仕花。

孙总说，还想跟我们动手，也不看看我们是干什么的？

孙总又问，给个痛快话，跟不跟我们合作？

王仕花说，你就死了那个心吧，休想！

那几个打手见状，挥起拳头欲动手，被孙总止住了。孙总恶狠狠地说，把哨所给我砸了！

歹徒们冲进了哨所……

最让王仕花痛心的是观察日记被毁，厚厚的一大本啊，那是她和王继才每天在哨所值勤的情况记录。那里面详细地记录了某月某日，一艘商船从某个方位驶向另一个方位；记录了一架飞机，几时几分，从什么方向飞往什么方向；记录了某片云朵的后面隐藏着一个阴影，经观察，是一只飘飞的热气球；还记录了某个夜晚，一架小型飞行器从小岛的上空掠过……这些都是日积月累的海防观察资料啊，竟给歹徒们一把火点着了！王仕花愤怒了，她冲过去欲从歹徒手里夺回观察日记，但是未能如愿。歹徒把王仕花打倒在地，然后按住她，直到观察日记化为灰烬……

事隔多年，那伙歹徒早已落入了法网，但王继才、王仕花夫妻每每忆起当年观察日记被毁的情景，仍旧痛心不已！

119

守岛的这些年来，王继才夫妻在先后协助公安部门和边防武警破获了六起走私、偷渡案件的同时，也经受住了巨大的考验。

心理学告诉我们，欲望，是和需求联系在一起的。即，有什么样的需求，就会产生什么样的欲望；有什么样的欲望，就会产生什么样的动机和追求。但欲望除了具有自然属性的一面，还有其社会属性的一面。因为人是有思维的高级动物，行为是受思想支配的，思想是受动机支配的，动机又是受需要支配的。正当的需要，就需要有一个可以满足它的最基本的底线；而不正当的需要，则要设法去抑制它，约束它，把它管住了，即使外界诱惑力再大，也不能让它得逞。王继才夫妻就是这样能够很好地把控内心欲望，正确处理好人生需求，战胜种种诱惑的人。

有一首名叫《黄土高坡》的歌里唱道：

我家住在黄土高坡
大风从坡上刮过
不管是西北风
还是东南风
都是我的歌
我的歌

如果我们把这首歌的场景从黄土高坡移到开山岛，并用它来形容王继才夫妻，也是合适的。

是的，在开山岛，不管是西北风还是东南风，大风从门前刮过，高高耸立的哨所，总是傲然挺立，岿然不动！

这不也是一首歌吗？！

2 劝说与被劝说

王继才早早来到山坡上,将目光投向远方。

他在等待一条船的出现。

那条船是从燕尾港开来的,船上乘坐着他的大姐。自从王继才驻守开山岛,他的家人还没有来看望过他。大姐这次来,让王继才特别高兴。父母年纪大了,出门不方便,大姐能来,分明是老人时常念叨他的结果。虽然大姐没有明说,但王继才心里有数。何况在家里,除了父母,大姐说话,大家都听的。

之前,王继才是在毫无思想准备的情况下接到大姐电话的,她说她要来。王继才下意识地问了一声,有事吗?大姐说,没有事就不能来看看你啊?王继才说,那是、那是,来了好。欢迎,欢迎!然后王继才就高兴了起来,问她怎么来,进岛不方便,要不要他出岛去接?大姐说,已经联系好船了。上岛后,有个地方住就行。王继才说,条件虽然差,但吃住没问题。

这不,大姐就要来了,王继才已经看到那艘径直朝着开山岛驶来的机帆船了,他禁不住心情激动起来!毕竟离家远了,离亲人久了,他很想见到大姐,很想和大姐好好说说话,聊聊那些平日里没有机会聊的家长里短……

　　大姐上岛后，也没歇歇，就让王继才带她四处走一走，看一看。

　　王继才见大姐对小岛如此有兴趣，自然很开心，便和王仕花一起，领着大姐出了门。

　　他们来到哨所。

　　王继才告诉大姐，他们每天都要轮流在这里值观察哨，风雨无阻。说着，王继才把望远镜递给大姐，让她体验一下在岛上当哨兵的感觉。王继才说，从哨所的观察孔往外看，整个海面呈扇形，左右两端非常开阔，以至于海天之间的那条线微微弯曲，就像是地球的某一段截面！大姐接过望远镜看了，只是笑笑，什么也没说。

　　之后，他们去看小菜地。

　　岛上的小菜地受地形的限制，一块一块，呈不规则状，零零碎碎，散落在小岛上。它们中最大的地，与岛外的菜地比，是小的；它们中最小的地，在岛外已经不能叫作菜地了，跟盆景差不多，袖珍式的。但不管地大地小，种的菜却长势很好，叶子绿油油的，果实饱满充实……王继才说，光是地里收的菜，他们就吃不了。有的，还腌成了咸菜，留着过冬时吃。大姐听了，仅是点点头。许是在村里看到的菜地多了，显然她对菜地没有什么兴趣。

　　之后，他们去看养的鸡。

　　鸡圈养在旧营房里。一推开门，鸡们见人来了，纷纷围了上来。看得出，它们平时和王继才夫妻非常熟悉，以为他们是来投放饲料的，所以欢快的叫声里掩饰不住全是喜悦。王仕花说，大姐，这些鸡一天能下八九个蛋呢！大姐"嗯"了一声，然后站在门口，不再往里走了。

　　之后，王继才要带大姐去看坑道。王继才说，别看开山岛不大，当年部队进驻后，出于战备的需要，打了许多坑道。从表面上看，看不出来，其实小岛都被掏空了，坑道四通八达，说是地下长城，一点儿也不过分……大姐说，不就是一个个山洞嘛，就不看了。

然后，大姐说，我们回去吧。

回到住处，大姐说，该看的都看了。我这趟来，是有话要跟你们说。

见大姐一脸的认真，王继才方才意识到她此次来是有目的的。于是，王继才与妻子王仕花进行了短暂的对视之后，对大姐说，你说，我们听着呢！

大姐说，那好，我这次来，是来劝你们不要在岛上干了，回去吧，回村里去，其实，回去干什么也比你们孤零零地待在这个小岛上强！

大姐说，你们在岛上待得久了，待傻了。这都什么年月了？听说深圳大街上都打出了标语，叫作"时间就是金钱，效率就是生命"。你看看，时间都成了金钱了，你们还窝在这里，那不是浪费吗？

大姐说，你们在岛上，眼里盯着的只是母鸡下了几个蛋，小菜地里的茄子辣椒结了多少，那怎么行呢！远的不说，就说咱们村吧，和你们年龄差不多的人都去南方了，他们有的在企业打工，有的开公司做生意，一个个在外面都干得不错。偶尔有哪个回乡一趟，别说身上的行头和以前大不一样了，就是举止言谈也像是换了个人，一张口就是市场、运作、价格、成本……即使是走起路来，两臂摆动，脚跟直打后脑勺，一路风风火火，生怕被时间甩到后边似的！

大姐说，你们也是上有老下有小的人，在生活上，该有些担当了。可是说白了吧，你们有能力吗？一个月两口子加在一起，才拿几百块钱，只能维持一家人较低标准的生活开销。现在在广东，在深圳，一个人随便在哪个企业打工，月收入也比你们多得多啊！所以啊，你们不光要考虑眼前，还要考虑到今后，将来父母老了，孩子大了，需要你们的时候多着呢，你们总不能一辈子待在岛上吧！

大姐说，你们知道，这两年我去了上海。干什么？跑运输！上海是大都市。可是如今的上海早已不是前些年的上海了，中央作出了开发开放浦东的重大决策，这不仅仅给上海带来了历史性的机遇，也给我们发家致富带来了不可多得的机会。怎么说呢，在上海，只要你能够动脑筋，只要你想干一番事业，只要你敢闯敢拼，只要你手里还有那么一点点启动资金，就能把想做的事情做好！我现在在上海已经初步站住了脚，做的运输生意也渐渐上了轨道，这时候我就想到了你们。我劝你们跟我去上海吧，那里是真正的海，比你们开山岛这里的海宽广、辽阔，在那里干上一两年，肯定会让今后的生活越过越滋润的！

……

在大姐说着上述这些话时，王继才只是默默地听着，没吭声。

其实，在这之前，有一个人在岛上对王继才说过类似的话，这个人姓江，是上海某单位的测绘大队的队长。

有一段时间，江队长连续几次来到开山岛，对小岛及四周的海洋进行测绘。许是在岛上寂寞和孤独，工作之余，江队长闲来无事，常到王继才的住处串门聊天。后来，来往的次数多了，两个人也就熟悉了，相互成了朋友，说起话来，便有了推心置腹的感觉。

记得是一天晚上，完成测绘任务，第二天就要离开小岛回上海的江队长，特地来与王继才话别。他们见了面，一番寒暄过后，江队长对王继才说，继才，不知你想没想过换一个工作？王继才说，怎么换啊？江队长说，离开开山岛，到上海去。我可以在上海帮你找一份比现在还要好的工作，收入高，生活条件也好！王继才说，我还真的没有想过。江队长说，可以理解。江队长接着说，我以前当过兵。测绘兵整天在野外作业，哪里偏僻哪里去，哪里艰苦哪安家。那时候年轻，倒是不怕吃苦的……后来从部队转业了，到了上海，生活算是安定了下来。俗话说，人往高处走，水往低处流。一个人生活的质量，还是很重要的……看得出，你是个能干、本分的人。为人不错。上海正在进行大开发、跨越式的发展，你要是愿意，决定到上海发展，去了之后，工作包在我身上！

王继才说，江队长，谢谢你对我的关心。我知道，只有好朋友，才说这样的话。这样吧，毕竟换工作是个大事，我考虑考虑再说吧。

后来，王继才考虑再三，觉得上海虽然好，但真的要去了，会时时处处感到一个外乡人难以融入大都市的不自在。就像一双鞋子，适合自己，才是好的。他觉得在开山岛，就挺好。最起码，他觉得眼下挺适合自己的。

现在，大姐又说让他到上海去的事了。大姐说的那些话，有一些他听了觉得入耳。比如，上有老下有小，他和王仕花两个人的年收入加起来3700元，生活上有时候难免拮据。再比如，大姐在上海跑运输，赚了不少钱。这对他还是有吸引力的。为了修建房子，他曾借了大姐6万块钱，虽然大姐这次来一字未提，但他心里有数。生活中，他也和大家一样，需要钱，需要把日子过好……

后来，大姐问他是怎么想的？

王继才说，脑子里很乱，容他好好想想。

的确，听大姐说了那么多的话，他的脑子里很乱。

细细想来，此前有许多问题王继才曾经想到过。虽说开山岛远离大陆，但并非与世隔绝。平日里，王继才从收音机里，从停靠小岛避风的船老大的口中，或多或少感受到了社会的变化。而且这种变化来得太快，让他目不暇接，甚至眼花缭乱。起初，王继才时常会在心里问自己，你要是不来开山岛会怎么样呢？会去做生意吗？回答是否定的。王继才觉得在这个世界上，你不能看到有人做生意一夜暴富，就以为生意很好做，只要你下海当个弄潮儿，就一定会发大财。其实不然，从概率上讲，能够做生意赚大钱的，总是那么一小部分人。他觉得他不是经商的料。即使去做，也难以成功。那么，他又问自己，你会和村里的年轻人一起去南方打工吗？有这种可能。但王继才对打工兴趣不大。因为王继才打过工。当时，正值20世纪80年代初，苏南的乡镇企业风生水起、如火如荼。急速兴起的市场，需要大量的劳动力，王继才在经济大潮的裹挟之下，带着年轻人特有的好奇心和梦想离开家乡，开始了他的短暂的打工生涯。说实话，他对打工没有太多的好感。相反，他觉得打工的人就像是机器，从上班忙到下班，每天除了吃饭和睡觉，就是在干活，干一些机械性的活。虽然钱比在家干农活时挣得多，但生活变得没有意思了。好像人活着的唯一目的，就是打工。久而久之，他就不想干了。后来，他为自己找了个理由，离开了那家企业……由此，王继才想到了今后的去处，要是跟大姐去上海，他能够做的，也只能是打工了。可是他不想打工。他情愿继续驻守小岛，也不愿把自己变成一台只会干活的机器。何况是到外地，到那么大的大都市，别说是打工了，仅仅是满大街黑压压的人群，都会让他感觉到严重缺氧，心里压抑，喘不过气来！

那么，就在开山岛守岛好了。好在王继才已经适应了岛上的生活。他喜欢岛上的清静，喜欢一推开窗户就看见大海，喜欢空气里带有的淡淡的海藻的咸腥味，喜欢听到海浪轻轻拍打岸边礁石发出的低喃……他甚至想过，要是离开小岛，离开海浪的喧哗，他肯定会不适应的，会嫌人多嘈杂，会因没能枕着涛声而难以入眠，会觉得空气不够湿润清新，会不习惯视野的不够开阔……

除此之外，王继才内心还有崇高的一面，他记着临上岛前父亲和二舅对他说过的话。他觉得自己虽然没有像父辈那样赶上铁血时代，踏着烽火硝烟，成为战场上的英雄，但幸运的是，他获得了和平时期独自守岛的机会，这在同龄人中，不仅没有，就是查遍中国海岸线，有类似他这样的经历者，也绝对寥寥无几！是的，人离不开物质的需求，但总是要有精神的。王继才每每想到这一点，就觉得内心充实，很是富有！

这样想来想去，最后王继才做出了继续留在岛上的决定。

王继才把自己的想法跟大姐说了，大姐像是看外星人似的看了看他，然后说，你啊你啊，真是一头倔驴，牵着你走，你都不走！

接着,大姐轻轻叹息了一声,过后说,你不走,那我走了。以后你想通了,需要我,就给我打电话,不管什么时候,我都可以在上海等你!

那天,大姐搭乘路过的渔船走了。

岛上像什么事都没有发生一样,又恢复了往日的宁静。

大姐走了。

但大姐说的话却留在了岛上,留在了王继才的耳畔。有时候,王继才会在晚间独自喝酒时,望着从窗外泻进屋里的一片银白的月光,忽然想起大姐的话来。

一开始,王继才只是带着感激的心情,把大姐到岛上来看望他的过程回想了一遍又一遍。他觉得大姐对他真好,在上海搞运输那么忙,还抽出时间来看他。一家人就是一家人,姐姐对弟弟的感情深啊!后来,回想得多了,王继才就不再停留在亲情的表层,而是想到大姐上岛来的目的。大姐让他去上海,是从他今后如何生活得更好的角度去考虑的。应当说,大姐在上海生活了一段时间,她已不是过去在农村的那个大姐了。她见多识广,对待生活,有自己的想法。看问题,自然也就看得深,看得远。所以,她考虑的不光是王继才的现在,还考虑到他的未来。她希望他能够换一种方式生活,用时髦的话说,也就是换一种活法。

那么,他王继才真的需要换一种活法吗?

也就是说,他在岛上守岛能守多久?守一辈子?难道一辈子就像这样守着孤独、守着寂寞、守着清贫地过下去,直至终老?

的确,这是个值得思考的问题。王继才边喝酒,边想。

后来,促使王继才下定决心要离开开山岛的契机于不经意间出现了。那天,天气晴好,太阳暖暖地照耀在山坡上,让石缝里生长的野花开得格外鲜艳。王继才就在这样一个美好的日子里,见到了李老大。

李老大开船跑运输，路过开山岛时，特地停靠码头，给王继才夫妻捎点粮食和日用品。李老大认识王继才许多年了，王继才夫妻在岛上生活中需要什么，只要给他打个电话，他就会想方设法顺路给他捎过来。

这天，李老大除了捎来给养，还告诉王继才，说他以后恐怕有很长时间不能来岛上了。王继才问为什么？李老大说，他接了活，要去海州湾运石头，山东那边建海港，运输的需求量大。接着，李老大补充说，当然，挺挣钱的。到那边同样是干海上运输的活，一天能挣这边一个星期都挣不到的钱！王继才说，能挣大钱好啊，机会难得呢！

见王继才这么说，李老大话题一转，就转到王继才这边来了。李老大说，你还记得吧，记得1986年7月那天，你上开山岛时，我在燕尾港码头对你说过的话。我说，你老弟犯什么傻啊，别人进了开山岛待不了几天就跑了，你还去干什么？进了岛，跟发配边疆充军差不多。那里荒无人烟，要什么没什么。你啊，还不如在家干点副业，或是倒腾一点小买卖呢！王继才点点头。王继才说，记得。当时你还说，要是实在没处去，跟你跑运输……李老大说，是啊，你要是真的跟我干了，怎么着也比现在强啊！李老大接着说，你看，我这次去山东，赚了钱，回来就准备盖楼房了呢！

王继才再看李老大，目光就不一样了，目光里有了些许羡慕。

李老大走时，就像把王继才的魂也带走了，他竟有些恍恍惚惚，很久都打不起精神来。

王继才决定不再守岛了，他搭乘船回到燕尾港，然后去找王长杰。俗话说，解铃还需系铃人。当初，是王长杰代表县武装部和他谈，让他守岛的。现在，他不想干了，找别人说不如直接找王长杰。作为县武装部的政委，王长杰说话管用，完全可以当王继才的家。

此前，王继才给县武装部打过电话，对方说王长杰生病住院了。

王继才本想等他出院再找他,可是等不及了。人一旦有了心思,不想干了,在岛上多待一天,便多了一天度日如年的感觉。所以,王继才迫不及待地出岛了。他乘船来到燕尾港后,马不停蹄,直接搭车去了县医院。

王继才见到王长杰时,禁不住掉泪了,王长杰比以前瘦多了,瘦得他不多加注意几乎就认不出来了。

王继才说,政委,你怎么啦?

王长杰说,病了。肝上长了个瘤,恶性的……

王继才本想见到王长杰就告诉他,他不想在岛上干了,让王长杰另派人去接替他……可是见到王长杰病成这样,王继才不忍心说了。王继才只是默默地握着王长杰的手,任泪水滴落在胸前。

王长杰说,别这样,别这样……

见王继才不吭声,王长杰说,你看,我病了,好多日子没和你联系了。在岛上还好吧?

王继才抹了一把泪,无言以对。

王长杰说,你在岛上已经驻守了第九个年头,不容易啊!贵在坚持。一定要坚持住!

王长杰说,现在社会上的许多人太看重物质,一切向钱看。其实,这没有什么不好,金钱是社会必要劳动的体现嘛。可是,一味地向钱看,钻进钱眼里,把金钱当成了生活的全部,就不大好了。富裕有两个含义,一个是精神文明的富裕,一个是物质文明的富裕。社会要进步,离不开这两个文明。

王长杰说,除了金钱,人还是要承担很多的东西,比如社会责任,比如国家利益,等等。我知道,你很辛苦,长年驻守在开山岛,从个人方面来讲,肯定失去了很多,但对于一个国家、一个民族,你却作出了大的贡献!这体现了一个人的价值取向。因此,我非常赞成你的价值观!

王长杰还想说些什么，可是他太累了。他连连咳嗽了几声，把脸都咳红了。护士见了，对王继才说，病人需要休息了。你看……王继才连忙说，好的，政委，休息吧。你说的话，我都记住了。改日，我再来看你！然后，王继才含泪与王长杰告别。

走出病房，王继才没有立即离开，他在设在走廊一端的一张长椅上坐了下来。他需要静一静，好好梳理一下跌宕起伏的心绪……

事后，王继才庆幸没有在医院向王长杰吐露自己的想法，因为就在王继才返回开山岛不久，他获悉了王长杰因病去世的噩耗。他感到非常难过。那天，他本是专程去找王长杰，要求离开开山岛的，只是由于王长杰病重，一时没有机会把要说的话说出来而已。假设，他要是把话说了，说自己不想在岛上干了，想换一种活法，为了今后能够过上像李老大那样的富裕生活，去挣大把大把的钱，那么，王长杰会怎么想呢？王长杰会对他感到失望吗？

回答是肯定的。

王继才完全想象得出，王长杰为此会感到万分的焦急。在王长杰的眼里，开山岛是一处神圣的地方，那里干净，纯洁，没有污染。在岛上驻守，就是为国尽力，与光荣为伍，与崇高结伴。他王继才能够守在那里，就是守着王长杰或是像王长杰一类的人所共同认可的信仰，守着一条他们理想中的人生最美好的防线！一旦他王继才离弃小岛，王长杰心中的某个无形山峰势必会发生坍塌。这对病重的王长杰来说，无疑会是雪上加霜。这正是王继才不愿意看到的。幸亏他没有向王长杰说出自己想说的那些话，否则，让王长杰在生命的最后时刻为他操心，他将一辈子不会原谅自己！

王长杰离开了这个世界。临行之前，王长杰语重心长，对王继才说了许多话，王继才一一把它们记在了心里。

那天，王继才离开医院后，直接回开山岛了。他是揣着王长杰的那些话回去的。那些话，被王继才揣在心里，沉甸甸的。

　　从那之后，王继才把自己的一颗心彻底地安顿下来，安顿在开山岛了……

3.... 靠海吃海

在前面的章节里，我曾写到王继才夫妻在开山岛养鸡、种菜的一些事。起初，他们搞的这些副业还是由王仕花提议的。王仕花辞去乡村小学老师的公职，来到开山岛，陪同丈夫王继才一起守岛。每天，除了例行的站岗、放哨、巡逻，他们还富余了大把大把的时间。那么，既然闲着，作为家庭主妇的王仕花，自然而然地就想到了养鸡、种菜，可借此补贴和改善一下生活。

说来，王继才夫妻在岛上养鸡、种菜，搞小生产，有点歪打正着的意思。为什么这样说呢？因为早在王继才进岛的前一年，也就是1985年，中共中央发出了22号文件，其主要内容就是"以劳养武，富民强兵"。文件要求全国各地的人武部门，大力组织民兵开展以劳养武活动，在促进商品经济发展、增加社会财富的同时，盘活民兵活动经费，力争把群众的合理负担减轻到最低的限度。

如果我们了解20世纪80年代中国社会的现状，就会发现中共中央下发的这个"以劳养武"的文件，是有背景的。

同样是在1985年，邓小平在6月4日召开的中央军委扩大会议上，向全世界宣布，中国人民解放军的员额减少一百万！邓小平为此说了这样的话："你们不是推荐我当军委主席吗？我的第一道命令就是砍军费，消减军费！国民经济上不去，军队建设也不行。军队的同志要忍耐，要服从大局……"邓小平还说："我们最大的大局就是把国民经济搞上去，军队工作要服从这个大局，民兵工作也要服从这个大局。"其实，邓小平把话已经讲得很清楚了，国家要搞经济建设，军队要配合，要忍耐。那么，既然军队都这么做了，民兵工作当然也要跟上。因此，就有了"以劳养武"这一说法。

实际上，王继才在进驻开山岛之前，王长杰向他传达过中共中央22号文件的精神，只是当时他满脑子想的都是如何瞒着妻子进岛，进岛后如何守岛，对"以劳养武"的精神实质没有完全领会，所以当时也就没有引起足够的重视。在这之后，即使是他和妻子王仕花在岛上把副业生产搞得有声有色，王继才也没有把眼下的养鸡、种菜与"以劳养武"联系起来。

直到1987年的春天，《中国民兵》杂志刊登了一篇题为《坚定地走利国、富民、强兵之路——江苏省以劳养武活动的调查》的文章之后，县武装部的王长杰特地打电话给王继才，说捎去一本杂志，让他好好看看。王长杰说，新的历史时期，民兵工作的开展要围绕经济建设这个中心任务进行，以劳养武就是一种很好的形式。王长杰说，全省各地都有以劳养武的经验，希望王继才根据驻守海岛的特点，因地制宜，发挥优势，探索出一条以劳养武的新的途径来。

此时，已是王继才上岛九个月之后。也就是说，王继才认识到以劳养武对于今后长期守岛具有重大意义时，为时未晚，当即，他把以劳养武当作一项重要工作，投入了极大的热情！

王继才分析了岛上的情况，意识到以劳养武工作的开展，具有一定的困难。相对于本省一些以劳养武已取得初步成效的县市及单位，他们的优势是王继才无法比的。他们的经验归纳起来，大同小异，大体是民兵组织在当地政府及有关部门的支持下，根据自身特点，创办种植、养殖及加工企业。说到底，就是立足本地，与大厂挂钩，自办小企业。可是王继才就不同了，他人在岛上，且是面积只有0.013平方公里的小岛，形象一点说，整个岛子和一个足球场差不多大。在这样一个远离大陆、远离人群的岛子上，即使你想干一点事，也受条件限制，要人没人，要钱没钱。俗话说，巧妇难为无米之炊。他现在就处在无米的状态下，至于饭怎么做，不动脑筋显然是不行的。

那么，就动脑筋。

都说，思路决定出路。王继才便刻意拓宽思路，海阔天高地去想。他给自己设想了许多方案，然后逐条审核，不行的，随即否定。最后，通过筛选，留下来的，仅是养鸡、种菜、钓鱼、捉蟹、敲海蛎、拾海螺……也就是说，要因地制宜，扬长避短，靠山吃山，靠海吃海。原则上，小打小闹，尽力而为，能干多少干多少，不图一口吃成个胖子。

先说说养鸡、种菜。按王继才设想，无非是在原有的基础上，尽可能地扩大规模，多养鸡，多产蛋，多生产一些蔬菜，在保障自我供给的前提下，将富余的产品运出岛，兑换一点点钱。

再说敲海蛎、拾海螺。海岛四周尽是礁石。每到退潮时，礁石上卧满了海蛎和海螺。拎个小桶，再带把小锤，到海边去，不多会儿，就能收获不少海蛎子。只是海蛎子搁久了，不新鲜。要尽可能地将采来的海蛎子通过过往的渔船捎出岛。而海螺则可以晒成干，长时间存放。开山岛的海螺个头不大，呈圆形，螺壳上有暗色的花斑。每每退潮，它们都会排列整齐、密密麻麻地聚集在礁石上。这时，你用水桶在下方接着，然后用手从上往下一捋，就听哗哗啦啦，一大捧海螺顺势滚落进了桶里……

最后要说的是钓鱼、捉蟹。这是王继才在岛上以劳养武的重头戏。

开山岛四周海域，属于燕尾港海州湾渔场。据老一辈渔民说，早年这一带鱼很多，每到鱼汛季节，江苏、山东以及浙江的渔民都汇聚到这儿来捕鱼。彼时，渔帆点点，渔歌阵阵，非常壮观！即使是到了20世纪70年代末80年代初，在离燕尾港不远的灌河口，还能看到三三两两的鲸鱼和海豚在海上游弋……大海如此富饶，给王继才以劳养武，用钓鱼的方式进行创收，提供了极大的便利！

说起鱼，就又要说到达山岛了！

我在达山岛守岛的那些日子里，见过太多太多的鱼，以至于太多太多表情丰富活泼可爱的鱼，迄今仍成群结队潜伏在我潜意识的海洋里，姿势极其优美地畅游着。

那时候，面对四周一片无边无际的汪洋大海，能长年累月与守岛军人朝夕相处的活物，除了天上飞的鸟儿，就是水中游的鱼了。

那些鱼似乎很是善解人意，它们仿佛是为了驱除战士们的孤独与寂寞，特意前来，与我们作伴的。

于是，任凭鱼们怎么样游，总是游不出我们的生活范围。

在岛上，我见过最大的鱼，是鲸鱼。它们一向喜欢集体行动，七八只，或是十多只地聚集在一起，趁着晴朗的天气，编成一支庞大的"舰队"，在距离小岛不远处的海面游弋。它们把黑色的脊背骄傲地袒露在水面，随着波涛，忽上忽下地起伏着，高高耸立的鳍，像一杆杆举起的大旗，迎风招展，威风凛凛。

而我见过的数量最多的鱼，要数飞鱼了，当地渔民形象地称它们为"燕子鱼"。飞鱼每逢春季准时集体来到我们的小岛附近。它们长得十分整齐，个头不大，每只二十多公分的样子，鳃后一律长着一双略长于身体的半透明的翅膀。它们的特点是善于飞翔。在这个季节里，只要我们乘船进出岛，都会遇上它们。说起来，海洋多么宽广啊，可是我们的船不管朝哪里开，开着开着，就会和它们相遇。这时候，它们如同埋伏在水下的奇兵，冷不丁地一跃而起，一瞬间，成千上万只飞翔的鱼儿在阳光下拍打着湿漉漉银亮亮的翅膀，在海面作超低空飞行，那场面实在是壮观极了！放眼望去，数不清的翅膀以极快的速度忽扇着，空气经过振动，发出嘹亮的类似音乐般的声响来，非常奇特而又动听！飞鱼们飞翔的高度大约离水面一米左右，距离多在二三百米的样子。它们飞行告一段落，便一头扎入水下，等我们的船靠近了，撞上它们，它们便再一次飞起。于是，我们的航程总是伴随着飞鱼们无数次目不暇接的飞起降落而抵达目的地。

在飞鱼到来的日子里，我们小岛岸边的礁石常常被银色覆盖着。那是渔民们的杰作。渔民们捕到的飞鱼实在太多了，为了在鱼汛季节取得更大的收获，他们因地制宜，把捕来的飞鱼一船船运到我们的岛上，摊开来，撒上盐，就地进行晾晒。那时候，我们连队伙房的咸菜缸总是满满的，腌制的全是飞鱼。在20世纪70年代初，一斤飞鱼在岛上的时价仅五分钱，比咸菜还要便宜。渔民们在海上作业，没有秤，他们多以筐装满鱼来估计重量，这样一来，实际上我们花五分钱，买到手的鱼往往在一斤半以上！

在我们连队，凡是"岛龄"长的军人，一律吃鱼吃腻了，一条红烧的大鱼端到面前，他们顶多动动筷子，吃点鱼唇或是鱼肚，便不再吃了。鱼唇含有胶质，是道名菜的主要材料；而大鱼才有鱼肚子，就口味而言，鱼肚子类似猪肚子，味道甚至比猪肚子还要鲜美。

岛上的老兵，不大吃鱼，但喜欢钓鱼，且个个都是海钓高手。尤其是我们连的司务长，他曾经连续多年蝉联全连年度钓鱼冠军，每年个人钓鱼的总量累计都在五六千斤以上！至今我都清清楚楚地记得，司务长通常上午九点钟，戴着一顶边沿破损的草帽，拖着两个大筐，晃晃悠悠地来到海边进行垂钓。十点钟，炊事班的兵们会准时前来抬鱼。司务长一小时能钓一百多斤鱼，足够全连官兵美餐一顿！

在海上钓鱼，钓具不需很复杂，只要有钓线和鱼钩就行了。沉子用鹅卵石代替。没有鱼饵也无妨，在钩的下方系一块白布条，入水如同活物，鱼儿往往对此真假不辨而受骗上当。钓具的简化，使得我们在岛上的垂钓变得简单多了，只要你想钓鱼，没有钓技也没有关系，到海边朝海里甩上几钩，多多少少会有收获……

经常钓鱼，使得王继才的钓技千锤百炼、炉火纯青。

兵家常说，知己知彼，百战不殆。王继才钓鱼的诀窍，就在于他熟悉小岛四周的水下环境，熟悉多种鱼类的习性。有的鱼喜欢在早晨觅食，它们时常聚在海草茂盛的地方，捕捉浮游的生物；有的鱼偏爱逆水而行，在大陆架托举着的类似峡谷的地段，经常留有它们嬉戏的身影；有的鱼爱好晚间出行，遇到哪天月光明媚，在海面上撒下一片碎银，那片银亮之处，准会成为它们的游乐场；有的鱼对礁丛特别感兴趣，它们三三两两地在那里游来游去，充满了安全感……王继才渐渐掌握了鱼的这些情况，钓起鱼来，感觉就不一样了。好比打扑克，对方手里拿着什么牌，虽然背对着你，可是你心如明镜，了如指掌。那样，不管对方出什么牌，你都能应对自如，百战百胜！

有了这样的技能，王继才钓起鱼来轻松多了。他往海边某块礁石上一站，还没有甩钩，似乎就能透过海面看见海底，看见一丛丛奇形怪状的植物在友好的气氛中茁壮成长；看见一只硕大的贝壳嘴巴一张一合，唱着他听不懂但感觉充满了柔情的歌谣；看见成群结队的鲈鱼，透明的鳍骄傲地耸立在布有花纹的脊背上，在水中艺术地划出无数道无形的曲线，正向他游来……于是，王继才开始钓鱼。他把带有沉子的鱼线在头顶使劲地抡了个圆，直到他认为恰到好处了，手一松，鱼钩便按照他的意图朝着他想要着落的那片海面飞去。片刻之后，鱼钩落水了。落入水中被鱼饵巧妙掩饰着的银亮鱼钩，立即朝着它要寻找的目标接近。显然，那条肥大的鲈鱼看到了前来的鱼钩，它迎了上去。游动着的它，仿若绸缎泛着光泽的身子越发柔软而多情，舞动的姿势也越发显得无比精致。接下来，那条鲈鱼迫不及待地咬钩了，因为王继才感觉到了钓线一端的沉重。凭着手感，王继才知道这是一条五斤左右的鲈鱼。于是，王继才收了一会儿线，又放了一会儿线，如此反反复复，直到把那条咬钩的鲈鱼的力气消耗得差不多了，才把它拖上了岸！

鱼钓多了，有时不能及时运出岛，王继才就得把它们腌制后晒成鱼干。

制作鱼干是个技术活。

首先讲究的是杀鱼。一般情况下，我们在家里杀鱼，都是先剖鱼肚子，而制作鱼干就不一样了，剖鱼是从鱼的脊背上下刀的。剖开鱼后，拿去内脏，然后撒上盐，腌上半天。接下来，要把盐洗去。洗时，要用海水洗。最后一道工序是晾晒。如果鱼大，晾晒前，还要找一些小树枝，把鱼的肚皮撑开，尽量撑平了，这样易于晾干晒透，且鱼干的形状也好看。另外，晾晒时务必不要放在太阳下暴晒，那样晒得走油了，鱼会有哈味，影响到质量。

王继才是制作鱼干的高手，经他制作出的鱼干，色泽纯正，肉质鲜润，一条条码起来，用绳子一扎，整整齐齐。别说吃了，就是看着，心里头都觉得特别地舒服！

最后要说说捉蟹。

王继才捉蟹的本领是跟渔民学的。渔民说，老王，捉蟹最省事了，你早上起来到海边溜一圈，找地方下几个蟹笼，然后你去做你的事。等到有空了，想着过来收笼子。一般情况下，蟹笼里不会空，多多少少会有收获。

王继才和渔民的关系好，渔民不光教他捉蟹，还送给他几个捉海蟹的蟹笼子。王继才说，拿你的多不好意思，燕尾港有卖的，哪次出岛，我去买不就得了！那渔民就说，老王，你看不起我。你帮我们做的好事，数都数不过来，给你几个蟹笼子，算什么啊！王继才只好收下了。后来，王继才就用这些蟹笼子捉螃蟹。

说是蟹笼子，其实它不像笼子。它呈圆柱形，上下有铁丝弯成的圈，中间是尼龙网。使用时，要在饵料盒里放上饵料。海蟹口味重，喜欢腥的东西，比如鱼头、鱼肠、虾壳、鸡内脏等。装好饵料后，将饵料盒拴在蟹笼里，然后把蟹笼上端的口系紧。这样一来，螃蟹受到饵料的诱惑，从蟹笼侧面特意留给它的入口爬进去。那入口外宽内窄，蟹子一旦爬进去，就再也出不来了。

另外，把装好饵料的蟹笼抛入海是有讲究的。一般情况下，寻找有水草的地方，还要尽量避开礁丛。因为一旦蟹笼被礁石卡住了，到时候想取下来很麻烦。

在开山岛，一年四季都可以用蟹笼捉到螃蟹。只是螃蟹分两种，一种是梭子蟹，一种是当地人说的石硊蟹。梭子蟹个头大，春天有蟹黄，味道鲜美；到了秋天，就成了水蟹，也就是无黄光有肉的蟹子。而石硊蟹，以秋天的为好，有蟹黄，肉也结实。就是它与梭子蟹比，个头小一些。好在两种蟹子可以互补，无论春天还是秋天，在开山岛，都可以捉到肥美的海蟹。

王继才捉蟹是一把好手。

王继才抛蟹笼总是非常到位。他往往一手抓住蟹笼，一手握住系住蟹笼的绳子，然后甩臂，将蟹笼在空中画一个圆，接着手一松，蟹笼就飞向了空中。蟹笼在空中翻滚不了几下，便按照王继才的意图，准确地一头扎入预先确定的那片海中。随着蟹笼的下沉，系在蟹笼上的那根绳子在王继才的手中渐渐绷紧了。王继才通过绳子能够准确地感觉到蟹笼沉入水下的位置。等到蟹笼到位了，王继才便把绳子固定在岸边的某块礁石上。至此，安放蟹笼的过程就结束了。接下来，王继才会去做他要做的事，比如和王仕花一起巡逻，在哨所用高倍望远镜观察海面，检查自动测风仪、测量仪是否正常，等等。待王继才忙完一阵子了，他会抽上一支烟，歇一歇，然后去收蟹笼子。

收蟹笼的过程，是一种享受。王继才能够凭着拉绳子的手感，获知蟹笼里有多少收获。他对自己的判断非常有信心。有时候，王继才会边收笼子边对自己说，笼子里有三只梭子蟹、五只石磴蟹。等到把蟹笼拽上岸后，经清点，果然如王继才所测。于是，王继才会开心地大笑，笑得肩膀禁不住地颤动！

平日里，螃蟹捉多了，王继才夫妻不舍得吃，他们总是托过往渔船上的船老大把蟹子捎出岛，拿到燕尾港去卖，用卖得的钱补贴守岛的开支。

我问过王继才，这些年来，你们夫妻俩在岛上究竟钓了多少鱼，捉了多少蟹？王继才说，没有统计。当时，只是把钓鱼捉蟹当作以劳养武的一项工作来做，其他的，也没有多想。

1993年，开山岛民兵哨所被国防部嘉奖为"以劳养武"的先进单位，并获得了江苏省军区"一类民兵哨所"的表彰。

在骨子里，王继才夫妻都是讲究完美的人，自打他们以劳养武的工作取得成绩，受到上级的肯定之后，本应再接再厉，一鼓作气，把工作做得好上加好，可是在这之后，情况渐渐发生了变化。

说来话长。

当20世纪暮色苍茫，人类社会即将进入新的历史时期之时，随着科学技术的发展，人类开发海洋资源的规模越来越大，对海洋的依赖程度越来越高，同时海洋对人类的影响也日益增大。我们完全可以想象，在古代，人类只能在沿海捕鱼、制盐和航行，主要是向海洋索取食物。可是到了现代，人类不仅在近海捕鱼，还发展了远洋渔业；不仅捕捞鱼类，还发展了各种海产养殖业；不仅在沿岸制盐，还在海里开采石油，利用潮汐发电等等。这期间，海洋已成为人类生产活动非常频繁的区域。如此一来，海洋不堪重负，其环境势必受到人类活动的影响和污染。于是，大自然开始报复人类，海洋生态平衡遭到了破坏。随着海水水质发生变化，微生物渐渐减少，近海渔业资源亦受到严重的影响。就拿燕尾港附近的海域来说吧，自打2000年之后，早年那些大群大群的鱼，那些鱼汛季节如同作家邓刚笔下描写的"龙兵过"的成千上万数也数不清的鱼，都悄悄地消失了。虽然王继才还像以前那样去钓鱼，钓鱼的技术一如既往精湛，可是钓到的鱼却越来越小，数量也越来越少了。以至于到了后来，王继才不愿钓鱼了，他情愿把早年钓鱼的美好，完好地保存在记忆里。

由于海洋环境的变化，鱼不好钓，蟹不好捉，海蛎、海螺的数量也相应减少了，王继才夫妻便失去了主要经济来源。

当然，这是后话，在此就不多赘述了。

4...... 安泰与大地

2007年的一天，王继才乘船出岛办事。

船停靠燕尾港后，王继才踏上码头，就不断有人跟他打招呼——

"喂，老王，下岛啦？"

"好久不见了，精神头还那么足！"

"什么时候需要用船，招呼一声！"

"回家啊？来，带两条鱼，刚打的，新鲜！"

……

王继才一一答应着，然后朝码头的一端走去。

就在这时候，王继才见一个人迎面向他走来。这个人低着头，像是在有意躲着王继才似的，但他走得很快，步子迈得有点迫不及待。王继才朝他看了看，觉得在哪里见过这个人，可是再想，又一时想不起来。不过，王继才下意识地觉得来者不善，因为那个人的身上透出了一股子寒气，且有些寒气逼人的感觉。于是，王继才小心起来，他放慢了脚步。接着，王继才有意朝路边让了让。

见王继才让开，对方却丝毫没有让的意思。他径直朝王继才走来。

直到他走到王继才面前时，王继才才猛然想起，站在他面前的这个人姓孙。1999年的3月，正是这个人，打着开发旅游的幌子，想在开山岛开办色情场所，当遭到王继才的严辞拒绝后，不但动手打了王继才，还穷凶极恶地砸了哨所，放火焚毁了观察日记！后来，王继才得知这个人来自淮安市，被公安局抓捕后，判了刑，蹲了几年大狱。没想到，事隔多年，他出狱了，来找他王继才了。当那人一脸凶相地站在王继才的面前时，王继才就知道他是来报复的。他肯定已经在码头上守候多日了。现在，他终于以极大的耐心等到王继才出岛了，渴望已久的动手机会来临，让他看上去很是激动！

他没说一句话——对于他来说，此时说任何话，都显得多余。他像是一只凶兽，扑上前，挥动拳头，狠狠地朝王继才打来！

王继才挨了一拳，脸上火辣辣地疼。

接着，王继才又挨了一拳。这一拳打在胸口，发出"咚——"的一声闷响。

等到对方第三拳打过来时，王继才及时躲闪开来！

但对方的击打是蓄谋已久的，他不会因为王继才的避让而手软。王继才越是避让，越是激起了他的疯狂。他不光动拳头，而且还动脚，用脚使劲地踢！

王继才忍住疼痛，奋勇还击。

王继才一边与对方厮打，一边喊，快来人啦，抓坏人！

好在事情发生的地点并不偏僻，王继才的喊声引来了码头上的渔民。这些渔民大多认识王继才，见有人行凶，纷纷拔刀相助。那个姓孙的歹徒见状，不敢恋战，慌忙逃离……

渔民们见王继才伤得不轻，要送他去医院，被王继才谢绝了。不是王继才不想去医院治疗，主要囊中羞涩，口袋里没有多少钱，他怕付不起医疗费，给好心的渔民兄弟添麻烦。于是，王继才忍住疼痛，仅仅是让一位他所熟悉的渔民朋友把他送回了家。在家里，王继才足足在床上躺了半个月，靠吃止痛片、消炎药，渐渐养好了伤……

在家养伤的日子里，王继才常被乡亲们感动。

王继才想，要不是渔民们听到他急切发出的呼救声，及时赶了过来，那个姓孙的歹徒还不知道把他打成什么样了呢。那个家伙事先有准备。他的身上带有暗器。在挥拳朝王继才发起第一轮攻击之后，他很快拿出别在后腰的短棍。要是仅仅动拳头，凭着王继才结实的身板，一米七八的个子，对方也占不了多少便宜。但是对方有了凶器，情况就不同了。对方手握短棍迅速朝王继才的头部打来，王继才反应敏捷，躲让了一下，可是肩膀被棍击中了。那短棍木质坚硬，打在王继才的肩膀上，他的半边身子都被震得麻酥酥的。接下来，处于劣势的王继才，出于本能，只能一次次避让，对方见状，越发穷凶极恶，把手中短棍舞得嗖嗖响，恨不能立即把王继才置于死地而后快！后来，幸亏渔民们及时赶来，救了王继才一命！

由发生在码头上的这件事，王继才联想到了以往的日子里，乡亲们没少帮助过他。

比如，从1986年7月王继才驻守开山岛以来，几乎所有的生活用品都是通过渔民们的船捎进岛的。以一年为计，三百六十五天，王继才夫妻需要消耗很多的米、面、淡水，以及罐装煤气等。如果将这些物资聚集起来，分明就是一座小山！可是尽管如此，王继才只要张口，燕尾港所有的船老大们二话不说，只要船经过小岛，就给他捎过来。特别是鱼汛期间，对于渔民来说，时间就是金钱啊，船每靠一次岛，都会有经济损失。然而，渔民们从来不跟王继才算经济账，他们总是乐呵呵地把王继才夫妻需要的生活用品送进来，接着又乐呵呵地走了。

比如，那一年，三岁的小女儿王帆贪玩，不慎从岩石上摔了下来，摔得昏迷不醒。王继才夫妻急了，爬到高高的礁石上，挥动衣服，大声呼喊着，频频向海上的渔船求救！

当时情况相当危急，王继才夫妻知道，要是不能及时把小女儿送进医院进行抢救，孩子随时都有可能出现生命危险。可是，这里毕竟是在开山岛啊,小岛距离大陆十二海里。要想及时出岛,只能依靠船了。因此,王继才夫妻把所有的希望都寄托在船上。他们期盼船的到来,就像是期盼救星!

在开山岛一侧海面航行的四五艘渔船,几乎都在第一时间发现了王继才夫妻的求救,船老大立即中止了预定方向的航行,不约而同地以最快速度向开山岛疾速驶来。

第一艘停靠小岛的渔船,载着王继才和他的小女儿,向燕尾港驶去,细心的船老大拨通了120的电话。王继才抱着小女儿一踏上燕尾港码头,就被早已在那里等候的救护车接走了……

比如,2005年4月的一天,正在读高三的儿子王志国,课间休息下楼时,与迎面奔跑而来的同学相撞,肩锁骨被撞裂。为了不让远在开山岛守岛的王继才夫妻为此牵挂和操心,扬集镇武装部部长张万道及时将志国接到他的家里居住。三个月里,张万道夫妻对待王志国,就像对待自己的儿子。王志国去医院疗伤,他们陪着去;王志国去学校上课,他们轮流接送……王志国亲切地喊他们为"张爸爸""张妈妈"。

再比如,2005年,王继才夫妻长年在岛上,家里的房子交给孩子们居住。时间久了,屋子需要进行修葺。王继才和妻子王仕花商量,出于对孩子们居住安全的考虑,修房子是必须的,耽误不得。可是修房需要人和时间,怎么办?后来商量来商量去,王继才决定自己出岛,守岛的任务由王仕花独自承担。

县武装部的领导得知此事后,给王继才夫妻打电话,说你们安心守岛,修房的事由我们来办。于是,武装部派了三名工人,来到村里,很快就把王继才的老屋修好了!

诸如此类的事还有很多,王继才每每想到这些,便感叹不已。他觉得,组织上的关心,乡亲们的支持,是他和妻子驻守海岛的动力。今后,他只有更好地守岛,才是对国家和人民的最好报答!

带着感恩的心情,王继才每每得到乡亲们的帮助,总是再三地表示感谢。

乡亲们说，你为我们做了这么多的好事，要说谢，我们得谢谢你呢，再说，咱们乡里乡亲的，都是一家人，谁跟谁啊！

的确，在乡亲们的眼里，王继才是个热心助人的人。

采访中，渔民陈立兵对我说，他长年在燕尾港这一片海域行船。人在海上，最怕的是什么？是天气的恶劣变化。一是怕突如其来的大风大浪，二是怕大雾。一旦在海上遇上大雾，是很糟糕的事。为什么？船小啊！大船有导航设备，多多少少要好一些。他说他开的机帆船就不行了，大雾中，你根本就分不清东南西北，就跟个瞎子差不多。若是走吧，不知往哪走；若是不走吧，你想停在那里，却做不到，海底的水流会劫持你走。这样一来，你就很危险了。你根本就不知道你的前方是什么。往往这种情况下，船撞上暗礁的例子很多。因此，每到这时，他的心里就充满了巨大的恐惧。

陈立兵说，开山岛的灯塔是1995年修建的。在此之前，他每次在海上遇到大雾，都会静下心来倾听。听什么？听敲打脸盆发出的声音。那是救命的声音啊！那声音是王继才夫妻发出来的。只要海上起大雾，王继才就拿起脸盆站在崖上使劲地敲。隔着大雾，敲打脸盆的声音传出了好远好远，一直传到陈立兵的耳边。这时候，陈立兵说，循着声音，他就能辨得出船的航行方位了！

陈立兵说，在南海，渔民们信奉妈祖。在这里，王继才夫妻就是我们的"海神"！

采访中，渔民赵长海说，有一次他不知道吃了什么，患了急性肠炎，泻肚子。人在海上，船一时半会儿靠不了岸，本以为忍一忍就会好的。谁知道，肚子疼得不行。时间不长，人就没劲了，软塌塌的，脸色蜡黄。船老大见状，立即调转船头，让他坚持一下，说他们上开山岛，找王继才。

船停靠开山岛时，事先接到电话的王继才已带着药箱守候在码头上了。王继才问明情况，给他服了药，不久，他的病情就有了好转。

赵长海说，王继才长年备有药箱，给海上的渔民带来了极大的方便。他说，那些药都是王继才自己掏腰包买的。过后，他要给王继才药钱。王继才说，见外了吧？人在外，谁都有生个小病的时候。要是我摊上了，遇上你，你也会帮我的，对吧？

采访中，一位船老大告诉我，有一年海上刮台风，一艘来自山东的渔船触礁，船上的四名船员落水。是王继才夫妻救了他们。王继才夫妻听到呼救，及时赶到出事地点，然后冒着被狂风卷入大海的危险，向落水者抛出了缆绳……那四个渔民得救了。过后，王继才把他们安排在岛上吃住，直到台风离去……

采访中，船老大黄小国说，他永远也忘不了2008年8月13日那一天，他驾船在海上收海产品，因船上油箱里的油耗尽，临时停靠在开山岛加油。当时天气炎热，加上他加油时操作不慎，导致起火。那火燃起后，瞬间烈焰升腾。黄小国说他吓坏了，船上有油箱，火一旦蔓延，随时都有爆炸的危险！于是，他决定弃船。

当他匆匆忙忙从船上跳上码头，撒腿逃跑时，王继才冲了上去。

王继才看见船尾直冒浓烟，意识到情况不妙。富有经验的王继才立即抱着一床被子赶到码头。

王继才一到，就用浸了海水的棉被扑向船尾的大火，大火很快被王继才捂灭了！

黄小国说，那天要不是王继才勇敢地冲上去，船就爆炸了……

在希腊神话故事中，有一个力大无比的勇士名叫安泰。对于安泰来说，任何强敌都不能打败他，因为大地是他的母亲，只要他的双脚不离开大地，母亲就会给予他无穷无尽的力量。

生活中，王继才夫妻何尝不是我们这个时代的"安泰"？

从表象上看，王继才夫妻为了国防事业的需要，两个人长年驻守在小小的开山岛上，其实，他们并不孤单，在他们的身后，是九百六十万平方公里的辽阔大地,是伟大的祖国和人民。

　　有了这样强大的后盾,生活中的他们,注定与众不同,有了理想,有了信念,有了烈焰升腾般燃烧的激情!

5 铮铮铁骨与誓言

早晨,王继才掀开被子,刚要下床,就听见自己的身体多处关节发出"咔咔咔"细碎的声响,接着,他起身的动作不由自主地放缓了。随之而来的是关节的疼痛。王继才皱着眉头,用拳轻轻地捶打着腰和腿。

王仕花说,老毛病又犯了!

王继才说,你呢?不也有感觉嘛!

王仕花说,谁说不是呢,天阴得厉害,海上要起风了。

王继才说,听收音机里播放的海洋天气预报,台风要来了。

王仕花说,其实我的腰腿就是最好的天气预报,台风还在南方刚刚登陆,相距我们这里好几千里呢,我就提前知道了!

此时,王继才夫妻所说的"老毛病",指的是他们的关节炎。

小岛四面环海,空气湿度大。即使是晴天,艳阳高照,海风吹在身上,也会让人感到皮肤湿漉漉的,汗毛孔像是被什么黏稠的东西糊住,感觉不大舒服。因此,王继才夫妻在岛上住得久了,患有关节炎便是大概率的事。

20世纪70年代末至80年代初,我在达山岛守备连担任指导员时,我们连队的老兵几乎百分之百关节都不大好。每到天气有变化，他们预先便会得到准确的"预报"，知道要刮大风了，或是要下雨了。

那时候，我们也没有更好的防护措施。上级能够做到的，仅是大约在1978年10月份，把驻岛部队军人们铺在床上的棉褥子，换成了棕垫子。岛上潮湿，棉褥子吸潮。即使天好，把棉褥子拿到太阳下去晒，也解决不了根本问题。可是棕垫子就不同了，铺在床上，相对比较干燥。

我问过王继才，你们的床上铺有棕垫子吗？

王继才说没有。

起床后，王继才习惯性地抱起湿漉漉的被子，准备拿到外面去晾，却被王仕花拦住了。王仕花说，别忙乎了，阴天，越晾越潮。王继才朝窗外看了看，无奈地把被子放回床上。

王继才说，太潮了，盖在身上，都不像是被子。

王仕花说，那像什么？

王继才说，像包粽子，用沾了水的粽叶裹住糯米……

王仕花说，这个比喻形象。好在我盖湿被子已经习惯了。

王仕花接着说，上次出岛，晚上我怎么都睡不着，老是用手去摸被子。心想，那被子怎么那么干燥呢，闻着，都能闻出阳光和棉花的味道！

王继才说，那我情愿在岛上盖湿被子，最起码能睡得着觉。

说着，王继才和王仕花都笑了起来。

其实，别看王继才夫妻说起岛上的潮湿，说着说着就笑了，那是他们豁达乐观。事实上，人长期在潮湿的环境中生活，对身体的负作用还是很大的。比如说患湿疹。人患湿疹的原因多种，而生活环境和气候变化，对于王继才夫妻来说，则是主因。他们患有湿疹多年，胳膊上、腿上，有着明显的斑块。这种病的特征是反复发作，瘙痒难忍。他们曾利用出岛办事的机会上医院看过，吃过药，但效果不大，不能除根。医生明确告诉他们说，你们的湿疹很严重。医生还说，你们如果不换环境，即使治，也治不好。后来，王继才夫妻不再去医院看湿疹了。他们想过，既然决定了要长期守岛，就要付出代价，患上湿疹就是守岛应当付出的代价吧！

这样想来，诸如被子潮湿、患有湿疹之类的生活中经常遇到的问题，王继才夫妻也就坦然面对，能够拿得起，也放得下了。

吃过早饭，王继才夫妻拿了工具，向坑道走去。

近段时间，他们的主要任务是维护国防坑道。

1962年部队进驻开山岛后，连续施工，把地下基本掏空了。小岛的腹部分布着五条坑道。每个坑道都编了号，比如说一号口、二号口，指的就是不同方向的坑道口。当时，出于战备的需要，无论哪个方向遇有敌情，连队的官兵都可以通过坑道，迅速进入阵地。

1986年早春，部队撤离开山岛之后，岛上的坑道虽然暂时起不到什么作用了，但它们仍是沿海国防设施的一部分。作为国防工程，上级仍旧要求后续守岛的王继才夫妻对此加以管理、防护和保养。现在王继才夫妻要做的，正是这样的工作。

一般情况下，坑道需要定期保养。

保养的具体程序是：检查各个坑道的防护门。海岛的空气中含盐量大，坑道防护门上的金属部件多有腐蚀，因此首先要除锈，然后用专用钢丝刷反复刷，接着用砂纸打，直到部件被打磨得露出金属的光泽，这时才涂防护漆，等漆干之后，再抹上黄油。

从上述程序中我们不难看到，一个金属部件的处理，有多道程序。那么，开山岛有多条坑道，每条坑道除了进口和出口两道大的防护门外，坑道内还有若干个小门。这样一算，王继才夫妻保养坑道的工程量就相当大了。

其实，你只要稍加测算，就清楚了。当年，驻守开山岛的是解放军的一个连队。据我所知，20世纪60年代初期，出于战备需要，驻岛连队在编制上，是个加强连，人员最多时达一百五十多人。即使是20世纪80年代中期，部队即将撤离开山岛时，守岛连队也有近五十人的编制。也就是说，当年一个连队干的活，现在要由两个人来完成，王继才夫妻忙碌的程度可想而知了！

对于王继才夫妻来说，如果仅仅是坑道的保养，工作量虽然大一些，人累一点，也没有什么，然而困难在于，人要在坑道里进行作业。常识告诉我们，坑道内和坑道外的温度和湿度差别很大。即使你是在坑道口保养防护门，也会感觉到一阵阵的寒气顺着坑道直朝你扑来。那寒气穿透力特别强，不管你穿什么衣服，扑过来后立即就像是无数条小蛇，凉嗖嗖地直朝你骨头缝里钻，不一会儿，就把你钻得透心凉！

更糟糕的是王继才夫妻都患有关节炎。坑道里的寒气像是专门挑选你的弱处进行攻击。你不是关节不好吗？它就最先钻进你的关节里，让无数个"小虫子"咬你的关节，让你的关节痛得弯曲起来不方便，甚至影响到正常的走路！

王继才夫妻知道进坑道作业，要尽可能地保护好关节。他们特地多穿衣服，甚至在大热天，也穿上了棉衣和厚厚的秋裤。可是仍然挡不住坑道内寒气的袭击。衣服穿得再多，到了坑道里，不久就仿佛变得薄了，变得轻了。于是，王继才夫妻只好坚持着，等到关节炎发作了，疼痛难忍了，他们会暂时放下手上的活，到坑道外休息一阵子，让身上的寒气散一散，然后再钻进坑道进行作业……

我在达山岛守备连工作时，连队的文书兼任军械员，他经常要钻进坑道查看战备物资。久而久之，关节炎特别严重。离开部队多年后，战友聚会，当我再次见到他时，提及往事，他伸出手来给我看，说骨节变形了，都是当年钻坑道落下的病根……

2017年7月28日，连云港市举办庆祝中国人民解放军建军九十周年文艺晚会。我在会场见到了王继才夫妻。他们是应有关部门的邀请前来出席晚会的嘉宾。我特地留意了一下王继才夫妻的手。他们的手指关节突出、粗大，的确和常人不同。我想，那是守岛三十多年，生活给他们留下的特殊印记！

进了坑道，王继才和妻子王仕花立即进入了工作状态。

他和她分别处理着防护门的一块部件。

用钢丝刷除锈是个力气活。王继才个子大，有劲，他以极快的速度清理好一块部件后，和王仕花换工。也就是说，让王仕花接替他的活，干下一道工序，用砂纸打磨，而王仕花未进行完的工作，由他来完成。

应当说，他们配合得非常默契，有分工，也有合作，明显提高了工作的效率。

保养坑道的活不光累人，还脏。王继才夫妻没有工作服。他们手上的帆布手套，还是海上过往船只的船老大们送给他们的。他们为坑道的防护门除锈，使用钢丝刷和砂纸打磨，扬起的铁锈的粉尘，落在他和她的头上、脸上和身上，弄得整个人脏兮兮的，可他们一点都不在乎。他们干得很认真。他们知道自己保养的是国防工程，来不得半点含糊。因此，他们严格按照操作规程来做，每每完成一条坑道的保养，过后还会进行检查，直到完全达标。

有耕耘，就有收获。

多年来，王继才夫妻年年都被江苏省军区评为"国防工程先进管护员"，他们驻守的哨所，亦获得了"一类民兵哨所"的光荣称号！

2003年10月的一天早晨，王继才睡不着觉，早早就起床了。

王仕花说，天还没亮呢。不睡了？

王继才说，不睡了。

王仕花说，平时你一倒在床上，就打呼噜。今天例外，一夜都没睡好吧？

王继才说，谁说不是呢，想睡，睡不着。脑子清醒得很。

王仕花说，入党了，多年的愿望实现了，兴奋！

王继才就笑。

王继才说，党组织批准了我的入党申请，高兴呢！

王继才接着说，今天乡党委和县武装部的领导专程上岛，为我举行入党宣誓仪式，你说我能不激动吗？！

说着，王继才就去刷牙洗脸，然后对着镜子清理起胡须来。在这之前，王继才剃胡子从来不照镜子。他用电动剃须刀在下巴上潦潦草草地胡乱剃几下，就算了事。可是今天不同了。今天对王继才来说，是个重要的日子，他剃胡子剃得特别认真仔细。等到他把胡子清理完了，还特地对着镜子照了又照，生怕有什么地方没有处理干净。

接下来，王继才朝窗外看了看，准备出门。

王仕花说，天刚刚亮，船要来，也得到九点以后呢！

王继才说，我知道。早早起来，闲着也是闲着，我到哨所去看看。

王仕花说，别忘了按时回来吃早饭啊！

王继才愉快地答应着，然后出门，朝山坡上的哨所走去。

早晨的开山岛，空气湿润、清新。

海面，淡淡雾气掩映下的点点渔帆，忽隐忽现，显得静谧而又充满了生气。几只不甘寂寞的海鸥，拍打着翅膀，从王继才的头顶飞过，像是在新的一天到来之际，向他致以亲切的问候。

王继才沿着石头铺就的台阶，拾级而上，来到了哨所。

打开高倍望远镜，王继才开始观察海空。

每天他都要巡视面前的这一片辽阔的海域与天空，要把眼前熟悉得不能再熟悉的景物看上一遍又一遍。但王继才百看不厌。他能够在重复中，看出细微的变化；能够在枯燥里，觅得某种特有的新鲜。因此，王继才只要把自己的眼睛贴近望远镜的护眼圈，长期以来养成的职业习惯便让他立即心静如水，此时，目光穿越高倍光学镜片，像展翅的雄鹰，在海空之间迅速地低飞……

这时候，东方海平线的某个部位开始渐渐泛红。王继才知道那是日出的前兆。太阳在水下已经潜伏得太久太久，太阳就要跃出海面了……果然，不一会儿，太阳一使劲，撞破了海面。瞬间，海水被绽露的太阳染红，摇晃着的波涛，把一小片海水摇晃成撒落一地的碎金……

王继才守岛多年，看过无数次日出，唯有这次觉得最美！

为什么？

与心境有关。因为今天是王继才入党的日子。

沐浴着金色的阳光，王继才喜悦的心情溢于言表。他记得，在他守岛第二年，县武装部的王长杰政委就跟他说起过要求入党的事，他认真地考虑了。考虑的结果，是他觉得自己离党员的标准还差得很远。他需要努力缩短自己与党员标准之间的距离，然后再提出入党的申请。后来，王继才在工作中不断地以党员的标准要求自己。再后来，前来检查工作的省军区领导关心他，希望他积极要求加入党组织。王继才把自己的想法如实做了汇报。省军区领导说，递交入党申请，是表示你有加入党组织的强烈要求与迫切愿望，至于能不能加入，够不够条件，党组织自会考虑。你守岛这么多年，各项工作都取得了显著的成绩，依我看，符合党员的标准。如果需要，到时候我可以当你的入党介绍人！

在这之后，王继才向党组织郑重地提交了入党申请……

"我志愿加入中国共产党，拥护党的纲领，遵守党的章程，履行党员义务，执行党的决定，严守党的纪律，保守党的秘密，对党忠诚，积极工作，为共产主义奋斗终身，随时准备为党和人民牺牲一切，永不叛党。"

面对鲜红的党旗，王继才举起握成拳头的右手，进行入党宣誓。

支部书记每说一句誓词，王继才复述一句。

在王继才的身后，是乡党委、县武装部的领导，他们是特地上岛来为他举行入党宣誓的。按照党章规定，预备党员必须面向党旗进行入党宣誓。这是发展党员工作的必经程序，也是我们党的优良传统。此时，作为一种仪式，宣誓中的王继才，真真切切地感受到了这一时刻与其他时刻的不同。那种神圣感和庄严感，是王继才有生以来从未有过的，它太强烈了，潮水般在胸中激荡。他想，他这一辈子也不会忘记这些字字如同钢锻铁铸的誓言。他愿牢记党的宗旨，履行党员义务，为祖国站好岗、放好哨、守好岛，做一名合格的共产党员，为共产主义事业而奋斗终身！

颇有意味的是，同样是在开山岛，同样是在王继才入党宣誓的这间屋子里，数年之后，一批又一批新党员先后来到这里，举行入党宣誓。他们分别来自身后大陆，是灌云县多个党的基层组织特地组织的。

2011年春节前，央视《新闻联播》连续播出王继才夫妻长年驻守开山岛的事迹，引起了社会极大反响。此后，前来采访的记者络绎不绝，慕名上岛举办党组织活动的单位也为数不少。至此，开山岛民兵哨所不但成了青少年开展国防教育的基地，也成了对新党员进行理想、信念和宗旨教育的基地，这恐怕是王继才在2003年10月的这一天面对党旗进行宣誓时不可能想到的。

2013年2月，经中共灌云县委特批，开山岛村党支部成立，王继才担任首任支部书记。

王继才说，别看我们这个支部常驻党员只有两个，平日里，过往渔船中暂靠和避风借宿小岛的流动党员还真不少。我们支部，为此经常根据实际情况的需要，开展组织活动。

如今的开山岛，在哨所门前，挂着一块"中共灌云县燕尾港镇开山岛村党支部"的牌子。

那牌子不大，但醒目，显得很有分量。

第五章 生命里有棵消息树

1. 隔海相望

王继才站在礁石上，朝燕尾港的方向望去。

王继才的目光越过万顷碧波，一点一点地向前延伸再延伸，直至抵达陆地。他仿佛看到了燕尾港，看见燕尾港身后被田野揽在怀中的村庄，看见村子里的那间熟悉的小屋，看见小屋里躺在床上期盼着儿子归来的九十六岁高龄的老母亲……

此时是2012年12月，正值隆冬季节。岛上，海风刺骨，寒气凛冽。然而，王继才已顾及不了天气的寒冷，他在惦记着母亲。大女儿王苏打电话来，说奶奶的身体一天不如一天，食欲也不如以前，吃什么都没有胃口。王苏还说，奶奶大多数时间昏睡在床，有时醒来，就念叨，说想你，让捎话，让你下岛，抽空回一趟家。奶奶说，再不回来，就看不到你了……

王继才恨不得立即出岛，乘船回家，回到母亲的身边！

可是王继才做不到。过几天上级要来岛上检查工作。身为开山岛民兵哨所的所长，他实在是走不了啊！于是，工作之余，他能够做到的，只能是抽空站在礁石上，朝家的方向遥望。他觉得自己对不住母亲，且不说母亲生他养他，吃了很多的苦，就说那年他受命上岛，把仅有一岁多的女儿托付给老母亲带，母亲为此付出了很多很多。要知道，在1986年，母亲已是七十岁的人了，如此高龄的老人还要为他们夫妻带孩子，每每想到这些，王继才的心里特别不好受！

王继才的母亲名叫魏家芳，本地人，地地道道的农民。

老人家先后生育了八个子女。王继才在男孩中排行老二，老人家管他叫"二子"。当年，母亲得知王继才被上级派驻开山岛，一开始并不乐意，心想"二子"长年累月在岛上，和媳妇分居两地，这个家不就散摊子了吗？后来见王仕花辞职上岛，她积极支持。她对王仕花说，去吧，去那里是为国家效力。孩子小，上岛不方便，就留在家里，由她带。这一带，老人家就把孙女带在身边很多年！老人讲不了多少大道理，老人是以实际行动支持王继才夫妻。要是没有老人的支持与帮助，王继才就没有稳定的大后方，就不可能全心全意地守好海岛！

王继才忘不了2003年10月的一天，八十多岁的老母亲病重住院，即使是在昏迷神志不大清醒的时候，她还一再"二子""二子"地呼唤着王继才的乳名。那时候，恰巧也适逢上级领导上岛检查战备，王继才没能及时赶回家，没能尽到当儿子应尽的一份责任与孝心。

事隔多年，当老母亲身体不好需要王继才回家，守在老人家的床前伺候她时，他却再一次因为工作的需要，留在了岛上。

面对高龄体弱的老母亲，王继才此时能够做到的，只能是隔海相望……

王继才还记得，1998年，父亲病重去世时，大风大浪隔断了开山岛通往大陆的海路。王继才悲痛欲绝，他也只能站在岛顶，隔海相望！

这一次，同样是隔海相望啊，数日之后，当王继才忙完工作，请假回到家时，母亲已经溘然长逝。

王继才未能在母亲生命的最后时刻，守在母亲身边，听她老人家弥留之际，轻轻地唤他一声"二子"……

这成了王继才终生的遗憾！

依然是隔海相望！

大女儿王苏要结婚了，她把选定的良辰吉日告诉了爸爸王继才。王苏说，老爸，举办婚礼的那一天，你一定要来啊！王继才答应了女儿。王继才说，到时候一定去！

王继才期盼着这一天的到来。

王继才对女儿王苏，心里始终充满了歉意。在王苏一岁多的时候，王继才走了，去了开山岛，且一去，就是几十年。那时女儿小，需要生活在父母的身边，可是他和妻子却把她交给了孩子的奶奶带。事实上，七十岁的奶奶是可以把她带大的。奶奶很辛苦，给她吃，给她喝，给她穿，竭尽了全力。可是奶奶有奶奶的局限性，奶奶在生活上能够给予她的，都一一给予了，然而在学习与教育等方面，却帮不了她的忙。这样一来，王苏与同龄人比，势必就有了一些缺失。虽然这些缺失是隐形的，不太容易察觉，但却客观存在着，对她的成长，有一定的影响。

比如说，孩子上小学了，老师布置的作业完成后，要家长检查并签字，她的奶奶就做不到。这让孩子很为难。孩子会明显感觉到自己与其他同学的不同。

比如，学校要开家长会。不是奶奶去不了，而是奶奶去了没有多大的用。奶奶既记不住老师在家长会上讲的是什么，日后也督促不了孩子该做些什么。后来学校的老师了解了王苏家的情况，大凡开家长会，她的家长来不来，都已不做任何的要求了。

再比如，放学了，同学们都回到自己的家里，回到爸爸妈妈的身边。她例外。她和奶奶生活在一起。奶奶年纪大了，生活按部就班，基本上接收不到什么新信息，因此，她的日子就过得十分沉闷，如同一潭死水……

王继才每每出岛办事，回到家，就感觉到女儿和他隔着一层，隔的是什么？他说不清。只是女儿对他不如对奶奶亲。王继才曾经试着和孩子多接触，可是效果不明显。孩子对他尊重多，主动交流少。一般情况下，是他问她什么，她说什么，他不问了，她也不说了。

现在，女儿长大了，谈恋爱，要结婚了，这让王继才兴奋不已。王继才计划着自己到时候一定要安排好工作，事先找好人，多多付给他们报酬，让他们替他守几天岛，然后他和王仕花一起去参加女儿的婚礼。甚至王继才都在心里打好了腹稿，那天在女儿的婚礼上，他要讲几句话，对新人表示祝贺……

可是，令王继才无比失望的是，海上风浪太大，没有船出岛，他对女儿的承诺无法兑现了！后来，王继才得知，婚礼上，女儿王苏盼望他的到来，曾不止一次地对伴娘说，爸爸会来的，妈妈会来的，他们都会来的！他们已经出岛了，正在往这里赶，再等等。过一会儿，他们就会来了……其实，女儿对伴娘说这话时，王继才正站在开山岛最高处的岩石上，朝着大陆的方向遥望！

此时，王继才能够做到的，是对女儿深深的祝福！

他希望女儿能够理解，原谅他不能前去参加她的婚礼……

依然是隔海相望！

在南京航空航天大学读研究生的儿子王志国来电话，邀请他的爸爸王继才和妈妈王仕花参加他的毕业典礼。王继才想都没想，便一口答应了。王继才说，他不是偏爱儿子，而是因为王志国是在开山岛出生的。二十五年前的那一天，风大浪高，儿子出生得特别艰难……就凭着这一段不同寻常的经历，王继才夫妻也要去省城，去看看毕业典礼上头戴硕士帽的王志国有多帅，他们要当面给儿子送上最诚挚的祝福！

南京航空航天大学，是中华人民共和国成立后创办的第一批航空高等院校之一。1978年被国务院确定为全国重点大学；1996年进入国家"211工程"建设项目；2011年，成为"985工程优势学科创新平台"重点建设高校。建校以来，校友中仅涌现出的两院院士就有十一位。儿子王志国能在这所大学里攻读硕士研究生直至毕业，始终是王继才的骄傲。平日里，无论是谁，只要向他提及儿子王志国，王继才总是一脸灿烂的笑容。

为了能够按时去省城参加儿子的硕士研究生毕业典礼，王继才早早做好了准备。起先，他与家里的亲戚联系，看看在那个时间段谁有空，上岛来替换他。毕竟他要和妻子王仕花一起出远门，到省城一趟，来回加上进出岛，少说也要四五天。其间，岛上不能没有人执勤。可是，找人替代，一次可以，两次、三次就不大好办了。找来的亲戚过后说，在岛上太难熬了，简直就是度日如年！一整天，没人说话。白天，跟在身后的是自己的影子。到了晚上，灯光打在墙上的，还是自己孤零零的影子。两天一过，人不是快要疯了，就是快要傻了，那滋味，真不好受！后来，王继才见找不到亲戚帮忙，就只好花钱雇人了。王继才要和被雇的人谈好条件，比如说什么时候站岗放哨，什么时候观察海天，遇有情况，如何报告等等。对方答应了，再谈报酬。需要说明的是，付给对方的报酬是由王继才自己掏腰包支付的，在2013年前后，也就是王继才准备去南京参加儿子的毕业典礼期间的价格为每天一百四十元！这还是优惠价，对方是看在王继才守岛辛苦的情况下开出的价码。我在前面说过，王继才夫妻收入有限，自1995年岛上建成了灯塔站后，他们代市航标管理处管理灯塔，每年可额外获得两千元的辛苦费。仅此而已。现在，他们在临时外出的情况下，还要自付雇工费，真是挺难为他们的了。好在王继才夫妻想得开。王继才说，这种情况并非常有，一年中，偶尔一回两回的，他们也支付得起。外出看孩子，毕竟是私事，总不能由公费开支吧。

可又有谁想得到呢，军情紧急，就在王继才找好了雇工，把岛上的近一段时间里的工作一切安排妥当后，一个电话打来，上级通知，部队要在这片海域搞演习。若是平日正常情况下，找人替代守岛是可以的，但情况有变，突然间有了军事任务，王继才就走不了了。在开山岛，维护通讯设施，提供气象信息，以及协助海军搞好潮汐监测等，只能由王继才来完成。所以，王继才不无内疚地打电话给儿子王志国，十分抱歉地说，他有任务，去不了。他让儿子多照几张毕业照，以后好看看照片！

儿子王志国参加毕业典礼那天，王继才抽空来到小岛的最高处，朝省城的方向遥望着。他知道自己不可能望到千里之外的儿子，但他仍然伫立岛顶，把目光投向远方……

隔海相望，隔海相望啊……

一天，江苏省军区的一位将军来到开山岛视察。

江苏沿海，有多座岛屿。想必将军巡视过所属部队及民兵辖区内的每一座小岛，所以将军上岛后，不是先听汇报，而是首先要看岛上的军事设施与海防建设。随后，将军来到哨所，看了王继才夫妻记录的观察日记。他看得很仔细。一页一页地翻看。其间，偶尔会问某天的风速记录是否准确。这时王继才会告诉他，风速由风向仪等仪器测定，记录准确无误。随后，将军看了岛上的坑道，他着重察看了防护门金属部件的保养情况，并亲自动手，打开和关闭了防护门，以测试坑道门的使用情况是否完好。随后，将军不仅看了王继才夫妻种的菜，养的鸡，还特意看了厨房，看了他们把生产的富余的蔬菜腌制的咸菜。随后，站在山坡上的将军，像是很随意地指着小岛西边的大狮、小狮两座礁石问，它们叫什么名字，方位多少；接着，将军又指着东边的砚台石，问直线距离多远。王继才一一作了回答。守岛多年，可以说，王继才对岛上的地形地物，了如指掌，烂熟于胸。将军不再问了。看得出，将军非常满意。

将军从陪同上岛的县武装部领导口中得知，王继才夫妻为了守岛，远离大陆，远离亲人，作出了许多常人难以想象的牺牲和无私的奉献，深为感动。于是，将军特地挥毫泼墨，写下了这样一副对联：

"眼观四海风云，心系万家欢乐"。

横批：

"以岛为家"。

——这是对王继才夫妻守岛多年的肯定与赞扬！

2……… 绝处逢生

突然间，起风了。

风从遥远的海上吹过来，一路上推波助澜，以极快的速度，把原本平静的海面弄得七上八下、翻滚不息。

在菜地拔了几棵葱的王仕花，抬头看了看海面，嘟哝了一声，台风来了！然后，她挺着大肚子，朝宿舍走去。

在王仕花的身后，跟着一白一花两只狗。许是在岛上居住久了的缘故，狗习惯了天气的突变，仅是对着海面被大风驱赶迅速低飞的云朵吼叫了两声，便不再焦急，依旧迈着不紧不慢的步子走着。

这是1987年的7月7日。之所以要记住这个日子，因为这一天对于王继才和王仕花来说，十分重要。

在这个日子到来之前，王仕花怀孕十个月了。俗话说，十月怀胎，一朝分娩。按照科学的说法，正常的怀孕期约为二百八十天。日子到了，预产期也就到了。

可是王仕花记错了自己的预产期。

按照王仕花的计算，她的预产期还没有到来。所以，当台风袭击开山岛时，她并不惊慌。在她看来，等这场台风过去了，海上风平浪静了，正好是她从从容容出岛生孩子的时候。

要说，王仕花已是一个孩子的母亲，她生过孩子，应该有经验的。然而，人有时候难免会有疏失。王仕花记错了预产期，事后竟连她自己也搞不清楚究竟错在了哪里。

于是，当台风袭来，航行的船只提前进港躲避，海上与大陆的交通中断时，王仕花并没有意识到，她就要生孩子了。在远离大陆，没有医生的情况下，一个巨大的危险，正在向她逼近。

可是王仕花却全然不知。

直到王仕花来到宿舍，突然感觉到肚子疼了，才意识到情况不妙……

王仕花怀孕是计划中的事。

王继才夫妻商量过，他们还想要一个孩子。当王仕花怀孕时，肚子隆起的形状有点尖。在乡间，人说肚子圆生女孩，肚子尖生男孩，这让王继才夫妻很高兴。

怀孕几个月后，王仕花感觉出了胎动。实际上，王仕花先后两次怀孩子时的胎动，并没有什么不同。但王仕花却似乎觉得男孩子的胎动比女孩更有力量。这不，女孩子文雅，男孩子动作大，在肚子里不大安分，不是拳打，就是脚踢，把肚子的某个部位弄得此起彼伏！王仕花给王继才看，说你儿子很有劲呢！王继才就笑，说男孩调皮好，聪明！

还有一个特别之处，就是王仕花怀孕后，有了一些变化，她变得格外关注时事，关注国家出台了哪些新的政策，关注经济建设与发展，关注环境保护与科学技术，关注生存空间与生活质量，还关注世界上发生了哪些事情，关注某些动乱地区的和平进程……也就是人们以前常说的那种胸怀祖国、放眼世界。每天，王仕花会在听收音机上花更多的时间，似乎因为怀着孩子，面对宇宙万物，与之便有了更加直接的亲近关系，或者说，有了更多的责任。总之，世界一下子变得美好起来……

所以，王继才夫妻希望把这种美好一直继续下去，哪怕台风袭来，面对波涛汹涌，面对艰难险阻，也要把孩子安全地生下来。

王仕花肚子疼了起来。

王仕花生过孩子，她判断这种疼来自宫缩。她计算了一下两次宫缩之间相隔的时间，然后告诉王继才，说不好了，恐怕要生孩子了！

王继才说，怎么可能呢，你不是说还不到预产期吗？

王仕花说，是啊……也不知道怎么搞的，肚子有一阵没一阵地疼……

王继才说，别是受凉了吧？海上风大……

王仕花不吭声了。

王仕花情愿肚子疼是由受凉引起的，也不愿往生孩子方面去想。毕竟是在岛上，正赶上台风袭来，要是真的要生孩子了，那麻烦可就大了！所以，王仕花一个劲地安慰自己，还不到预产期，肚子疼只是暂时，过一阵子就会好的。

这样想来，王仕花竟觉得肚子的疼痛感果然减轻了。

此时已是黄昏，带着忐忑不安的心情，王仕花吃过晚饭，早早就上床休息了。王仕花心想，要是受凉，盖上被子捂一捂，没准发发汗就好了。

可是睡到半夜，准确地说，是在1点20分，王仕花被疼醒了。这时候的疼痛，比起黄昏时的疼痛厉害多了。王仕花注意了一下两次疼痛的间隔时间，变化虽然不大，但它明确地告诉她，是宫缩引起的，千真万确，她是要生孩子了！

于是，再算预产期，王仕花忽然惊呆了，她发现，自己竟把这么重要的一个日期算错了！是的，孩子是守时的，这个时候，正是孩子应该出生的时候!

王仕花告诉丈夫,说孩子就要出生了!

王继才一听,急了,别说此时是半夜,就是大白天,也没有办法。台风来了,海上浪这么大,没有船,根本出不了岛啊!

突如其来的情况让王继才毫无思想准备。此时的他,大脑缺氧,思维迟钝,只知道急,急得语无伦次、手足无措。

他一次次地埋怨自己,没有帮助妻子核实孩子的预产期;一次次地悔恨,为什么不早早出岛,提前让妻子到医院做好生产的准备;他甚至抱怨老天的不公,说自己为了守岛,已经付出了这么多,还要用这种方式来对待他,让他备受煎熬;甚至,他双手抱拳对着苍天连连作揖,希望冥冥之中,遇有神助,帮他获得一线转机……

时间在王仕花一阵接一阵由宫缩引起的疼痛中不断地消逝。

到了早晨8时,王仕花意识到孩子就要出生了。再这样耗下去,她和孩子都将面临危险。因此,她必须赶在一个新的生命降临之前,想方设法,找到属于自己的诺亚方舟!

应当说,面对危机,此时的王仕花显得异常冷静。她看着窗外疾飞的大朵大朵的云团,听着狂风剧烈拍打着屋顶,声音平和地对王继才说,余下的时间不多了,想想办法吧!

王继才双手抱着脑袋,沮丧地说,还能有什么办法吗?

王仕花说,人都说,办法总比困难多。

王仕花又说,不妨试试。

王继才看了看王仕花,不再说什么了。

接下来,他们开始动脑筋。

要知道,在我们的日常生活中,任何一种现实,都是已经实现了的可能;而任何一种可能,又都是尚未实现的现实。现在,王继才夫妻在极度恶劣的环境下,要想改变命运,唯一需要做的,就是把一种可能变成生活中的现实。

应当说，他们做到了！

他们想到了打电话。

他们把电话打到了燕尾镇武装部徐正友部长的家里。

徐部长听到了王继才的紧急求援，让他千万不要急，务必镇静、镇静、再镇静。随后，徐部长对王继才说，你等着，他让夫人老李接电话。

徐正友部长的夫人老李曾经受过医护培训，当她得知情况后，接过电话，像是指挥作战的将军，临阵不慌，干脆利索地一一向电话另一端的王继才下达指令。

她说，你有纱布吗？要是没有，找一件全棉汗衫，撕成布条，备用。

她说，找一把剪刀，到时候好剪脐带。

她说，立即烧一锅开水，把布条和剪刀煮上二十分钟，进行消毒。

她说，找一床干净、软和的被子，给孩子当包被。

她说，再找一瓶白酒，高度的，消毒用。

……

她每说一句，王继才复述一句。

当她下达指令完毕，王仕花注意看了桌上的闹钟，时间已是7月8日的上午9时。

王仕花知道，那个她等待中的重要时刻就要来临……

必须在这里插上一段文字。

20世纪70年代中期，我作为连云港某守备师文艺演出队的创作人员，随同演出队上岛演出。在离大陆一百多公里的平山岛，我们遇上了台风。其间，平山岛守备连的一名战士得了急性阑尾炎，必须进行手术治疗，否则，后果不堪设想。可是问题在于，当连队干部打电话给师司令部值班室，要求派船时，得到的回复是，海上风浪太大，船运队的登陆艇根本无法进岛！

无船进岛，意味着患者不能出岛；而不能出岛，手术怎么进行？在岛上，只有两个与医学有关的人，一个是守岛连队的医助，一个是演出队的相声演员李贵华。前者，从未进过手术室；后者，虽然进过手术室，但当时他作为师医院的卫生员，仅是实习时观看过手术的过程。

这时候，情急之下，他们不约而同地想到了电话。他们立即把电话打到师医院。医生说，你们行吗？他们说，不行也得行啊，总不能眼睁睁地看着战友死亡吧！接下来，医生便对着话筒，向远在小岛的两个从未做过外科手术的人下达有关手术的一系列指令。

医生的指令是通过海底电缆传输到小岛的。为了保障手术的顺利进行，师司令部值班室的值班人员特地打电话给总机，让他们务必保证电话的畅通无阻。

应当说，手术进行得比较顺利。

阑尾切除，那个战士得救了！

事隔四十多年，当年在平山岛为战士做手术的师演出队相声演员李贵华，已以大校军衔的正师职军官身份从原南京军区驻上海某部部队长的岗位上退休。他听说我在写有关开山岛王继才夫妻的书，得知其中一小节涉及台风到来，王继才通过电话指令为妻子接生的情节，不由感慨万分。他说，正因为他有过类似的经历，才更懂得和平时期守岛人的艰辛与不易！

继续说一说1987年7月8日上午9时，发生在开山岛的故事。

按照电话另一端徐正友部长夫人老李发出的若干指令，王继才手脚麻利地做好了为妻子接生的各种准备。

与此同时，王仕花积极配合，主动地躺在了床上。

这里不同于医院的产房，没有白色的墙壁，白色的产床；没有空气中弥漫着的淡淡的消毒药水的气味；没有备用的氧气瓶、血浆和各种医用器械；更没有忙忙碌碌的医生、护士！王仕花拥有的，只是在眼前紧张得额头沁出细汗的丈夫王继才，只是潮水般一次比一次凶猛袭来的临近分娩的阵痛，以及对腹中快要出生的小宝宝的牵挂。她告诉自己，不要着急。你着急，王继才会更急。而急，无论对谁都不利！于是，躺着的王仕花此时尽量做到让自己的脸上露出微笑。

王继才见王仕花出汗了，大粒大粒的汗珠前赴后继地从她毛孔里渗出，便问，感觉怎么样？

王仕花说，还好。

王继才说，要是疼得厉害，你就喊！

王仕花说，嗯。

王仕花说完，肚子的疼痛加剧了。她觉得心脏更加剧烈地跳动着。呼吸变得异常急促起来。全身每一处肌肉经过紧急动员，绷得紧紧的，就像一张拉满的弓，等待着箭儿离弦的那一瞬间……

这时，电话那端老李问，羊水破了吗？

王继才答，破了！

老李说，让仕花配合，使劲！

王继才对王仕花说，让你用力！

王仕花生过孩子，知道此时用力的重要性。她紧紧攥着拳头，大声地喊叫着，给自己助威，让自己发力。

"啊——啊——"

王仕花不光是在为自己喊，还在为待产的孩子叫。她高分贝地喊着、叫着，喊得惊心动魄，叫得奋不顾身！她觉得叫喊声中，她已经进入了一种境界。也就是说，她已把生命完全融合在喊叫声中了。直到后来，她仿佛在这个世界上消失了，而替代她的，分明就是那些喊声和叫声了！

显然，老李在电话中听到叫喊声了，她问，怎么样了？看见孩子的脑袋了吗？

王继才说，看见了！

其实，王仕花看不见孩子，她是感觉到的。接下来，她更加用力了。她在帮助孩子，用全身的劲推他，把他往外推。后来，在她的助力下，孩子不断开拓进取，然后一鼓作气，带着血水，几乎是以奔跑的速度进行冲刺，终于，进入了一个崭新的世界！

孩子出生了！

孩子完好无损、安安全全地出生了！

在老李的电话指令下，王继才剪断了脐带……

孩子的第一声啼哭，让王继才和王仕花落泪了！

王仕花问，男孩，还是女孩？

王继才说，带把的！

话音刚落，王继才和王仕花抹了一把泪，不禁笑了……

此时，已是中午12时03分！

海上，风大浪高……

3. 小学校的世界之最

　　王继才夫妻给在岛上出生的儿子起名王志国，希望他长大了，能够像他们一样，立志镇守海疆，保卫祖国！

　　王志国是在开山岛长大的。

　　与同龄人不同，王志国从小听惯了的摇篮曲是大海的涛声。他的玩伴是两只狗，一群鸡，以及天上飞舞的海鸥、雨燕。早晨起来，他一睁眼，看见的是爸爸、妈妈；到了晚上，上床睡觉时，看见的还是妈妈和爸爸。可是他不感到孤独，在他会走路之后，就经常跟着爸爸妈妈去哨所了。稍稍长大一点，他就学会了用望远镜观察海天。他能够识别什么是货轮，什么是渔船；分得清海面颜色深的部分，哪些是云的投影，哪些是海底沟壑造成的结果。他还在山坡上竖起一根木棍当作消息树，说是一旦海上出现了异常情况，就报警，把那棵"树"放倒……

　　王志国过完五岁生日，王仕花决定教他学文化。王仕花当过小学老师，她知道学习的重要性。她把想法与丈夫王继才说了，王继才当即赞成。王继才说，我们为儿子办一所岛上小学吧，你来当老师。王仕花说，好啊。王仕花又说，那你呢？你就当开山岛小学的校长！

很快，开山岛小学开学了。

在远离大陆、面积只有0.013平方公里的小岛上的这所小学，全校师生加起来仅有三人，即一名小学生、一名老师、一名校长。如此奇特的袖珍型小学，即使是在全世界也极其罕见。若从这个角度来讲，开山岛小学创造了一项世界之最，名副其实，绝不为过！

既然是学校，就要有学校的样子。王继才夫妻选择了一间旧营房作为教室。他们特地用粉笔在门前一侧的墙上写上了"开山岛小学"的醒目标志。虽然与岛外的学校比，条件差了许多，但教室里课桌、凳子、黑板等一应俱全。作为该小学校的校长，王继才还别出心裁地在教室的屋檐下，挂一个旧铝盆，每到上下课的时候，只要敲响它，声音就可以传得很远。

开学的第一天，开山岛小学隆重举行了开学仪式。

首先是校长王继才讲话。

王继才说，今天，开山岛小学开学了，这是开山岛民兵哨所成立以来的一件大事。从今以后，我就是这个学校的校长，王仕花就是学校的老师。王志国，作为学生，你要好好听校长和教师的话。

王志国忍不住插话说，那以后，我就不喊你们爸爸妈妈了？

王继才说，在学校，要按学校的规矩来，喊校长和老师。当然，放学了，该叫爸爸叫爸爸，该叫妈妈叫妈妈。听清楚了吗？

王志国说，听清楚了！

接着，王仕花讲话。作为老师，王仕花着重对学生王志国提出了要求，希望他好好学习，遵守纪律，上课听讲，课后认真完成作业等等。

王志国插话说，要是上课时想要撒尿了怎么办？

王仕花说，要举手报告，经过老师的同意，才可以离开课堂。

王仕花接着说，当然，王志国同学，以后每到上课之前，你都要提前做好各种准备，包括上厕所。

王志国说，报告妈妈，不，报告老师，我现在就想……就想撒尿……

王仕花说，王志国同学，严肃点，你是真想撒尿，还是闹着玩……

王志国说，真想撒尿。

王仕花说，那就快去吧。不过，以后不许这样了……

刚上学的那几天，王志国不适应，始终以为妈妈、爸爸是在和他做游戏，过家家玩，因此上起课来，想上就上，不想上了，就不认真了。

这怎么行呢？

王仕花见了，就会批评王志国。

王仕花说，王志国同学，上课时不经过老师的允许，不许随随便便地离开；王志国同学，学习要认真，集中精力，不要思想开小差……

这样的批评次数多了，王志国意识到自己是个学生，再上课时，学习的自觉性也就渐渐增强了。

王仕花教学经验丰富，尤其是只教王志国一个学生，教得特别认真，每每上起课来，都是全身心投入，尽可能地把课讲得深入浅出，简单易懂。

为了让王志国加深印象，便于理解，王仕花有时还会根据授课的需要，把课堂搬到室外。比如，她在教王志国语文，讲"天"字怎么写的时候，会把志国带到山坡上，让他面对大海，观看天空，然后告诉他，"天"字的两横，代表天与地，中间是人。寓意是天高地阔。这样教学，让王志国记忆深刻。再比如，王仕花在教王志国算术时，会把他带到鸡圈旁，告诉他一只鸡加两只鸡是几只鸡，让王志国去数。王志国数鸡数对了，王仕花就会给他鼓励，捡一些鸡蛋，放学后煮给他吃！

一对一的教学，使王志国在学习上进步很快。过了不多久，王志国已经能识很多的字了。这时候，王继才夫妻便托过往的船老大，给孩子买一些少儿图书，让王志国进行简单的阅读。在这些图书中，王志国最喜欢看的是童话故事，久而久之，他对《海的女儿》《拇指姑娘》《卖火柴的小女孩》《豌豆上的公主》等世界童话名篇记忆深刻，说起书中的情节，绘声绘色，头头是道。

因为是自办小学，王仕花在教学上，就有了自主权。她觉得对孩子不光要教语文、算术，还应拓宽知识面，开阔孩子的眼界，让他更多地了解身边的事物，感知世界的丰富多彩，在智力上获有较大的发展空间。

王仕花是这样想的，也是这样做的。

很快，王仕花在教学上拟定了计划，即因地制宜，让王志国尽可能地了解海洋，掌握海洋的各种知识，从小心里装着大海，热爱祖国的海疆。

她在黑板上画出祖国的海岸线，然后告诉王志国，我国的海岸线有多长，其中大陆海岸和岛屿的海岸线各有多长，它们北起自哪里，南端位于哪里。她还告诉王志国开山岛在我国海岸线中的位置，这个小岛的前世与今生，以及他们为什么要长年驻守在这个小岛上……虽然，王仕花尽量用王志国能够听得懂的语言向他进行讲述，但仍有一些内容王志国听了似懂非懂，不一定能够完全理解，然而有一点王仕花可以肯定，那就是王志国多多少少知道了海与自己的关系，他对海更加亲近了。王仕花觉得对于一个年幼的孩子，有此认识，足矣！

她经常带王志国到海边去钓鱼。她告诉王志国，在开山岛附近一带海域，有很多的鱼。最大的鱼是鲸鱼，浮在水面上，脊背高高地耸起，远远看去，像是一座小山。数量最多的，大约是鲅鱼了。当地人称它为马鲛鱼。到了鱼汛季节，站在岛上就可以看到成群结队的鲅鱼游来游去。有时候，它们太多了，拥挤在一起，好像喘不过气来，憋得慌，就纷纷跃出水面，又是蹦又是跳的，可欢了！而味道最鲜美的鱼，是红加吉。这种鱼的学名叫真鲷，身体扁侧，背部稍微凸起，头大口小，侧线比较发达。钓鱼要是钓到它，拿到市场上去卖，可值钱了。还有一种个头比较小的鱼，名叫石斑鱼。这种鱼，在岛上经常可以钓到。它的营养丰富，渔民们常常把它称为"海鸡肉"……她对王志国说，你是在岛上出生的，你应当了解我们这个岛子，了解这个岛周围都有什么样的鱼。

她在秋天候鸟迁徙的季节，会带王志国去认识各种各样的鸟儿。她告诉他，在小岛身后的大陆，有一座大山叫云台山，早在四五千年前，因为那里鸟多，有一百多个品种，被称为"羽山"。这些，在古书中都有记载。也正是从那时候起，每年都有候鸟经过开山岛，飞往南方。这些鸟儿在海上飞累了，就会在开山岛歇脚，然后接着再飞。到了秋天，早晨天还没亮，你就能听见鸟的叫声。它们飞过来时，就像天空飘着的一片彩云；它们落在岛上，如同下了一场欢快的雨。她说你那天看到过的头戴红帽子、脖子和腿都长得长长的大鸟，它叫丹顶鹤，是我们国家的一级保护动物，可珍贵了呢！

她还常带王志国去观云识天气。在岛上生活，随时了解和掌握天气情况非常重要。光看天气预报还不够，还要会观察气象的变化。这是生存必备的一项本领。其间，王仕花告诉王志国，云有很多种。仅是能够下雨的云就分两类，一类是雨层云，它呈灰暗色，密布全天，厚度均匀，不大透光。出现这种云，通常会产生连续性的降水。另一类是积雨云，它是一种高大块状的对流云体，初期像棉花，一大片一大片，再发展，就会乌云密布，但天边是亮的。这种云一般出现在夏天……为了讲得通俗易懂，王仕花还常说一些气象谚语给王志国听，比如"天上钩钩云，地上雨淋淋""云往东，车马通"，等等。看得出，王志国对此非常感兴趣……

应当说，王仕花的努力效果明显，知识面的不断扩大，让王志国在日后的成长过程中，受益匪浅。

这一天，台风来了。

作为岛上的常客，这次来的台风阵容浩荡，气势汹汹。它一登陆开山岛，就想给王继才一家三口一个下马威，把天刮得昏昏暗暗，把浪掀得浇透了全岛！

站在窗前，看乌云翻滚，听狂风怒吼，王志国胆怯地问妈妈，还上课吗？

王仕花说，上课。

王仕花接着说，今天的课，改在宿舍上。

然后，他们便按时按点地上课。

王仕花按照既定的课程，该教什么，仍教什么，而作为学生的王志国，该怎么学，就怎么学。他们并不因天气的变化，影响到学习的进程。

此后，台风连续刮了二十多天，其间，没有丝毫减弱的迹象。

在此期间，开山岛小学的师生连续上了二十多天的课，天天如此，方寸不乱。

然而，就在台风与师生双方对峙，进入胶着状态时，学生王志国上课时出现的一点点情况，给我正在写的这一小节增添了新的内容。

事情的经过是这样的：王志国正上着课，忽然肚子叽哩咕噜地发出了一阵响声，接着，他感到了饿。这种饥饿感来得凶猛，像是有无数只手在他的胃里抓挠，瞬间就把他抓挠得头冒虚汗，心里发慌。于是，正在听课的王志国急忙举手报告。王仕花问，王志国同学，有什么事吗？王志国说，我饿！王仕花心里"咯噔"了一下，立即就知道是怎么回事了。台风肆虐了这么多天，库存的粮食吃完了。这两天，他们一家三口靠吃海蛎子维持。王志国年龄小，不肯吃海蛎子，嫌不好吃，自然吃得就少。而吃得少，肚子势必会饿。再就是王志国上课要动脑筋，血液忙于供应大脑，消耗大，这时热量跟不上，饥饿感就会显得更加明显。怎么办？王仕花决定暂时休课，给王志国做点吃的。

王仕花在厨房能够找到的食物，只有海蛎子。

王志国说，不想吃。

王志国又说，一看见海蛎子就犯恶心！

王仕花二话不说，拿起菜刀出门直奔鸡圈。她杀了一只鸡，一只正值下蛋期间的芦花鸡！王志国见到碗里热气升腾的鸡肉，哭了。他说，妈妈，你怎么把芦花鸡杀啦？他说早知道这样，他宁愿吃海蛎子！王仕花听了，心都碎了。她说，儿子，不杀鸡就吃不好饭，而吃不好饭就不能好好学习。在这时候，学习要比芦花鸡重要一百倍！志国，听话，你要好好吃，好好学习。等到台风过去了，我们可以乘船出岛，买好多好多的鸡来养！

事隔多年，已在南京航空航天大学读书的王志国，应一家省级电视台的邀请去做节目时，回忆起在开山岛小学上学，遇到台风，妈妈在没有粮食吃的情况下，忍痛杀了心爱的芦花鸡的生活细节，仍旧落泪不止……

王志国在开山岛小学上了两年学。

后来，王志国七岁时，王继才和王仕花考虑到孩子的健康成长，需要有一个良好的生活环境，需要能够在这个环境中和他人进行正常的交流，于是就把他送出岛，在岛外上了小学。

新入学的王志国，起初并不知道自己比他人具有优势，在学习上受到过扎实的基础训练。王志国像他的同年级同学们那样，在上课铃响后进入课堂，专心致志地听老师讲课。可是听着听着，王志国就听不下去了，因为老师教的内容他都学过。这样一来，王志国坐不住了。王志国把小学一年级的书从头翻到尾，结果他都懂。于是，失去了新的知识的吸引，王志国在课堂上的表现就有点心不在焉。老师见了，就问王志国：你怎么了？王志国如实向老师作了报告。老师不信，当即对他进行了测试。过后，经校领导批准，王志国连跳三级，成了同年龄人中的高年级学生!

在学习上,王志国基础打得牢,很快在学校成了"学霸"。高考时,王志国以优异的成绩,考入南京航空航天大学。读完本科,王志国一鼓作气,接着考取了本校的研究生。

后来,王志国的这段人生经历,被演绎成为同龄人心中完美的励志故事。

4....... 得与失

孔子家语里记载：有一天楚王出游，遗失了他的手弓，下面的人要找，楚王说："不必了，我掉的弓，我的人民捡到，反正都是楚国人得到，又何必去找呢？"

孔子听到这件事，感慨地说："可惜楚王的心还是不够大啊！为什么不讲人掉了弓，自然有人捡得，又何必计较是不是楚国人呢？"

"人遗弓，人得之"，应该是对得失最豁达的看法了。就我们每个人而言，有得有失，如同月圆月缺，那是生活中的常态。

任何事物，都具有两面性。得与失，二者总是互为因果，相互转化。因此，无论我们得到了什么或是失去了什么，都不会像数字加减那么简单。以智慧之心去感悟和理解得失，就会懂得：当一扇门对你关闭的时候，便会有一扇窗子向你开启；当失去某些东西并真心放手的时候，你往往会感受到一种意外获得的欣喜……

人生亦是如此。

那么，在这一小节里，我想借助这个话题，来说一说王继才和他儿女的得与失。

先说王继才的大女儿王苏。

为写这本书,我在网上查阅了许多媒体发表的有关王继才夫妻守岛的通讯报道。遗憾的是,那些媒体记者纷纷把注意力和笔触集中在王继才夫妻的身上,而忽略了他们的大女儿王苏。其实,作为民兵,王继才夫妻之所以能够几十年如一日地驻守在开山岛,王苏功不可没。或者说,没有王苏的努力和奉献,开山岛民兵哨所迄今为止所取得的所有成绩就会大打折扣!

为什么要这样说?

兵家常言,兵马未动,粮草先行。意思是后勤工作很重要。古代作战中如此,近现代作战同样如此。隆美尔说过:"战斗在第一枪打响之前是由军需官决定的。"当代美军的作战纲要中说:"后勤制胜。"作为一名曾经的军人,我对此深有体会。早年,我在连云港东北方向的一座远离大陆的小岛上执行过守备任务。那时候,我所驻守的小岛和另外两座相隔不远的海岛,共驻扎着一个营的兵力。而为我们营进行后勤保障的部队,除了同是一个营级单位的船运大队,还有一个排级单位的海岛供应站。当时,岛上所需装备及生活物资,全部由他们运送。相比之下,王继才夫妻虽然只有两个人,但他们长期驻守小岛,生活中必然少不了柴米油盐等物,而这些后勤保障,必须要由人来完成。那么,由谁来完成呢?乡村的民兵没有船运队,没有专职的后勤人员,各级人武部也没有承担为驻岛民兵哨所提供供给任务的人员编制!所以说,在1986年的7月,王继才虽然上岛了,后勤保障不仅没有很好地跟上,甚至可以说是严重缺失!

怎么办?只能由王继才夫妻自己想办法了。他们的办法,说起来是没有办法的办法。起先,他们托熟人承办。后来时间长了,他们不好意思再张口托人了,便渐渐地把后勤重任交给了大女儿王苏。

那时候,王苏还是个不满十岁的孩子!

采访中,当我得知王苏不满十岁,就肩负起了与她年龄不相符的超负荷的重任，不由感慨万分。

我在前面说过王继才夫妻在开山岛以劳养武的那些经历，但我没有交代他们把钓来的鱼和捉到的螃蟹托过往渔船的船老大带出岛后交给谁，并由谁来卖，然后兑换成钱。其实，写到这里，即使我不说，你也该想到了，那个人就是王苏！

王苏是利用放学的时间来燕尾港，到渔船上拿爸爸、妈妈从岛上捎来的鱼和蟹的。王苏拿到鱼和蟹，就在燕尾港卖。

最初的时候，王苏蹲在路边，守着一摊鱼和蟹，不仅不好意思张口叫卖，而且连头都不敢抬。她怕过往行人看她，更怕遇到熟悉的人。有人说，这不是王苏吗，怎么摆地摊了？王苏听了，恨不能地上有条缝，好让她钻进去，永远也不要出来；有个人问螃蟹怎么卖，多少钱一斤，她的脸就红了，发热，发烧。她低着头，小声说，多少多少钱。对方嫌她声音小，追问一声，到底多少钱啊？她的声音就低了，甚至连她自己都听不清楚。

在码头上，好心的渔民告诉她说，小姑娘，在这里鱼啊蟹的卖不出好价钱。你拿到镇上去卖，买的人多，赚的钱也多。王苏知道。可是王苏一来没有时间，二来到镇上路远，她只能利用下课时间来卖鱼和蟹，卖完了，还要急着赶回家。家里有许多事要她做。另外，她还要做作业……

王苏最怕卖鱼和蟹的时候天气不好。下雨天，买的人少，雨还会把身上淋湿；到了下雪天，更糟糕，天凉，海边风大。守着摊子，鱼和蟹还没卖完，身上一点热乎气就没有了。她的手背冻肿了，裂了许多口子，疼得钻心。

等到好不容易卖掉了鱼和蟹，王苏还要抽空用赚来的钱按照爸爸、妈妈的盼咐，买煤、买粮、买菜、买油、买酒、买烟……等到把需要的东西买齐了，王苏还要到码头挨个问船老大，哪天出海，能不能帮个忙，中间停靠一下开山岛，把东西捎给她的爸爸、妈妈。要是哪个船老大答应了，王苏就把东西提前往船上送。

在往岛上运送的所有物资中，最难运的是煤球。那些年，没有煤气，做饭靠煤球烧火。王苏年龄小，一次只能用编织袋背三四十斤的煤。这样一来，王苏就很辛苦，她要分很多次，才能把事先买好的煤球从家里背到码头，然后再送上船。在这个过程中，还不能摔倒，一摔倒，编织袋里的煤球就摔碎了……两个大人在岛上，一年三百六十五天，要消耗多少生活必需的物资啊，这些物资都是小小年纪的王苏用她柔嫩的肩膀背上船的！采访中，王苏告诉我，说她背东西装船背了两年，背得肩膀和腰痛，以至于现在落下了很严重的肩周炎和腰痛的病，后来她忍不住朝她爸爸妈妈发火，说不干了，干不了了。她爸爸妈妈考虑到她年纪小，劳动量大，这才给她买了一辆自行车。王苏说，有了自行车，再往码头运送物资，就好多了。

除了卖鱼和螃蟹，为守岛的爸爸、妈妈提供后勤服务，王苏还要照顾弟弟、妹妹的日常生活。

在王苏十一岁那年，八十岁的奶奶，被王苏的叔叔接走了。王苏开始独立生活。

王苏是奶奶带大的。王苏的爸爸、妈妈上岛后，她就和奶奶住在一起。奶奶很辛苦，年纪大了，还要照顾王苏。这让王苏的叔叔和姑姑们对她爸爸意见很大。她爸爸王继才兄弟姊妹多，有一个哥哥，两个弟弟，四个姐妹。大家的意见集中在一点，就是王苏的爸爸不该守岛。虽说驻守开山岛是国防建设的需要，可是干吗非要他去呢？村里的民兵，乡里的县里的民兵多了去了，为什么偏偏选择了他？他上岛了，孩子没法带，就留给了老人。当初老人七十岁，还能帮助带带孩子，可一转眼十年过去了，老人八十岁了，实在劳累不起了……因此，王苏的叔叔、姑姑们纷纷劝她爸爸不要干了。可是她爸爸不愿意。她爸爸说，既然国家要人守岛，并且他已守了这么些年，工作都熟悉了，就继续守下去吧！结果，王苏的叔叔无奈，为了老人今后的生活，就把母亲接走了。奶奶走后，家里就剩下王苏一个人。好在不久，她的弟弟志国七岁了，要上学了。她的爸爸、妈妈把他送到岛外读书。这样一来，家里就有了两个人，一个是十一岁的王苏，一个是她七岁的弟弟王志国。

又过了两年，王苏的妹妹王帆在岛上从崖上摔下来，摔得很重，到医院抢救了好长时间才保住了性命。伤愈后，王苏的爸爸、妈妈一方面考虑到在岛上不大安全，另一方面考虑到王帆六岁了，再过一年就要上学，于是就把王帆留在了陆上的家里。

也就是说，年仅十二岁的王苏，已经早早挑起了"家长"的重任，在家里，她要买菜做饭洗衣服打扫卫生，要辅导弟弟、妹妹的功课或是检查他们的家庭作业，甚至是代表家长，参加弟弟、妹妹的家长会……

如此之多的家事，已让王苏不能够全身心地投入到学习中了，再加上弟弟、妹妹们上学后，经济上紧张，因此，王苏上学上到小学五年级就辍学了。

王苏的辍学，不仅成为她心里长久的痛，也成为她爸爸、妈妈心中无法愈合的伤口！以至于如今她的爸爸、妈妈每每提起这件事，都对她心怀歉疚！

一个年仅十二岁的女孩，带着弟弟、妹妹独自生活，其艰难程度可想而知。

采访中，王苏告诉我，有一天晚上因为点燃的蚊香倒了引起火灾，火把被子烧着了。睡梦中惊醒的她吓坏了，急忙把弟弟、妹妹喊起来，然后用盆接水，好不容易才把火扑灭。扑灭了火，她说她搂着弟弟、妹妹，大哭了一场！

王苏说，一天夜里，妹妹王帆生病了，发烧，烧得脑袋发烫，小脸通红。她说她急坏了，情急之下，已不顾时值深更半夜，急忙去敲邻居的门，请邻居帮忙，帮她一起将妹妹送往医院。

王苏说，一天早晨，为了不耽误上课，她抓紧时间把刚刚烧好的稀饭往桌上端，岂知和迎面而来的妹妹王帆撞了个满怀，滚烫的稀饭泼在了妹妹脸上，幸运的是，没给妹妹的脸上留下伤疤……

王苏说，好在那些年都过去了，弟弟、妹妹都长大了，现在都已成家。她说她现在有两个孩子，女儿十二岁了，已上小学六年级；儿子小，四岁，上幼儿园。为了让他们有个好的学习环境，她把他们送到县城去上学，全托，半个月回一次家……她说，孩子们虽然早早地独自生活了，但他们和她那时候不一样。说到这，王苏开心地笑了起来。

再说王志国参军的事。

2013年，王志国硕士研究生毕业。在就业去向上，南京的几家大公司和某研究所愿意接收他，最高年薪可达四十万元。王志国把这个消息通过电话，告诉了父亲。

王继才很高兴。

在王继才整个家族中，有史以来学历最高者，是他的儿子。就凭这一点，王继才就有理由为儿子感到骄傲。然而，王继才是个不爱张扬的人，儿子出息了，在人前，他总是把那份喜悦藏在内心，表面上却风平浪静。比如他接到儿子打来的电话，过后，时常偷着乐。他心想，儿子毕业后工作的薪水怎么那么高呢？要知道，他和王仕花两个人，在远离大陆的小岛上，辛辛苦苦地干一年，挣的钱，简直无法与儿子比！可见还是读书好啊。古人说，书中自有黄金屋。最起码，书读多了，有知识，有文化，有本事，可以为国家多作贡献！

想到了国家，王继才自然而然想得就多了。王继才想，他和妻子王仕花守岛这么多年，不也是为了国家吗？国家利益需要他们，即使再苦再累，他们也要为了国家守好海防。只不过，如今的人比较注重物质，不大愿意像他们这样忍受寂寞、甘守清贫了。这样想来，王继才不由想到了儿子王志国。他觉得要是志国能够参军，当一名海防战士，也是一个不错的选择！

结果想得多了，王继才忍不住拿起电话，跟儿子说了他的心里话。王继才说，志国，你毕业了，想没想过参军入伍到部队去啊？王志国说，没有。王继才说，我看部队就挺好的。作为民兵，我和你妈在开山岛守岛多年，你要是穿上了军装，也来守海防，那咱们家两代人齐上阵，该多好啊！王志国听了就笑。王继才说，你笑什么？我说的是心里话，你不妨考虑考虑。后来，王继才隔三岔五给王志国打电话，问考虑得怎么样了。最后，王继才得到了儿子的答复。儿子表态说，好吧，除了找对象的事，其余全听老爸的。这下你该满意了吧？

王继才当然满意了！

当晚，王继才像是过节，开心极了，特地多喝了一杯酒……

后来王继才听说，希望王志国到部队工作的不止他一个人，还有一位将军，他就是江苏省军区的李笃信政委。

2013年，是王继才夫妻守岛的第二十七个年头。作为江苏省军区的模范民兵哨所，全国闻名的先进典型，李政委对王继才夫妻非常熟悉。他听说王志国硕士毕业，即将就业，考虑再三，特地邀请他来到办公室，跟他谈了一次话。

李政委开门见山地对王志国说，希望他能到部队来工作。他说，部队需要他这样毕业于名校的人才。他说，他若是能到部队来，将为部队增添新鲜血液，对军队的建设大有好处。他说，王继才和王仕花为国防事业作出了很大的贡献，他愿看到他能够子承父业，当好一名海疆卫士！他后来说，如果他想当兵，他建议他到武警边防部队去，那样，在工作上，与他的父母守岛有着某些交集，也许会更好一些。他说，一旦他考虑好了，想要参军，他可以帮他与武警边防部队联系……

可以这么说，王志国是在李笃信政委和他父亲王继才的共同建议下，经过慎重考虑，才决定投笔从戎，来到部队，成为新时代的一名军人的。

穿上军装的王志国，在灌南县武警边防支队工作了四年，后被调到南京禄口机场，担任驻守在那里的武警边防部队的正营职副科长。

最后说说王继才夫妻的经济收入情况。

对于王继才夫妻来说，收入，是个较为敏感的话题。前些年，王继才接受某电视台采访时，主持人曾问过他的收入情况。王继才以隐私推脱，明确表示，还是不谈这个问题了吧。实际上，王继才夫妻的收入不高，1995年之前，两人一年能拿到三千七百元。同年，岛上建灯塔，市航道管理部门把灯塔的守护任务交给王继才夫妻，一年给予他们补助两千元。这样算下来，那些年王继才夫妻两个人平均月工资也就是五百元。王继才说，他之所以在电视节目的采访中不谈及收入，主要是考虑到社会影响。电视宣传的覆盖面大，如果把他收入这点点事扩大了，弄得满城风雨，那多不好啊！

近些年来，随着全国各地城镇非私营单位的就业人员工资的陆续增长，王继才夫妻的收入也有所增加。采访中，我问过王继才，他说他们夫妻一年下来，杂七杂八的加起来，收入能拿到五六万块吧！

但问题来了，即王继才夫妻属于哪一种身份的就业者呢？为此，我特地问过王继才。实际上，王继才夫妻并不属于县、乡武装部的工作人员，甚至连聘用人员或非在编的临时工也不是。同样，现在的王继才夫妻也不是鲁河村的村民。早在1986年7月王继才作为民兵驻守开山岛之后，有关单位就把王继才的家迁到了燕尾港。至此，王继才不再是村里的人，村里也就把原来分给他家的土地收走了。于是乎，假设王继才某天放弃守岛，不干了，他等于无家可归。失去了土地的农民，根本无法生活。

那么，可以肯定，王继才夫妻不属于城镇非私营单位的就业人员，因此，他们的收入也就没有了参照系。

接下来，如果王继才夫妻老了，不能继续守岛了，怎么办？

采访中，我得知王仕花自2017年7月份起，已从县社保部门领取了当月的退休金四百元。据了解，多年以来县有关部门分别替她和王继才交纳了养老保险金。应当说，这是一件好事。

得与失，往往伴随着人的一生。

王继才的大女儿王苏早年辍学，小小年纪就照顾弟弟、妹妹，为了爸爸、妈妈能够安心守岛，为了这个家，付出了很多。王志国在他网名叫"突出重围"的个人空间中曾经这样写道："欠我姐姐太多。为了我们读书，姐姐小学毕业便辍学在家，扶着我走过一程又要扶我妹妹一程，等家里小子小女初长成才时姐姐已到了出嫁的年龄。仅仅长我们几岁的姐姐像父母一样地照顾我们，我想说：'爸妈的军功章中有你的一份辛劳，姐姐你辛苦了！'"王志国讲的是心里话。王苏失去了很多，但她得到的也多。最起码她在爸爸、妈妈心里占有很重的分量，在弟弟、妹妹眼里是个了不起的大姐姐。这便足矣！

王志国也是如此。要说失，他放弃了高薪就业的机会，作为南京航空航天大学的研究生，从军来到了部队。当年，在他读大学本科时，因家境较为贫困，付不起学费，王继才曾为他贷款三万元。后来王志国利用假期打工，一人身兼数职，既当过搬运工，也当过家教……通过辛勤的劳动，陆续还清了债务。

孟子曰："天将降大任于斯人也，必先苦其心志，劳其筋骨，饿其体肤，空乏其身，行拂乱其所为，所以动心忍性，曾益其所不能。"若从这个意义上讲，王志国在艰苦生活中的磨砺，何尝不是一种得呢？

再说，生命中有段当兵的岁月，是一个男人的幸运。一支有着九十年辉煌历史的军队，从小到大，由弱到强，风里雨里，血里火里，一路豪迈地走到今天，其特有的厚重的精神传统，如同遗传基因，注定会给她的每一位成员一生一世沉甸甸的收获！你再想一想，一个十八九岁的青年，正值花季，世界观形成的重要阶段，来到部队，短则两三年，多则十年二十年，甚至一辈子，与钢枪、火炮为伴，与使命、责任为伍，以号角、战旗为魂，以团队、军史为荣，过一种壮怀激烈的生活，即使你是一粒小小的种子，也没有理由不生根、发芽，成长为一棵粗壮、挺拔的大树！有首歌里唱道："咱当兵的人，就是不一样。"这不是得又是什么？！

人啊，当失则失，当得则得。不为失悲，也不为得喜。该得到的，心安理得，该失去的，坦然面对。甚至，有时即使是失，也失出一种顿悟，失出一种壮美；即使是得，也得出一种品位，得出一种亮色。这才是人生应有的正确态度！

而王继才夫妻能够用生命追逐同一个目标，用一辈子，去做好一件事，这本身就是得，大得！说来，人生时时处于得与失互变互换的过程中，有所得必有所失，什么都不想失去，那就什么也不会得到。

至于收入的多少，今后生活的保障，的确是个需要考虑的问题。但患得患失，带来的只能是人生的苦恼。因此，在得到了的时候，要倍加珍惜；在失去的时候，也不要无所适从。

其实，得与失是有层次之分的。就个体而言，有物质层面的得失，也有精神层面的得失；就社会而言，有个人利益的得失，也有社会和集体利益的得失。这就看你怎么认识和怎么面对了。总之，要有积极的态度，人生才可能呈现出多姿与多彩！

俗话说，举得起，放得下，叫举重；举不起，放不下，叫负担。

只有正确把握好自己，得与失便会超越自身存在的意义，升华成为一种大智慧，一种大境界！

5....... 团圆的日子

2015年春节，是王继才阖家团圆的日子。

平日里，一家人分开几处，大家难得有机会聚在一起。这不，当儿女们听说王继才作为"情系国防好家庭""爱国拥军先进个人"的代表，出席2月11日在北京召开的军民迎新春茶话会，并受到了习近平主席的亲切会见，高兴得不得了，几个人一商量，决定放假后立即上岛，陪同爸爸、妈妈一起过春节！

听说儿女们带着他们的孩子上岛，王继才乐得合不拢嘴。他和妻子王仕花作了分工，王仕花负责打扫室内外卫生，准备床铺被褥，以便安排孩子们来后的住宿；王继才呢，则负责驻地环境的布置。

具体地说，王继才要做的是两件事：

一件是把海岛墙壁上所有的标语，用红漆涂一遍。

岛上的几处标语，都是王继才花钱由广告公司通过电脑在专用纸上刻好字，然后由他拿回岛上，将纸蒙在墙上，用红漆一笔一笔刷上去的。那些标语大多是"提高警惕，保卫祖国""增强国防意识，守好祖国海疆"之类的内容。由于岛上风大，加上日晒雨淋，时间久了，标语便会褪色。王继才要做的事，就是用红漆把标语重新描一遍，让它们色彩鲜艳，分外醒目。

另一件是写春联。

春联也叫"门对""春贴""对联""对子"。写春联，贴春联，是我国独有的一种传统文化。宋代诗人王安石在《元日》中写道："爆竹声中一岁除，春风送暖入屠苏。千门万户曈曈日，总把新桃换旧符。"他所说的"新桃"和"旧符"，若用现代话说，就是对联的意思。

王继才写春联也是有传统的。在村里，他不仅每逢春节必写春联，而且遇上哪家盖房子上梁，他也乐意为人家写上一两副。来到开山岛，写春联的传统一直保持着，即使孩子们不来，就他和王仕花两个人在岛上过年，他也要写春联。在他看来，过年了，贴上春联，辞旧迎新，喜庆！

王继才写的春联内容也好，既有"发扬革命传统，争取更大光荣"这样老式条幅，也有"立小岛山巅八方风云收眼底，听耳畔海涛万家欢乐在心头"，横批"壮志豪情"，这样的新对联。王继才把春联写好后，贴在门上，然后自我欣赏，越看越开心！

孩子们陆陆续续乘船上岛，小小的开山岛一下子人气十足，热闹起来！

这是多年来王继才全家第一次聚齐了在岛上过春节，那种感觉和以往大不一样。在岛上，你可以尽情地欢乐，可以大喊大叫大声歌唱，可以四处随便走随便看甚至是撒欢儿奔跑，可以不顾及左邻右舍鸡、狗、鸟们的感受，也可以不管天空的云朵怎么飞、海上的浪花怎么开……总之，在春节期间，在远离大陆，面积只有0.013平方公里的开山岛，天地与万物都属于你了，你就是岛主，你就是海神，你想怎么样生活，就可以怎么样享受！

往年过春节，王继才和王仕花需要值勤，站岗放哨，不能下岛。他们只能隔海相望，看大陆夜晚的万家灯火和节日升腾的烟花，心里想着孩子们。因为那时候儿女们工作忙,节日里在单位要值班;再说,他们的孩子还小,上岛生活不方便,所以很多年来,王继才及其家人很怕过春节。对于他们,过节意味着分离,意味着思亲。因此,节日期间,他们也就自然而然地少了许多常人生活中能够感受得到的过年的味道。

往常,王继才夫妻也出岛办过事,但每次出岛,他们都要找人替代自己执勤。一次两次可以,然而,时间长了,即使你花钱请人替代,也找不到了。比如那次王继才的小女儿王帆不慎摔伤,他和王仕花把她送到岛外的医院进行治疗。他们走时,岛上的一切事务都交给了大女儿王苏夫妻打理。王苏夫妻是请了工假上岛的。每天,王苏小两口都像王继才、王仕花那样站岗、巡逻、放哨……每天,在岛外医院陪护小女儿的王继才总是不放心,一次次打电话进岛,询问王苏夫妻守岛的情况,并再三嘱咐,必须等他回去,他们才能离岛!那么,每到逢年过节,你若是再找自家人替你守岛,那你下岛还有什么意义呢?所以,2015年春节前夕,当王继才一家人齐聚开山岛时,这个春节真的就不同寻常了!

王苏来到岛上后,放下带来的东西,没顾得上和大家说话,就忙着下厨房帮妈妈王仕花做晚上的团圆饭。

王苏从小独立生活,在家给弟弟、妹妹做饭,久而久之,练就了一手好厨艺。所以,王苏进了厨房,就成了大厨,妈妈王仕花自动让位,给她打下手。

其实,王苏掌勺,是为了让妈妈多歇一歇。因为每次见到妈妈,王苏都觉得她被海风吹得又黑了许多,这才五十出头的人,眼角就有了细密的鱼尾纹,辛苦和劳累在她的脸上不可挽回地留下了印记。

另外,王苏很乐意做这顿团圆饭,是她觉得以往即使想做,都没有这个机会。以往爸爸、妈妈在岛上,她和弟弟、妹妹在岛外,虽然小岛距大陆只有十二海里，却各在一方，如同远在天涯。那时候，她和弟弟、妹妹们多想和其他同龄人一样，守着爸爸、妈妈，有新衣服穿，有压岁钱，还有花花绿绿彩纸裹着的糖果吃……可是，那些对她来说都是特别奢侈的事儿，只能在梦中想一想而已。现在好了，一家人终于团聚在一起过大年了，王苏很想好好做一顿年夜饭，用以弥补往昔的不足和遗憾。

看到王苏高高兴兴地忙碌着，王仕花特别开心。很多年了，王仕花和丈夫王继才一直对这个大女儿心怀歉疚。毕竟在她很小的时候，她与丈夫上岛，把王苏交给了老人带，且一带就是多年。后来，王苏不满十岁，就挑起了生活的重担，不仅为爸爸、妈妈守岛当好后勤，还要带好弟弟、妹妹……为此，小学五年级就早早辍学的她，长大后，一直没有固定的工作，这成了王仕花的一块心病。好在这个问题不久前解决了。江苏省委宣传部部长听说了王苏的事，亲自出面，与连云港港口集团的领导进行了联系。不久之后，王苏就有了工作。现在的王苏已是连云港港口集团燕尾港的正式职工，虽然每个月只拿两千四百多块钱的工资，但毕竟有了稳定的工作，生活上稳定多了。因此，王仕花看着女儿在厨房忙这忙那的，心里头特别踏实，觉得这个年，真是个有滋有味的幸福年！

当王苏在厨房帮她妈妈做年夜饭的时候，王志国正在和他的爸爸聊天。他们父子俩已经有好多日子没有像眼下这样面对面地坐着，手捧一杯热茶，好好说一说心里的话了。

他们聊天的话题大多围绕着海与岛。

王志国出生在开山岛，到了该上学读书的年龄，才离开小岛。所以，王志国似乎从骨子里对海对岛特别有感情。再加上研究生毕业后，王志国进了军营，成为一名驻守海防的军人，这样一来，他对生活的感受就更加不一样了。

王志国说他当了两年兵，才渐渐地对部队生活中的许多现象有了正确的理解。比如，他懂得了军人为什么在接受任务时总是千篇一律不厌其烦地以立正姿势，挺胸昂首大声地答道："是！"那是因为军中一向无小事，面对如山的重任，你没有任何理由讲条件，挑三拣四，或是犹豫、彷徨、怠慢，服从将是你唯一的选择。比如，他意识到了军人日常生活中为什么要把被子叠成"豆腐块"，一个班的战士插在洗漱杯中的牙刷为什么要统一角度朝着同一个方向摆放，列队行进的士兵为什么手臂摆动得如此整齐划一、标准规范……那是因为军人的责任重啊。再比如，在海防线上执勤的时间久了，回到城里，会用一种习惯性警觉的目光关注某一片树叶上不知被何物碰落的晶莹的露珠；会遵循生物钟似的准时收听广播电台播放的"天气和海浪预报"……为什么？因为作为一名军人，他已经把肩负的责任融化到生活中的每个具体细节里了。于是，无论他走到哪里，无论他在什么样的状态下，都会明确自己肩头承载着什么样的重任。

王继才听了，忍不住插话说，志国，你能意识到这些，说明你有长进，有了军人的责任感。

王继才接着说，的确，人要有社会的责任感。你参军时，拿到了入伍通知书，也就等同于接到了国家赋予你的一份责任。那种责任是共和国通过入伍通知书的方式郑重地与你签署的无形的契约。而我和你妈同样如此，我们驻守在小岛上，守护的是国家交给我们的漫长的海防线。因此我们懂得我们的存在，对于国家，从某种意义上讲，就是和平与安全的保障！

当然，王继才与儿子王志国不光聊宏大的话题，他们也聊生活中的家长里短。王志国的妻子是他大学时的同学，湖南人。为此，王继才有时便会问及儿媳的情况，问她来到苏北，生活上是否习惯等等。同样，王继才还会问到他的孙子，那是他的心肝宝贝。俗话说，隔代疼，有关孙子的所有信息，他都特别感兴趣，问得细，听得认真……

年夜饭是在欢快的气氛中进行的。

吃完饭，王继才对孙子辈的几个孩子说，接下来你们最想做的事情是什么？孩子们异口同声道：放烟花、放鞭炮！

说着，孩子们在王继才的小女儿王帆的带领下，一窝蜂地向屋外跑去。

王帆是个孩子王，她在市广播电台交通台工作。许是性格活泼开朗的原因，几个孩子都爱跟她玩。

当晚燃放烟花爆竹的地点，是王帆事先选择好的。在开山岛，最适合燃放烟花爆竹的地方是灯塔下方的一块平地。早先，部队在岛上驻守时，那块平地是连队的篮球场。当时球场的四周都用渔网围住，生怕打球时一不小心，篮球掉到海里去。后来，部队撤走，王继才夫妻不打篮球，球场渐渐荒废，成了现在的小"广场"。平时，如有文艺演出团体上岛，都在那里举行慰问演出。王帆之所以选择在那里燃放烟花爆竹，一是考虑视野开阔，全家人都可以参与；二是相对安全。冬天，山坡上枯草多。"广场"开阔，可以最大限度地避免火灾的发生。

烟花爆竹都是从岛外带进来的。你家带一点，他家带一点，汇集在一起，总量并不少。所以，孩子们燃放起来，一个接一个，此起彼伏，"乒乒乓乓"，玩得特别开心！

在岛上，天气晴朗时，夜空显得很低，就在头顶上。有时，大粒大粒的星星，似乎伸手可触。如此一来，烟花爆竹燃放起来，效果就特别好。比如说爆竹，在空中炸开，不光火光大，而且声音响。像是闪电加雷鸣，在视觉或是听觉上，都给人一种享受！再比如说烟花，升到空中，那多姿多彩的"花"何止叫盛开啊，简直可以说是怒放！把一大片夜空映照得五彩缤纷，耀眼夺目……

伴随烟花爆竹绽放的，是人们的甜美笑声。那真是"爆竹声中一岁除，春风送暖入屠苏"。多年来，王继才一家人很久没有这样快乐了；开山岛也很久没有如此热闹过。

197

新的一年,已经迈着欢快的脚步,大步向他们走来……

更让王继才一家人高兴不已的是,第二天,也就是大年初一,刚刚吃过早饭,国家电网的同志上岛给他们送来了汽油发电机。

王继才最初上岛时,点的是煤油灯。那种古老的照明器材,伴随着王继才夫妻度过了很多夜晚。后来,有关单位给岛上安装了小功率太阳能电板,让王继才夫妻的日常生活中有了电。但美中不足的是,每每遇上阴雨天,太阳能电板就不起作用了。这时,晚间的照明依旧要回到煤油灯的时代。

国家电网的同志说,这台汽油发电机你们先用着,等过完年,我们再来,给你们安装风光储电源装置,以后岛上就不会断电了。

王继才兴奋不已,连连说:"这下可好了,今晚我们就能踏踏实实地看电视了!"

在远离大陆的小岛上,只要有了电,就有了光,有了亮。这时,每到暮色降临,无论你身在何方,只要抬起头来遥望璀璨的银河,必定会看见一颗闪亮的星星,融入茫茫夜空……

第六章 国旗高高飘扬

1....... 升旗　升旗

早晨，当第一缕阳光染红开山岛的山尖尖时，王继才和王仕花庄重地整理好衣服，然后出门，沿着门前的小路，向一座山崖走去。那里竖着一根用竹子制作的旗杆，他们要在那里举行入驻小岛以来的首次升旗仪式！

从王继才夫妻居住的宿舍到升旗的地方其实并不远，但他们走得很慢。他们似乎想用这种缓慢的速度，更多地体验升旗的神圣与庄严。因此，他们每走一步，都很用心。

他们是要把上岛后度过的两个多月艰难时光，一一融进步履吗？

他们是要把自己对于青春与奉献、国家与责任的种种思考，采用进行的方式，作一次丈量吗？

他们是要把曾经有过的面对新生活产生的犹豫、彷徨，甩在身后，作一次决绝的告别吗？

他们是要把升国旗作为一种仪式，表达自己在人生的道路上永远向前，绝不退缩的信念与决心吗？

他们肩并肩地走着。

在他们的前方，是沐浴着朝阳的大海。

在他们的头顶，是清澈的蓝天和早起的白云。

其实，这时候不仅仅有海浪的低语，还有歌声。那是国歌的声音。那国歌是由王继才夫妻唱响的。他们一边走一边唱。起先，歌声不大，可是走着走着，声音就嘹亮起来。等到走到旗杆边，他们简直就是在放声歌唱了！

国歌声中，王继才把手捧的一面国旗打开，然后和妻子王仕花一起，将旗帜系在事先准备好的绳子上。接下来，在这座远离大陆的小岛上，在只有两个人站岗放哨的海防哨所旁，一面鲜艳的国旗冉冉升起来了！

升起来的国旗，瞬间映红了开山岛四周的碧海……

1986年7月14日，作为民兵营长的王继才，奉上级之命来到开山岛，开始了他仗剑守天涯的人生壮举。那时，王继才初来乍到，对陌生的海岛充满了恐惧，对扑面而来的一个个全新的日子极度不适应，他曾多次后悔，想打退堂鼓，恨不能立即拔腿就走，回到村里去……可是他很快战胜了孤独与寂寞，战胜了自身心理上的弱势，决定以国家利益为重，服从大局，留下来，留在岛上，当一名合格的卫士，为祖国守好蓝天和碧海。

在这之后的某一天，王继才出岛办事，回到阔别多日的家，见到了他的父亲王金华。

当时，已经七十二岁的父亲见到他的二儿子王继才，高兴得手舞足蹈，竟像个孩子。老人拉着王继才的手说，二子，快过来，过来让我看看！

王继才顺从地走到父亲的面前。

老人看得很仔细。老人一边看一边说，你瘦了，吃苦了，脸被海风吹得黑红黑红的，差点让我认不出来了……

王继才不说话，只是嘿嘿地笑。

老人说，都过来了吧？

王继才知道父亲说的是什么意思。毕竟父亲是1948年参加革命的老干部，人生经历中，什么风浪没见过？所以，老人料定他初上小岛有着诸多的不适应，但他没有当逃兵，没有放弃坚守的阵地，这就很好，老人非常满意。所以，老人才说这样的话。王继才从老人语气中听得出，父亲貌似在问他，实际上含有赞许的成分，只是父亲不明说罢了。

于是，王继才点了点头，说都过来了。

老人说，那就好，那就好。

接着，老人又说，要坚持住。只要认定了是件好事，是一件值得一辈子去做的事，就要坚持到底。半途而废，可不是我们老王家为人做事的风格！

然后，老人和王继才说了许多的话。王继才要走了，准确地说，他已经推开了门，又被父亲叫住了。父亲说，二子，你回来，我还有事跟你说。

王继才转过身来问，什么事？

父亲说，你在岛上升国旗吗？

王继才说，没有。

父亲说，二子，你听好了，回去后，要竖一根杆子，每天早晨给我升国旗。开山岛是海防前哨，再往前，就是公海了。你是哨所的哨兵，代表国家守岛，岛上就一定要升起国旗！

王继才听了，心里阵阵发热，激动得眼泪差点掉下来。是啊，开山岛应当升有一面国旗的，在岛上这些日子，我怎么没有想到呢？于是，王继才向父亲表态，说他现在就去买国旗。回到岛上，让鲜艳的五星红旗升起来，飘扬在祖国的蓝天！

老人说，这就好，这就好。

老人又说，二子，我老了，腿脚不便，不能去开山岛了。托你办件事，你在岛上升起国旗的时候，别忘了替我向国旗敬个礼！

王继才朝父亲连连点头答应着。他本想说什么，可是生怕自己一张口，控制不住情感，让泪水流下来，因此，他只是"嗯"了几声，便什么都没说。

王继才跑了好几家商店，才买到国旗。

开店的小老板说，进货少。主要是来买国旗的人不多。

小老板接着又说，不过，像你这样买国旗不开发票的人就更少了。我可以问问吗，你买国旗干什么？

王继才说，国旗当然是用来挂的啊！

小老板问，你是船老大？

凭小老板开店的经验，个人来买国旗的，一律是船老大。在燕尾港，每条船上都挂有国旗。

王继才说，不是。我是开山岛哨所的。

小老板听了，眼睛睁得圆圆的，说，你就是那个民兵营长啊？听说过！

王继才颇感意外，心想自己才上岛不久，怎么就有人知道他了呢？不过，王继才仅是在心里想了想，没问对方。再说，他也不好意思问。

第一次买国旗，王继才至今都清楚地记得，当时那面国旗的价格是6块钱！后来，随着物价的上涨，国旗的价格也在上涨，1990年之后，每面国旗的价格依次涨到了十元、十五元、二十元、四十元……到了2017年，每面国旗售价四十元五角！

据我了解，海上风大，国旗的使用期相比在大陆要短得多。这样一来，国旗需要经常更新。王继才驻守开山岛这么多年来，使用国旗近二百面，其中大部分国旗是由王继才夫妻从微薄的工资收入中自掏腰包购置的。当然，有关单位及部门也提供了大力的支持。近日我上岛采访，王继才告诉我，县武装部一次就送来了一箱共五十面国旗。

回到岛上，王继才和王仕花商量旗杆设置的地点。

开山岛不大，沿着小路，围着小岛走一圈，也就十多分钟的时间。也就是说，他俩一边走一边选择，很快就把事情搞定了。俗话说，英雄所见略同。王继才和王仕花眼光一致，即把旗杆竖在观察哨的哨楼顶上。其理由，一是观察哨雄峙于崖头，地势高，位置突出，在海上远远地就能看见它；二是在观察哨的哨楼上竖起旗杆，有气势，威风！

事后，王继才和王仕花对地点的选择感到非常满意！

选好了地点，接下来要做的是把旗杆竖起来。如果在陆地，这不是问题。但在岛上，情况就不同了。岛上物资有限。当时能够用来做旗杆的，只能是竹竿。王继才决定把两根竹竿绑起来，这样旗杆就有了相应的高度。之后，让王继才颇感为难的是，如何把它竖起在观察哨的哨楼上。

显然，海上风大，要想把作为旗杆的竹竿竖起来，需要将竹竿固定在一个坚固而又底盘较大的物体上。那么，这个物体是什么？王继才和王仕花动脑筋想了又想，最后想到了混凝土，即用混凝土浇灌的方式，把竹制的旗杆固定在观察哨的哨楼顶端！

这时候，在时间的节点上，已是1986年9月的下旬，离国庆节越来越近了。王继才夫妻为了抢时间，力争在10月1日的早晨升起五星红旗，他们争分夺秒地做了如下工作——

他们紧急委托熟悉的船老大从岛外运来了水泥和沙；

他们用铁锤和凿子，把观察哨的楼顶作了基础处理；

他们用混凝土堆起了旗杆的基座；

他们竖起旗杆，并进行了固定……

当他们按照计划将旗杆牢牢地竖起在小岛观察哨的哨楼楼顶时，1986年的国庆节，已经伸手可触！

国庆节的早晨，王继才夫妻如愿以偿地站到了旗杆前。

王继才将国旗固定在事先准备好的绳子上，然后由王仕花缓缓地拉动了绳索。

国旗升起来了。

当国旗上升到一定位置时，随着王继才手捧红旗的双臂扬起，国旗呼啦一声，迎风展开。此时，海上风大，风儿扬起国旗，将旗帜飘扬的声音成倍地放大了，以至于那声音听起来如号角劲吹，非常嘹亮，非常悦耳，非常生动，非常动听！王继才和王仕花觉得他们此生从未听到过这般宛若天籁的美好声音，顿时，他们被一种来自天地之间的正气深深吸引，内心感受到了极大的震撼！

此刻，在唱响的国歌声中，他和她不知不觉间眼里充满了泪水。

接下来，他们抬起头，让湿漉漉的目光，随着国旗上升，再上升……

敬礼是必须的。

他们不需要口令，到了应抬起手臂的时候，早已并拢的五指，不约而同地抬起，然后贴于眉际——

敬礼，鲜艳的五星红旗！

敬礼，蓝天、白云和阳光！

敬礼，共和国盛大的节日！

敬礼，日益繁荣昌盛的伟大的祖国！

……

升旗的过程，是让王继才夫妻醉心的过程。

国旗每每上升一寸，他们就像是被空中一只无形的手拉起，不断地往上提升。他们觉得自己变得高大了，心胸宽广了，目光能够看得更远了。于是，国旗下，一个坚定的信念油然而生：他们决心为国旗增光添彩，以实际行动，守好海岛，为了共和国的更加美好，当一名不辱时代使命的合格的哨兵！

2 旗在，阵地在

刮了一夜的风，下了一夜的雨，到了早晨，风雨不仅没有停，反而更大了。在岛上，台风每每袭来，若不折腾个十天半个月，闹得到处伤痕累累，它绝不会消停！

隔着被风雨摇晃得发出"咣当咣当"声响的窗户，王仕花看着外面天昏地暗一片狼藉，问王继才，还去升旗吗？

王继才说，去，当然要去。

说着，王继才拿起国旗，就要出门。

王仕花担心丈夫的安全。王仕花说，能不能等风雨小一点再去？

王继才说，台风初来乍到，风只会越来越猛，雨也会越来越大。不能等。

王继才又说，升国旗是有讲究的。升旗的时间要根据日出的时间来定。虽然今天天气变化，太阳不会露脸，但仍应按照每天固定的时间，不往后推迟一分钟，准时进行升旗。

王仕花了解王继才，知道劝是劝不住的。于是，她决定跟他一起去。

他们打开房门的时候，猛烈的大风当即给了他们一个下马威，他们在大风的连推带搡下往后倒去。要不是王继才反应迅速，及时拉了王仕花一把，他们两人必倒地无疑！

等到站稳了，王继才叮嘱王仕花拉着他的衣摆，跟在身后，然后弓着腰，尽可能地减少风的阻力！王仕花说了一句什么，话刚出口，就被风掳走了。但王继才大致知道她说的是什么了。接着，两人一步一步地往前挪着，朝哨所的方向走去。

也许有人要说，岛上就你们夫妻二人，既没有领导要求，也没有硬性的规定，何必在恶劣的天气中，冒着那么大的风雨，前往哨所去升旗呢？

说的也是。没有人要求王继才夫妻这么做。他们即使是风雨天待在屋里，闭门不出，也没有谁来管。他们之所以要这样做，且做得认认真真、一丝不苟，完全是出于个人内心的强烈需求。

此话怎讲？

若细细说来，这与王继才的二舅魏加明有关。

王继才二舅魏加明是抗战时期的老战士，十六岁就参加八路军打鬼子，在战场上立过许多功。王继才是他的铁杆粉丝。

那次出岛办事，王继才见到了父亲王金华。经他父亲提议，王继才决定回岛之后一定要在十月一日国庆节那天升国旗。接着，王继才又去看望了他的二舅。他把要在岛上升国旗的事说给二舅听。二舅听了很高兴，说，干得漂亮，就该这么干！说着，二舅给王继才讲了一段自己在战场上的经历。二舅说，二子，你给我记住了，今后，你只要一天驻守开山岛，就要一天升起国旗。旗在，阵地在啊！

按照现在网络时髦的话说，重要的事情讲三遍。的确，当时二舅就对王继才连说了三遍。二舅说"旗在，阵地在"，说了三遍之后，二舅还不放心，问王继才，你可记住啦？王继才说，记住了！都记在心里边了！

那天，二舅魏加明对王继才讲了这样一个故事：

1949年初冬的淮海大地，硝烟弥漫，刀光剑影。

这是一天下午，空气被成百上千发炮弹撕扯着，发出阵阵刺耳的尖啸。

火光不停地闪烁。

天空布满了红云……

有两架敌人的飞机，像是张开翅膀的黑色乌鸦，刚刚出现在两军对峙的上空，就遭到了王继才的二舅魏加明所在部队的机枪扫射，随后，敌机发出阵阵哀鸣，拖着长长的浓烟，从空中急速坠落……

接着，我军的炮火开始延伸。

接着，突击部队以气吞山河、排山倒海之势，对敌守军发起了猛烈攻击！

争夺突破口，是一场恶战。

二舅魏加明带领他的连队冲了上去。

冲在全连最前方的是尖刀排的排长，他手中高擎着一面战旗，旗上写着"杀敌模范"几个大字。出征前，这面大旗由团长亲自交给了连长魏加明。团长说，给我记住了："旗在哪里，你们的阵地就在哪里。"二舅魏加明接过战旗，立正答道："坚决完成任务！"列阵站在连长身后的全连指战员振臂高呼："坚决完成任务，决不辜负首长的信任！"

战斗打响后，尖刀排始终冲在最前面。也就是说，那面战旗始终在前方引领着全连向前、向前，再向前！

敌人的防线被一次一次地突破。

前进的通道每向前延伸一步，勇士们都在付出血的代价。

冲锋陷阵的尖刀排，伤亡不断，锐气却丝毫不减。高举战旗的尖刀排排长，胳膊已被子弹"咬"出了血，伤口绽露，但他没有畏惧。他一手握住战旗，一手挥动着驳壳枪，杀向敌阵。

炮弹在他的四周纷纷落下。

子弹在他的头顶嗖嗖飞过。

他早已视死如归，没有胆怯，没有惧怕，没有颤栗，没有退缩。

他把战旗擎在手中，就像是高举着胜利！

然而，突然一发炮弹射来，"轰隆"一声，他中弹倒了下去。

但人倒在地上，他的手却向前伸着，向前伸出的手，紧紧握着那杆高高竖起的战旗……

二舅魏加明讲的这个故事，王继才不止一次地听过，每听一次，他都被尖刀排排长的英雄壮举所感动。所以，当台风袭来，一如既往地升国旗，成了王继才的必然选择。在王继才看来，当年那些为了夺取胜利而迎着炮火硝烟冲锋在前的勇士们连流血牺牲都不怕，他遇到的狂风暴雨又算得了什么！在战场上，尖刀排排长高高举起战旗，举起的是必胜的信念；眼下，他坚持要在恶劣的天气情况下升旗，升起的不也是一种坚定的信念吗？虽然两者所处的时代不同，环境不同，但从某种意义上讲，本质上却是相同的。

对于王继才来讲，升旗是一种仪式。它的神圣，它的庄严，除了国旗本身所具有的意义外，还跟持之以恒地每天早晨进行升旗、傍晚降旗有关。当你把一种看似简单的仪式一次又一次地反复做，做得有板有眼，从不走样，那么，这个过程也成了仪式的一部分。也可以说，它是仪式不可缺失的一项内容，少了它，仪式就会失真，就不再完整！

对升旗者来说，在风和日丽的日子里升旗也许不在话下，但在台风袭来的情况下升旗，却是极大的考验！

它考验你是否勇敢，考验你是否坚强，考验你是否忠于职守，考验你是否热爱国旗！

此时的王继才夫妻，正在经受着这种严峻的考验。

哨所位于小岛的突出部。

大凡突出部，必定是台风肆虐的重灾区。

就在王继才夫妻顶着狂风走过一级级台阶，远远地可以看见哨所的时候，风更大更猛烈了。仿佛狂风发现了王继才夫妻的意图，竭力要阻止他们。

狂风在发飚！

狂风发出了歇斯底里的呼啸，那声音尖锐而又刺耳，分贝严重超标，让人的听力备受摧残。

狂风把海面奔跑的巨浪高高地扬起，在空中搓揉成无数的碎沫，然后朝着哨所的方向泼了过来。那些碎沫，落在地上，发出"乒乒乓乓"的声响，把一种恐怖的气氛营造得活灵活现。

狂风把王继才和王仕花当成了仇人，它狠狠地扑过来，又是推，又是搡，力气大得惊人。有时候王继才夫妻不得不停下脚步，弯下腰，以阻挡狂风的袭击！

但在狂风面前，人的力量似乎太渺小了。在通往哨所的不长的一段路上，王继才夫妻走得很艰难，他们几次被风刮倒。看上去，狂风掀翻他们显得轻而易举，就像是在掀翻一小块土疙瘩，几乎不费吹灰之力。但他们仍然坚持着，一步步地向着哨所靠近。

好不容易来到哨所跟前，路陡峭起来。这是他们的必经之路。他们必须沿着狭窄的台阶，越过面前陡峭的路，才能抓住带有铁栏杆的护梯，登上哨所的顶层。在那里，被狂风强烈摇晃着的旗杆，依然挺立，让王继才夫妻从中感受到了力量！

他们开始踏上这段陡峭的路。

他们每前进一步，狂风就往后退却一步。

有时候双方势均力敌、旗鼓相当。他们和狂风相互较劲，双方都毫不退让。

而更多的时候，是王继才夫妻略占上风。

然而，就在王继才夫妻就要走完那段陡峭的路，快要接近栏杆扶手的时候，狂风发起了突然袭击。狂风是在间歇停顿后，突然发起攻击的，这样一来，王继才就显得准备不足。王继才刚刚挺起身子，准备向前跨出一步，竟被狂风重重地推了一把。这一推，就把王继才推到了崖下。那路之所以陡峭，是因为它建在崖上。因此，路的一侧，就是陡坡。狂风刮来，王继才身子一歪，没站稳，再加上脚下打滑，他就倒了下去。他倒向了崖下。他落在崖下的时候，发出的"啊——"的声音还悬浮在空中，让王仕花感到了恐慌。

王仕花曾下意识地拉了王继才一把，但没拉住。王仕花就眼睁睁地看着丈夫跌落崖下。于是，王仕花大声呼喊着"继才——继才——"，连滚带爬地向崖下扑去。

在崖下，王仕花紧紧搂住倒在地上的王继才，急切地问，伤着了吗？

王继才说，还好。

然而，就在王继才用胳膊撑着地面，准备爬起来时，他忍不住"哎哟"地叫唤了一声。

王仕花问，怎么了？

王继才说，腰这半边……痛……

其实，王继才并不知道，他这一跌，竟跌断了三根肋骨，后来不得不出岛在医院住了半个多月进行治疗，只是当时他强行忍住，未敢出声。

王仕花一听，急了，说别动别动，我看看。

王继才拦住妻子伸过来的手，说不要紧，刚才被石头垫了一下，没有大问题。

说着，王继才在妻子的帮助下，咬着牙，忍住疼，站了起来。

风仍在刮着，丝毫没有减弱的意思。

王继才看了看天，说，我们走。

王仕花说，升旗？

王继才说，升旗！

夫妻多年,王仕花知道丈夫的性格,只要是他决定要做的事,不管困难多大,都一定要去做。所以,王仕花什么也没说,她扶着王继才,重新踏上那段陡峭的路……

他们相互搀扶着,艰难地向上攀登。

一步、两步、三步……每向前挪动一步,都消耗着王继才和王仕花的体力。他们走得气喘吁吁,汗早已把内衣浸湿了。

好在经过努力,不久他们就把那段陡峭的路甩在了身后。接下来,他们一鼓作气,开始向哨所的楼顶逼近。

位于小岛突出部的哨所风大,而哨所的楼顶无遮无挡,风就更大了。狂风怒吼,企图把王继才夫妻掀翻在地,都被他们一一抵挡住。他们后来几乎是在哨所的楼顶匍匐前进,以爬行的方式,爬到了旗杆前,然后把国旗系在绳子上,进行升旗仪式!

国旗升起来了!

国旗在狂风中高高飘扬、猎猎作响!

此时,岛上的风实在太大了,以至于王继才夫妻几次想站起来,都未能如愿。于是,他们只好匍匐着,抬起头,向国旗致以崇高的注目礼!

3........ 薪火传递

王志国出生于开山岛。

王志国是在岛上长大的。在王志国刚刚开始学会走路的时候,他就跟着爸爸、妈妈,一起去升国旗了。

那时候的王志国不可能知道升国旗对于他的爸爸、妈妈有多么重要,也不可能懂得升国旗具有什么样的意义,他仅仅是觉得好玩。当他的爸爸、妈妈升起国旗时,他总是模仿大人,立正,举臂,向徐徐升起的国旗敬礼!

像许多儿童那样,王志国小时候也爱涂鸦。在某个时间段,岛上多座房屋的墙上,门前水泥铺设的路面,以及山坡裸露的石壁,时常可以见到王志国用粉笔绘制的"大作"。王志国涂鸦的内容,大多与生活中的场景有关。比如日出日落、海鸥飞翔、白帆远行、鱼虾嬉戏等都是他经常画的画。其中,出现次数较多的是升国旗。他会画爸爸、妈妈,还有他,他们三个人站在哨所的楼顶,面对一望无际的大海,把国旗升向蓝天。

最初在画国旗的时候,王志国弄不明白为什么国旗上有五颗星。王志国特地问过他的妈妈王仕花。实际上,他的提问,让王仕花挺为难,因为她一时竟然想不起来该用什么样通俗易懂的语言来向一个三岁的孩子准确地表达出国旗的含义。不过，好在王仕花当过小学老师，她在教育孩子方面富有经验。于是，王仕花经过思索，觉得在王志国年幼的情况下，你越是表达得准确，他极有可能越是弄不明白是怎么回事。所以，她只能用形象的语言，概略地向他描绘一下，等到他长大了，认知能力增强了，届时再跟他细说也不迟。这样想来，王仕花便告诉儿子王志国，说五星红旗是我们国家的国旗。你知道的，太阳是红的。国旗用红红的颜色，看上去红火、阳光、温暖、喜庆。国旗上有五颗星，它们紧紧地围绕在一起，就像我们的手，把五个手指握起来，就可以握成拳头。你看，拳头是不是很有力量啊？！

王志国点点头。

接着，王仕花又说，我们每天在岛上升国旗，就是要告诉所有的人，这个岛是属于中国的。我们是在为国家守卫海岛！

王志国似懂非懂，但他听了，仍旧使劲地点了点头。

王志国的妈妈王仕花曾经是鲁河乡小学的老师，她在辞职准备赴开山岛和丈夫王继才一起当一名海防哨兵之前，给小学生们上的最后一课，讲授的课文便是《我爱北京天安门》。后来，作为开山岛小学的老师，王仕花给学生王志国上课，必然也要教《我爱北京天安门》这一课的。

为了上好这堂课，王仕花特地把课堂改在了室外，也就是哨所的楼顶。在那里，他们的头顶是飘扬的国旗和蓝天、白云，四周是辽阔无际的大海。有海风轻轻地吹，还有海鸥在远处展翅飞翔……

上课时，王仕花的讲课由浅入深，循序渐进。

王仕花先讲我国漫长的海岸线，讲开山岛在海岸上的位置，接着讲首都北京，讲北京离开山岛有多远，以及它们各自所在的位置。最后，王仕花把授课的重点放在了北京天安门，放在了天安门广场高高升起的国旗上。

王志国举手提问，北京天安门前的国旗也是早上升起的吗？升国旗的人也要和我们一样天不亮就要早早起来吗？

王仕花说，是啊。我们国家有《中华人民共和国国旗法》，国旗法规定，国旗是我们国家的象征和标志。每一个公民，都要尊重和爱护国旗。另外，升挂国旗的时间也是有规定的，一般是早晨升起，傍晚降下。

王仕花说，在北京天安门广场，每天早晨升国旗的时间是根据日出的时间来定的。比如，1月升旗的时间是7:36，2月是7:23，3月是6:46，4月是5:57……

王志国举手报告，老师，我知道，冬天天亮得晚，升旗的时间也晚。

王仕花说，你说得正确。

接着，王仕花又说，王志国同学，你知道北京天安门广场升旗时间最早的是哪一天？

王志国说，不知道。

王仕花说，是六一儿童节这一天。因为北京位于北纬四十度左右，那一天，太阳直射北回归线时，白天最长，日出也就最早……

讲到升国旗，势必要讲到唱国歌。

在开山岛上小学之前，王志国曾跟他爸爸、妈妈多次升国旗，所以，他对国歌早已熟悉了。那天，当他的老师，也就是他的妈妈王仕花在哨所的楼顶向他讲授《我爱北京天安门》课文时，他已经能够完整地把国歌唱下来。

但在王仕花看来，王志国能够唱国歌，并不等于理解国歌。于是，王仕花给王志国讲了国歌的来历。

王仕花讲国歌源自《义勇军进行曲》。这是一首诞生于中华民族生死存亡关头的歌，她凝聚着中华儿女"不做亡国奴"的怒吼。歌中唱道："起来！不愿做奴隶的人们！把我们的血肉，筑成我们新的长城！中华民族到了最危险的时候，每个人被迫着发出最后的吼声。起来！起来！起来！……"国歌声中，我们能够从中感受到国家的召唤，爱国情怀在胸中波涛般奔涌！后来，我们的中华人民共和国成立了，就把这首歌定为了国歌。

王仕花讲，王志国同学，当我们在升旗时唱起国歌，你是不是感到特别自豪，特别振奋，特别有力量，特别有精神？！

王志国答，是的。

王仁花说，那么，我们就在国旗下，一起唱国歌！

"起来！不愿做奴隶的人们！"王仕花起了头。

然后，两个人一起唱了起来：

起来！不愿做奴隶的人们！
把我们的血肉，筑成我们新的长城！
中华民族到了最危险的时候，
每个人被迫着发出最后的吼声。
起来！起来！起来！
我们万众一心，
冒着敌人的炮火，前进！
冒着敌人的炮火，前进！
前进！前进！进！

歌声像是插上了翅膀，在海面飘飞。

以至于很多年过去了，后来无论是王仕花，还是王志国，只要她或他想起记忆中的那一天，他们站在开山岛哨所的楼顶，面对高高飘扬的国旗，放声高唱《中华人民共和国国歌》，就会激动不已。

在他们想象中，当时不仅仅是他们两个人在唱歌，而是大合唱，祖国的高山、大海、蓝天、白云，乃至身后辽阔大地上所有的城镇和乡村，所有的花朵和果实，所有绿叶上闪亮的露珠和折射的阳光，所有流淌着的山间小溪和汩汩清泉都加入了进来，因此，歌声才那么雄壮，那么嘹亮！

　　自从有了王志国，在岛上三个人升旗的机会就多了起来。
　　对于王继才夫妻来说，升旗，需要从住的宿舍走到哨所的楼顶，其间的路并不算远，可是对于年幼的王志国，情况就不同了。王志国还是个孩子，早晨似乎还没有完全睡醒，就懵懵懂懂地起床，然后跟着爸爸、妈妈出门了。他人小，步子迈得也小，走起路来就慢，跟在大人后面，老是跟不上趟。王继才和王仕花不得不走走停停，甚至会催促他快一点走。
　　升国旗是有时间点的，这样一来，王继才夫妻势必要比以往更加早一些出门。因此，生活节奏的打乱，搞得王继才夫妻挺紧张。
　　王继才觉得天长日久，这样下去显然不行，于是，他提出在宿舍附近竖一个旗杆，早晨起来后，出门走不了多远，就可以升旗。
　　王仕花举双手赞成。
　　甚至王仕花说，以后我们可以根据情况的需要，多竖几根旗杆。在远离大陆的小岛上，多升几面国旗，也很正常啊！
　　接着，王继才夫妻说干就干。
　　之前，因为王继才和王仕花有过在哨所楼顶竖立旗杆的经历，眼下在相对较为平缓的地方施工，对于他们来说，这点活儿，似乎早已是轻车熟路、信手拈来了。
　　他们仍旧用竹竿做旗杆。
　　他们选择了离宿舍儿米远的一座崖头作为新的升旗地点。那地方位于宿舍的右侧，朝南，向阳，紧挨着通往山上和山下的台阶。若从宿舍的窗口朝外看，尚显不出旗杆的高度，可是你只要登上码头，一抬头，就可看见它。那旗杆直立于半山腰，面前空旷开阔，与身后的宿舍构成一个整体，看上去十分协调。想象中，当国旗升起来时，色彩就更加赏心悦目了，宛如一片红纱巾，飘拂在小岛的胸前，视觉的感受将会非常好！

升旗地点移至宿舍附近后，王志国郑重地向爸爸、妈妈提出，他想当一次升旗手。他说，他已是大孩子了。他要唱着国歌，把国旗升向蓝天！

王志国的请求，得到了爸爸、妈妈的批准。

王继才说，好啊，看来我是后继有人了！

王仕花说，好儿子，你长大了。将来，你要接爸爸、妈妈的班，为我们的祖国，守好海岛！

升旗的那一天，王志国早早就起床了。

王仕花说天还早呢，再睡一会儿吧。

王志国说，睡不着了。然后，王志国就起来做准备。其实，王志国的准备很简单，他要朗读一遍课文《我爱北京天安门》。这是王志国事先为自己安排好的升旗仪式中的一个程序。他跟妈妈说，他想在升旗前读一遍这篇课文。王仕花当即表示赞成。王仕花问，你为什么要这样做？他说，他要像在北京天安门前升旗那样，把鲜艳的五星红旗升起在小岛上！

王志国是这么想的，也是这么做的。他读课文读得很认真，升国旗的时候也做得很认真。

以往，王志国都是跟着爸爸、妈妈参加升国旗的仪式，参加的次数多了，他就把升国旗的一切程序记在了心上。这不，当他作为升旗手，第一次在岛上升旗的时候，一招一式，一举一动，已经非常老练了。只见他迈着正步走到旗杆前，熟练地把国旗系在绳子上，然后随着旗帜的徐徐上升，胳膊轻扬，就把原先手里捧着的国旗送上了空中！

在这个过程中，王志国一直唱着国歌。他把唱国歌和升旗组合在一起，完成得水到渠成、天衣无缝。就连站在身边的他的爸爸王继才和他的妈妈王仕花都忍不住在心里暗暗夸奖这孩子今天的表现非常到位，甚至可以说是相当完美！

国旗升起来了！

伴随着国旗升起来的，还有王志国发自内心的自豪与骄傲！

4．好大的舞台

走向中央电视台灯火辉煌的"五星红旗，我为你骄傲——庆祝中华人民共和国成立62周年文艺晚会"的舞台时，王继才的心跳得厉害，胸口发出的"扑通扑通"的声音，迅速淹没了潮水般的掌声！

作为嘉宾，王继才和妻子王仕花受晚会主办方的邀请，来到北京。

王继才第一次来北京。他对北京的最初感觉是北京太大了。2011年9月25日下午，王继才和王仕花下了飞机，乘车前往住宿的宾馆，途中仅一条笔直的快车道，就开了很长的时间。王继才在开山岛生活了许多年。岛小，即使围着岛走上一圈，也用不了十分钟的时间。因此，王继才有点不习惯。他本想问司机，还有多远，快到了吧？可是话未出口便打消了念头。他怕人说他没见过世面。

更让王继才感到北京大的是，凌晨才三点多，他就睡不着觉了。他觉得四周空旷，无边无际的空旷，不像在岛上，你想往哪去，就可以往哪去。可是来到北京，情况就不同了，哪儿都摸不着，一切都要听从晚会工作人员的安排。他们告诉你，什么时间接受记者的采访，什么时间参加彩排和节目录制，等等。总之，他觉得生活的空间被无限地放大，放大得他有点不适应了。

尽管如此,他依然很清醒。他不忘记经常给女婿打电话。他和王仕花来北京之前,就与女婿商量,让女婿向单位请假,替他们守岛。他担心他离开后岛上会发生什么情况,于是,每隔一段时间就打一次电话。他在电话里无非是问岛上怎么样,提醒女婿该去值观察哨了,或是该巡逻了,等等。都是一些老生常谈的事。可是他必须要问,不问,心里不踏实。

现在,王继才已经走上舞台。他看见身穿红色连衣裙的央视节目主持人董卿正向他微笑着走来,于是,他下意识地挥了一下手,像是要驱赶什么,让脑子里乱七八糟的想法消失,以便静下来,接受对方的访谈。

董卿睿智,多年来丰富的节目主持经验赋予了她过人的职业本领。

董卿在见到王继才夫妻后的第一句话是:"我是中央电视台节目主持人董卿。"

为什么要这样?莫非谁还不认识她这位央视的大腕?其实,善解人意的董卿这样做,完全是为了避免王继才夫妻尴尬。因为董卿事先做过功课,得知王继才夫妻驻守的开山岛没有电,他们已有很多年没有看过电视。后来,江苏省军区为他们安装了风力发电机,解决了岛上用电问题,王继才夫妻仍旧看不上电视,原因是他们的那台黑白电视机的质量太差。

王继才夫妻在岛上使用的电视机,是他们从家里带来的,老掉牙的那种。电视打开后,屏幕上一片雪花点。声音也不好,吱吱嘎嘎,尽是噪音……他们看不到电视,自然也就不知道董卿是何许人。而这,正是董卿在王继才夫妻上台后首先进行自我介绍的用意。

做过自我介绍后,董卿与王继才夫妻的访谈很快进入了正题。

董卿问王继才是什么时间进岛的,进岛后最初的感受,以及如何坚持下来的,等等。

王继才一一作了回答。

王继才说了他和妻子王仕花两个人驻守一座小岛所经受的寂寞与孤独。他说人在一个相对封闭的环境里生活得时间久了，会有一种呆傻了的感觉。虽然他能熟悉天上飘飞的各种各样的云，熟悉岛上的各种各样的鸟，熟悉海上航行的各种各样的船只，熟悉夜空各种各样闪烁的星座，可是偶尔出岛办事却处处感到陌生。比如，他觉得自己已经不大会与他人交流，说起话来，三言两语，便没什么话讲了。比如，他怕热闹，觉得岛外人多、车多、噪声多，不大习惯……所以，他现在很乐于安安静静地住在岛上，守着0.013平方公里的开山岛。每当他需要了解外面的世界时，就听听广播。多年来，他和妻子已经听坏了近二十台收音机，但仍旧乐此不疲。他觉得，那是他与外界保持联系的一种很好的方式。

王继才还说他长时间驻守海岛，感觉到自己已经是大海的一个部分了，仿佛他们夫妻俩渐渐地从陆地上消失了。他说如果你现在到他居住的那个村子里去，说是找王继才，除了几个老人还能记得他，其他的村民大都对他没有什么印象了。当年，他离开村时，才二十六岁。现在一晃，二三十年过去了。天长日久，他从一个村庄的记忆中淡出，纯属正常。说来，如今熟悉他的，反倒是燕尾港的渔民们，因为他长年驻守开山岛，他们常常称他为"王开山"，或是"山哥"，而渔民的孩子们则喊他为"山爷"。王继才说，有一年，他的母亲从邻县他的三弟家来燕尾港找他，问了许多人，都说不知道王继才这个人。后来他母亲通过打听孙子王志国的名字，才辗转找到了他的家。

董卿说，以后这样的事就不会发生了。你们夫妻二人为了国防事业，做出了巨大的贡献，国家不会忘记你们，晚会的亿万观众，也会通过屏幕，了解你们并记住你们的！

接下来，董卿说起了国旗。董卿说，我们这台文艺晚会的主题是"五星红旗，我为你骄傲"。听说你们从驻守小岛以来，风雨无阻，天天升国旗。你们为什么要这样做？

王继才说，小岛虽小，却是我们国家版图的一个组成部分。我们在岛上坚持升旗，就是在进行一种宣示：这里是中华人民共和国开山岛哨所。这里的海空，由我们守卫。作为国家的领土，神圣不可侵犯！

王继才说到这里时，舞台的天幕上打出一面迎风飘扬的五星红旗。红旗下方，是正在升旗的王继才夫妻，以及碧波簇拥着的小小海岛……

此刻，掌声响起来了！

此刻，王继才竟把如潮的掌声听成了暂别两天的涛声。

涛声依旧啊！

就在王继才夫妻参加"五星红旗，我为你骄傲——庆祝中华人民共和国成立62周年文艺晚会"的第二年，王继才又一次见到了董卿。

这次他和她的见面，是在王继才的家乡江苏灌云县。

说来是一种缘分。

2012年9月10日晚，灌云县建县百年的庆祝晚会在县体育馆隆重举行。主办方特地邀请了央视著名主持人董卿担任晚会的主持人。而王继才夫妻，则是应邀出席晚会的嘉宾。

晚会开始后，活跃在当今舞台上的多位著名歌星先后登台，他们用优美的歌声，给现场的观众带来了全新的视听盛宴，引起现场阵阵热烈的欢呼与狂欢式的尖叫。

晚会的高潮，是由一个互动采访环节引爆的。互动的一方是主持人董卿，另一方是王继才夫妻。

董卿在见到王继才夫妻时，热情地伸出手来，一边和他们握手，一边说，我们又见面了！上次我们见面是在北京，在中华人民共和国成立62周年的庆祝晚会上。我想问问，晚会结束后，你们干什么去了？

王继才说，第二天，我们一早去了天安门广场，"零距离"地观看了国旗护卫队的升旗仪式。

董卿问，有什么感受？

王继才说，感受太深刻了！

王继才说，早晨天蒙蒙亮，天安门广场上已是人山人海。人们来自各地，都是前来观看升旗仪式的。只见时间一到，国旗护卫队排着整齐的队伍，威武雄壮地从天安门走来，他们走过金水桥，在人们的欢呼声中，英姿飒爽地直抵广场。我特地看了手表，6点05分，升旗仪式开始！

王继才接着说，说句心里话，尽管我在开山岛天天升旗，但来到天安门广场，观看国旗护卫队升旗，那种感受大不一样！要知道，这是在首都，在天安门广场啊！看着鲜艳的五星红旗徐徐上升，就仿佛看见我们伟大的祖国如同旭日冉冉升起，心里别提有多么激动了！这时候，我情不自禁地唱起了国歌，就像在开山岛那样，大声地唱着，唱得热血沸腾，热泪盈眶！

董卿问，你们从北京回来，回到开山岛，再升旗时，会想到天安门广场的升旗仪式吗？

王继才说，是的。天安门广场的升旗仪式，给我们留下了深刻的印象。回来后，我们每次升旗，脑海里总是浮现出那天的情景。有时候，我们甚至会觉得，我们在小岛上升旗，就如同在天安门广场升旗，那种自豪感，竟让我们自己都能感觉到心灵被强烈地震撼着！

董卿接着问，恕我直言，今天你们来到我们"百年灌云"庆典活动的晚会现场，明天早晨是不是就不升旗了？

王继才说，照样升旗！

王继才说，我们已经安排好了，晚会结束后，我们立即乘车返回燕尾港。明天一大早乘船回岛，届时，准时在开山岛举行我们的升旗仪式！

董卿听了惊讶不已。

董卿说，据我所知，从灌云县的县城到燕尾港82.3公里。你们当晚就赶回去？

王继才说，当然。我在这里所说的话，不仅仅是对你说的，也是对全县的父老乡亲说的，或者是对更大范围内的电视观众们说的。我说的话算数。要不，这样吧，明天早晨我在开山岛升旗之后，给你打电话？

董卿说，那好，就这样说定了！

这不是一个普普通通的约定，而是常年驻守在开山岛上的民兵王继才夫妻通过媒体，对人民、对国家的郑重承诺！

就在那天晚上，庆典活动结束后，王继才夫妻乘车赶往燕尾港。

车轮滚滚。

随着离县城越来越远，王继才夫妻离灯火辉煌、五彩缤纷，离车水马龙、人声鼎沸也越来越远了。这时候，他们的心反而越来越平静，越来越坦然。在他们看来，他们属于冷清与寂寞。似乎越是这样，他们越安心，社会越安定，人们的生活越美好！

夜色中，匆匆赶路的王继才夫妻，心中有诗，还有远方……

5........ 小岛连着北京

继续说一说 2011 年 9 月下旬在北京举办的"五星红旗，我为你骄傲——庆祝中华人民共和国成立 62 周年文艺晚会"。在这个晚会上，王继才夫妻认识了一个人，他名叫董立敢，是北京天安门国旗护卫队国旗班的首任班长。

那天，王继才在央视演播大厅面对亿万观众接受主持人董卿的访谈时，他并不知道，台下坐着董立敢和他的几位战友。因为当天晚会的主题与国旗有关，所以他们是作为特邀嘉宾来到会场的。当时，他们看了王继才与董卿的对话，得知王继才自从 1986 年 7 月驻守开山岛，并在同年的 10 月 1 日开始升国旗以来，风雨无阻，雷打不动，至今从没有停止过一天。尤其是在台风袭击的情况下，王继才仍旧坚持升国旗，纵然被狂风抛到崖下，跌断了三根肋骨，也决不言弃，最终把五星红旗高高地升起在小岛的上空……他们被王继才夫妻的举动深深地打动了。要说，他们是国旗护卫队的军人，每天都要在天安门广场上升起国旗，关于升旗，他们经历得实在太多。但他们听了王继才夫妻的故事之后，完全可以想象得出，在那样一座远离大陆、面积只有 0.013 平方公里的小岛，哨所里长年只有两个人，而他们每天都要在太阳升起的时候按时升起五星红旗，这一切需要多么坚定的信念来支撑，需要多么顽强的毅力，才能够如此年复一年、日复一日地坚持至今啊！一想到这，他们不由得感慨万分！

董立敢具有双重身份，他不仅是国旗护卫队国旗班的首任老班长，还担任着中国国旗基金会的秘书长。这个基金会属于公益性的非营利机构，其宗旨是要让更多的组织、机构和公民关注国旗，使国旗礼仪成为一种生活习惯。为此，董立敢无论是从国旗班首任班长的角度，还是从基金会秘书长的角度来考虑，都希望能够通过王继才夫妻的故事，借助传媒，宣扬爱国情怀，增强国旗意识，把为国旗争光的活动，在全社会推广，推向纵深！

有了这样的想法，董立敢在与战友们商量后，做出了一个决定。

王继才获知董立敢等人的决定，是在董卿主持的采访节目结束之后。当时，他和王仕花从台上下来，刚刚走进后台的休息室，董立敢和他的几位国旗护卫队的战友就迎了上来。

董立敢自我介绍后对王继才夫妻说，听了他们夫妻自买国旗，自做旗杆，在远离大陆的小岛上数十年如一日天天升旗的故事，他和他的几位战友十分感动。作为国旗护卫队国旗班的前后几任班长，他们将代表"国旗班"，向开山岛哨所赠送升旗台，并在适当的时候，前往小岛，现场向王继才夫妻传授升旗的方式方法！

王继才和王仕花一听，连连叫好。

王继才说，太感谢你们了！

王继才接着说，不瞒你们，我时常对岛上自制的旗杆不满意呢！那旗杆是竹子做的，一根绑着一根，竖起来有五米高。海上风大时，旗杆左右摇晃的幅度增大，我总担心它经不住折腾，哪天会折断……

董立敢说，我们将要给你们岛上安装的升旗全套设备是目前最新式的。2008年奥运会举行升旗仪式时，用的就是这种设备。升旗台装有电动开关，按钮轻轻一按，国旗即可徐徐升起。旗杆是不锈钢的，结实着呢，即使海上刮起十多级台风，都不会受到影响。

王继才说，真是太好了！

王继才说，你们到开山岛现场传经送宝，无异于给我们雪中送炭！虽然我们在岛上天天升旗，但毕竟知识缺乏，不够正规、专业。有了你们的帮助与指导，我们就可以实现升旗的现代化、正规化了！

说到这里，王继才夫妻激动地走上前，禁不住与董立敢等几位"国旗班"的老班长们进行了热烈的拥抱！

时光啊，请记住这一刻，记住这个足以载入开山岛民兵哨所史册的历史瞬间，记住这个被我用文学之笔记录下的一个生活中的小小细节。

这一刻，我相信北京正以温柔的目光，静静地注视着他们……

2011年年末，董立敢从北京打电话给王继才，说升旗台设备准备就绪。于是双方约定新年伊始，也就是2012年元旦这一天，董立敢和"国旗班"的第八任班长赵新风、三班班长常超，以及"国旗护卫队"原中队长刘建光一行四人前来开山岛。

这是王继才夫妻渴盼的一天！

这一天，天安门前的"升旗手"将与黄海前哨开山岛的"升旗手"牵手，共同书写一段关于国旗的佳话！

然而，不巧的是，元旦这一天，海上风力七级，浪高三米，气温降至零下二度。董立敢他们乘坐的是海事局的一艘交通艇。要说，这种交通艇的抗风性能还是很强的，但船一出港，没有挡浪堤的遮蔽，风浪瞬间加大，以至于船头倾角增幅，船体剧烈摇晃，看上去很大的一艘交通艇，竟像一片小小的落叶，忽而被巨浪抛向波峰，忽而被波涛甩向浪谷。

甲板上风浪大，董立敢他们上船后就进入了舱里。即使是在舱里，他们也能感受到大风大浪中海上航行的艰辛不易。这不，他们本来坐在椅子上好好的,一个大浪打了过来,因为椅子没固定,他们就像踩着滑轮,一下子被甩到了一边!

当时,董立敢就想,王继才夫妻长年驻守在小岛上,他们进出海岛免不了要遇到大风大浪。现在他们体验到的,仅是王继才夫妻日常生活中的冰山一角。他们肯定还经历了许许多多不为人知的艰难困苦,只是他们不说而已。为此,董立敢觉得此次进岛,虽然遇上了风浪,但何尝不是一次让他和他的战友们近距离地感知海岛卫士的一个极好机会?!只有亲身感受,才有可能从更高的层面来认识王继才夫妻守岛的人生价值与社会意义!

此时,交通艇继续迎着风浪缓慢地行进着。

船体不停地摇晃。

董立敢和他的战友们不同程度地感到了头晕。董立敢看见他们脸色苍白,心想自己的面容也不会好看。其实,脸色泛白,仅仅是晕船的初级阶段,随后就是心里不舒服,像有一只看不见的手在腹部又是抓又是挠,让你的胃部时不时地泛出酸水来。再后来,那酸水竟往上冒,冒到舌头根子底下,你忍不住要把泛起的酸水往肚子里咽,否则,那酸水随时随地都有可能从嘴里喷射出来⋯⋯

好在董立敢他们身体好,平衡感强,仅仅是有着不同程度的晕船感觉,却没有呕吐。这就很好。

事后,船长说他们海事局的这艘交通艇质量好,船上装有减摇鳍,具有扶正性能。别看风浪一个劲地晃动船体,可是船体晃动的幅度可控,这样一来,晕船的程度自然也就轻了许多!

海上风大浪高,平时只需要一个小时的航程,海事局的交通艇却行驶了两个小时,才好不容易停靠在开山岛的码头⋯⋯

尽管有些晕船,但董立敢和他的几位战友们下船后,身板依旧挺得笔直,就连走路都保持着原有一成不变的姿势。显然,这是他们多年来严格训练的结果,同时,也是天安门"国旗护卫队"成员的外在标志。王继才和王仕花看了,佩服得不得了,心想,毕竟是"国旗班"的老兵,不管身在哪里,就是与众不同,令人刮目相看!

王继才夫妻随后领着董立敢他们离开码头来到住处,说今天风浪太大,你们一路辛苦了,先休息休息。

董立敢说,不用了。

其他几位"国旗班"的老兵也说不用了。他们让王继才夫妻带他们到升旗的地方,执意要把他们带来的2008年奥运会专用移动式手动升旗台安装起来。

他们说干就干。

移动式手动升旗台设在小岛的顶部,灯塔的下方。那里有一小块平地,是安装升旗台的最佳位置。

手动升旗台的整套配件由三百六十度旋转球头、旗杆、滑轮、升旗绳、内置手动装置、手摇把、旗帜挂杆、不锈钢锁扣以及封口盖组成。它的特色是旗帜尾套内插有一根杆子,杆子两端各有一个圆环与旗帜尾套固定,在升旗绳上以旗帜尾套中杆子的长度为间隔,分别设置两个扣件。升旗时,只要将带杆的旗帜上的两个圆环与升旗绳上的扣件扣住即可牵绳升旗。

安装升旗台的工作对于"国旗班"的老兵来说,纯属轻车熟路。不一会儿工夫,他们就把升旗台安装好了。

在安装升旗台的过程中,王继才的目光始终没有离开过现场。当旗杆高高竖起来的时候,王继才几度生有上前亲吻那不锈钢的锃亮的旗杆的强烈欲望。想起当年用竹竿插在岩石凹槽里竖起的旗杆,想起台风袭来时为了升旗自己摔在崖下跌断了三根肋骨,再看看眼前现代化的升旗台,王继才不由心潮起伏,思绪万千。他想,自己只不过做了一点点应当做的事,竟受到了社会极大的关注,就连北京天安门"国旗班"的老兵们都不辞辛苦地来到了岛上,为他和王仕花二人日后能够更好地升旗，亲手安装了新型的设备。因此，王继才觉得，眼下无论怎么感谢都难以表达自己的心情，唯有为了国防事业，为了祖国和人民的安宁，忠于职守，当好一名合格的哨兵，才能够对得起社会各界对开山岛哨所的关心与厚爱！

手动升旗台安装好之后，董立敢当即向王继才和王仕花传授规范的升旗动作。他教得非常仔细，一边讲述要领，一边做分解动作，进行示范。

而王继才夫妻学得认真。

他们跟着董立敢学。董立敢每做一个动作，他们就照着做，一招一式，十分到位。

接连练了几遍之后，董立敢非常满意。

董立敢说，这次他们从北京来到开山岛，特地为王继才夫妻带来了一面国旗和一本《升旗手册》。

他说，国旗是天安门"国旗班"平日里使用的旗帜。他们把这面国旗从北京带到黄海前哨的小岛上，并由驻岛民兵哨所的所长王继才和哨兵王仕花升起来，具有特殊的意义！

他说，虽然在开山岛长年只有你们两个人举行升旗仪式，但国旗是共和国的象征与标志，升旗体现的是国家的尊严。所以，要严格按照《升旗手册》中的程序，使升旗仪式正规化、规范化。

接下来，董立敢说，下面，将由我们"国旗班"的升旗手配合你们二位，用新安装的升旗台，进行一次升旗仪式！

升旗仪式由"国旗护卫队"原中队长刘建光主持。

王继才担任升旗手。

站在王继才左右两侧的护卫分别是天安门"国旗班"第一任班长董立敢和三班班长常超。

只见刘建光发出"起步走"的洪亮口令之后，担负升旗任务的王继才和董立敢、常超迈着雄壮的步伐朝着升旗台走去。

事后，王继才回忆起当时的情景，觉得自己每走一步，竟是那么的精神抖擞、浑身是劲。因为此次升旗非同寻常，在他的两侧，担任护卫的是来自北京"国旗班"的老班长。由中国顶级的升旗手来为自己护旗，这该是多么大的荣耀啊！一想到这，王继才便特别激动！

"唰、唰、唰唰……"

三个人的脚步落在地面，发出了整齐的声音。听起来，其声铿锵有力，像是战鼓擂动，振奋人心！

再往前走，就是升旗台了。这时，刘建光下达了"正步走"的指令，王继才闻声立即转换步法，以标准的姿势，迈起了正步。

接下来，随着一声"立定"，王继才站立在升旗台前。

此时，刘建光的声音洪亮有力：

"升旗仪式现在开始——奏国歌。升国旗！"

说是奏国歌，实际上是唱。在场的所有人都扯开喉咙放声高唱《中华人民共和国国歌》——

> 起来！不愿做奴隶的人们！
> 把我们的血肉，
> 筑成我们新的长城！
> 中华民族到了最危险的时候，
> 每个人被迫着发出最后的吼声。
> 起来！
> 起来！
> 起来！
> 我们万众一心，
> 冒着敌人的炮火，前进！

冒着敌人的炮火，前进！
前进！前进！进！

国歌声中，王继才将手中的五星红旗通过旗杆上的装置固定后，随即左脚跨出一大步，然后手臂轻扬，将挂好的国旗用力抛起，旗帜便在空中舒展开来。接下来，王继才轻轻拉动升旗绳，国旗冉冉升起……

"国旗班"的老兵们离开开山岛时，带走了一面国旗。这是王继才夫妻平日里使用的一面国旗。他们要把这面国旗带回北京，陈列在国旗博物馆里。

"国旗班"的第八任班长赵新风，从部队退役后在北京创办了一家旗帜文化传播中心。该中心致力于普及国旗文化。老班长赵新风说，他要让每一个来到博物馆参观的人，了解这面曾经升起在开山岛的国旗，了解王继才夫妻多年来守卫海岛的故事。

这面即将陈列于国旗博物馆的国旗上，签有许多人的名字，其中有江苏省军区的领导孙心良、李笃信；有"国旗班"的老兵董立敢、刘建光、常超、赵新风，还有王继才和王仕花。

王继才不仅在这面国旗上写下了自己的名字，还写下了四个大字："热爱国旗"。

——这是他的心声！

第七章 掌声与涛声

1....... 一不留神成了名人

自打 1986 年 7 月 14 日王继才驻守开山岛以来,很多年了,他的生活平静如水。

在岛上,他每天都把日子过得按部就班,很有规律。早晨,迎着初升的太阳,他开始升旗;然后放哨、巡逻;然后观察海天,记录风速;然后检测灯塔设备是否完好;然后喂鸡,给小菜地浇水;然后在傍晚时分降旗……天天如此。

在一个接一个相似的日子里,长年与王继才夫妻作伴的,是海风、海浪和涛声;还有日出月落,夜幕上闪亮的星星;还有云彩,以及像云彩一样洁白的帆影;还有海鸥,许许多多叫不上名字的很好看的鸟儿……

王继才在岛上住得久了,有时候会把日子忘了,比如他不会在意今天是星期几,明天是阴历的什么节气,他只是一天天地过日子,做他每天都要去做的一些事。

而且,在很长的一段时间里,除了当地政府、人武部门、过往船只的船老大还记着,似乎王继才是一个被众人遗忘了的人。在前面我曾说过,在王继才居住的村子里,大多数年轻人都不认识他了,不知道王继才这个名字，不知道这个许多年前的民兵营长……要说，这也正常。世界太大了，在21世纪资讯发达、信息流通的今天，人们需要关心的人和事太多了，每天的社会热点和时事新闻呈爆炸状，轮番对你进行狂轰滥炸，在这种情况下，谁还会把注意力投到远离大陆、长年累月驻守小岛的民兵王继才夫妻的身上呢？

因此，驻守在开山岛的王继才夫妻，寂寞是正常的，孤独也是正常的。好在他们已经适应了，习惯于默默无闻，习惯于销声匿迹。

只是在他们守岛二十多年后的某一天，有一位记者听说了他们的故事，乘船来到了岛上。记者人很随和，平易近人，一点架子也没有。记者在岛上各处走了走，看了看，然后和王继才夫妻聊天。记者问得很细，连哪天上岛，随船带到岛上的是多少瓶白酒，多少条香烟，多少斤挂面，多少桶煤油等，都一一问到了。过后，记者也不多说什么，在岛上住了两天，然后搭乘一艘过路的渔船走了。

接下来，日子依旧平静，王继才夫妻继续过着他们习以为常的生活。

然而，这样的日子仅仅过了两天，县武装部的同志就打电话上岛，说，王继才，不得了了，你现在是名人了！先是一家报纸刊登了关于你守岛的通讯报道，接着才两天，各大报纷纷转载，弄得许多媒体都打来电话，要求预约，对你们进行采访！

我上网查询，只要在"百度"打上"开山岛民兵哨所"几个字，立即跳出若干条关于王继才夫妻守岛的信息，这些信息大多是各大报纸杂志发表的文章。比如新华社记者采写的长篇通讯《开山岛民兵王继才夫妇25年坚守海防》《坚守开山岛30年民兵夫妻被称"孤岛夫妻哨"》；《人民日报》记者采写的《孤岛夫妻哨》；《光明日报》刊载的《江苏一对民兵夫妇坚守开山岛28年每日升起五星红旗》；中国军网记者采写的《开山岛"升旗手"与天安门"升旗手"的故事》；《现代快报》刊发的《两个人的岛屿》，以及"中国江苏网"发表的《中央媒体赴灌云集中采访开山岛夫妻哨》等。

"中国江苏网"的报道称："人民日报、新华社、光明日报、经济日报、中央人民广播电台、农民日报等多家中央媒体来到江苏灌云，参加开山岛民兵哨所先进事迹报道，集中采访'感动中国'的先进典型人物——开山岛夫妇王继才、王仕花……"

由此可见，各大媒体关注开山岛民兵哨所，前来采访王继才的阵容多么大了！

王继才夫妻没有想到，自己一不留神，竟然成了名人。这让他们在最初的时候很不适应，平静的生活被打乱了，常常弄得他们不知怎么应对才好。

比如，王继才出岛办事，一踏上燕尾港码头，身前身后就有人指着他说，瞧，这不是王继才吗？报纸上登的就是他！此时的王继才恨不得穿件隐身衣才好，他不希望有人认出他，更不希望有人把他当作名人。在王继才看来，最好还像以前那样，人们喊他"开山王"，或是"老王"。那样，他会感到无拘无束，自由自在。

比如，现在手机普及，有人认出他后，大多会掏出手机来和他照相。他要是不配合，会被人认为傲气；可是与人合影，他又不大自在，笑起来，干巴巴的，就连自己都觉得脸上的肌肉僵硬得很。

再比如，王继才最怕在公共场合，被电视记者扛着摄像机跟拍。王继才记得那年他在北京参加中央电视台"五星红旗，我为你骄傲——庆祝中华人民共和国成立62周年晚会"的节目录制，其间，江苏省军区的领导出于关心，特地安排了他们夫妻去长城游览。第一次来北京，本来游兴甚浓的王继才，在八达岭长城上被游客们认了出来。其实，不是王继才夫妻好认，而是电视台随行人员肩上扛着的摄像机引起了游人的注意。一位游客说："他们是驻守在连云港那个孤岛上的夫妻吧，我在网上看到过他们的事迹！"另一位游客说："没错，他们在小岛上守了好几十年了！"于是，很多游客围上前来，主动和他们合影留念。王继才和王仕花见游客越围越多，脸不禁红了起来。后来，他们只是在长城上象征性地走了走，看了看，然后很快地返回了。

不过，作为普通人，王继才有着常人所有的那么一点点虚荣心。有时候，心静下来，他也为自己的扬名沾沾自喜过。许是在岛上生活多年，被大多数人遗忘的时间太久了，他想，通过媒体的宣传，让人们知道他现在在做什么，有什么不好呢？王继才曾听一个记者说过这样的话。记者说，美国大导演斯皮尔伯格曾援引过他父亲——一位二战老兵的话："我们不怕死亡，我们怕被遗忘。"是的，作为新时代的一名驻守小岛的哨兵，王继才不怕吃苦受累，甚至不怕流血牺牲，要说怕，怕的是什么？是人生的平平庸庸，碌碌无为！他想不被"遗忘"，就得好好工作，为祖国守好海疆！

人的想法具有多重性。

打个比方，岛上太冷清了，有时候王继才希望有人能够上岛和他聊聊天，或是什么也不说，只是在他面前遛个弯，他也会觉得高兴和满足。可是，真的有人上岛了，特别是为他和王仕花而来，他心里又很过意不去，觉得打搅了人家，给对方添了麻烦。这些年来，每有演出团体上岛对他们进行慰问，王继才都有这种感觉，既高兴，又感到不安。他觉得，都是"扬名"惹的祸！总之，心理上复杂得很。

2014年10月22日上午，姜昆、鞠萍、周炜等文化艺术界的名人来到开山岛，为王继才夫妻二人表演了一台精彩的节目。

节目开始时，首先由大名鼎鼎的央视主持人鞠萍和相声演员周炜演唱了一曲《夫妻双双把家还》，为演出拉开了序幕。接着，姜昆和戴志诚表演了一段相声。接下来，是歌曲《战士的第二故乡》，以及群体表演的《智斗》等，节目一个接一个，轮番上演。精彩纷呈的演出，让王继才、王仕花夫妇一边看一边乐，笑得合不拢嘴。

整场演出没有舞台，没有灯光，也没有麦克风。而且从数量上看，演出的演员多于观众。但气氛特好，节目"接地气"。演员表演得认真，观众看得入神。台上台下，融为一体，整体效果，非常地棒！

演出结束后，王继才紧紧握住中国曲艺家协会主席姜昆的手，激动地说："以前我只在收音机里听过你的相声，没想到今天见到真人了！"

王继才的一席话，把在舞台上经常逗人乐的姜昆逗得直乐！

其实，像这样为王继才夫妻二人组织的专场演出还有很多，姜昆他们的演出，仅是其中的一个代表。

就拿我采访时遇到的一次演出来说吧，那一天我事先并不知道连云港市"双拥办"组织了市老干部艺术团进岛慰问演出，船停靠在码头后才发现平日里寂静的开山岛一下子变得热闹起来。

那场文艺演出是在小岛山顶升旗台前的那一小块平地上进行的。

市老干部艺术团的节目丰富，表演非常精彩。

作为主要观众，王继才夫妻身在现场，自然脱不开身，那么，我对他们的采访只能朝后推。于是，出于职业习惯，我为了寻找更多的素材，见缝插针地溜到了厨房，想看一看是谁在那里为上岛的那么多人做饭。

在厨房里，我见到了两个人，她们分别是王继才的大女儿王苏，以及一位与王继才堪称铁哥们的某船老大的女儿。

我问王苏，你怎么来啦？

王苏说，我爸爸让我来的。

我问，今天休息？

王苏说，哪里，我向单位请了假呢！

王苏接着说，我要是不来，爸爸妈妈就没招了。这么多人，谁来做饭啊！

我问，菜也是你提前买好，乘船带过来的？

王苏点点头，继续忙她手里的活。

我问，遇到这样的情况，你常常请假上岛帮厨吗？

王苏说，这些年上岛的人多了，我得帮帮爸爸妈妈，尽可能地做好后勤保障。

我想，这也许跟王继才夫妻的"名人"效应有关吧。实际上，生活中想当名人难，然而一旦当上了名人，就更加不易了！

2....... 警钟长鸣

2014年9月8日这一天，王继才搭乘渔船出岛置办日常生活用品。

在这之前的许多年里，岛上的后勤保障工作，大多由王继才的大女儿王苏负责。那时候，王继才总是在忙，忙于海岛的基本建设，忙于国防设施的维护，忙于省军区组织的诸如民兵射击比赛等活动，忙于迎接上级有关部门和领导对于战备工作落实情况的检查，有时还要忙于部队在开山岛附近海域举行军事演习的多种配合……那时候，王苏也很忙，她要打工，要照顾弟弟妹妹的生活，后来她结婚成了家，仍旧在繁忙之中抽出空来一如既往地承担着岛上生活物资的供应工作。直到2014年，情况发生了变化，王苏有了正式的工作，成为连云港港口集团燕尾港公司的一名员工。到了公司后，王苏经常上夜班，自由支配的时间相对少了，再加上王苏有了第二个孩子。2014年，她的第二个孩子才两岁，正是需要她忙的时候。这样一来，诸如购买生活中的日用品，为岛上进行后勤保障的任务，便由王继才和王仕花来承担了。

于是，王继才每隔一段时间，就要乘船出岛采购物资。

现在王继才走在燕尾港的小镇上，街道两旁鳞次栉比的小店店主不时向他打着招呼：

"嘿，老王，下岛啦！"

"老主顾了，需要买点什么，只管说！"

……

王继才笑着一一作答。

显然，王继才已经和那些小店的商家非常熟悉了。

燕尾港镇不算大，却因位于天然的渔业港口，有着数十平方公里的临港产业区，且是324省道的起点，而显得车水马龙、热闹非凡。

走在小镇的街道上，路两旁商店里琳琅满目的商品，不断地吸引着王继才的目光。也许是岛上色彩单调的缘故，乍一出岛，王继才总觉得眼睛不够使了，看看这个——新鲜，看看那个——稀罕。于是，他走走停停，停停走走，把一段并不长的路，拉伸得长长。

在这期间，王继才没忘了购物，他买了米面、油盐、蔬菜等。要不是前面聚集的人群中传来"摇花船"的歌唱声，王继才就准备往回走了。是"摇花船"吸引了他。

"摇花船"又叫作"划旱船"和"采莲船"，据说起源于民国初年，是流传于当地民间的一种老百姓喜闻乐见的表演形式。

一般说来，"摇花船"由两个人表演，一个是旦角，称为"船瓢子"，手中捏着花手绢，作行船状；另一个是丑角，扮演撑船的，手撑竹竿或手持船桨，有时还会扇着一把破芭蕉扇，两个人配合着，边唱边舞。而"花船"则是有讲究的。"花船"用竹竿扎成，外形像只小船。"花船"里竖着一个四方的小亭或是阁楼。船的四周蒙着绿色的绸缎，并缀有色彩鲜艳的纸花。"花船"中的小亭或是阁楼，顶端亦扎有大朵的红花。"花船"便是由此得名。

"摇花船"时，旦角和丑角在船边载歌载舞，船尾跟有乐队。乐手以演奏二胡和三弦为主，并配有锣鼓等打击乐。至于曲子，大多是一些地方小调、牌子曲等，从形态上看，有点类似于东北的二人转，表演起来，十分喜庆。

"摇花船"的曲目大致分为长段和小段。传统曲目中的长段有《二不全招亲》《小二姐劝嫁》《王妈说媒》等，小段有《三怕》《小秃闹房》等。当然，近年来，"摇花船"的演员们也会根据需要，自编自演一些节目来满足不同群众的喜好。

王继才从小就喜欢看"摇花船"。当他远远地听到熟悉的"摇花船"的曲调时，便忍不住地向观看演出的人群走了过去。

起初，王继才并没有注意到"摇花船"的演员唱的是什么内容，他只是觉得曲调好听，地方特色浓郁，有着乡间特有的传统韵味。可是听着听着，王继才就觉得不对劲了，接下来，他的头不由自主地垂了下来，垂得像是一棵秋天的向日葵。

为啥？

这跟"摇花船"的节目内容有关。

王继才万万没有想到，在燕尾港镇的文化广场，正在演出"摇花船"的演员们，歌唱的竟是他和妻子王仕花！

歌中这样唱道：

燕尾港的东边呀么，是辽阔的海哪啊，
茫茫的大海上呀么，有一座小岛哪啊，
它是那么的小，四周簇拥着万顷波涛，
人在岛上走一圈，即使走上个把月，
也累不着，不用歇歇脚。
呀子喂，呀子喂，咿呀呀子呀子喂得喂！

那一年呀么，国防建设需要人守岛哪啊，
千斤重担呀么，呼唤着英雄去挑哪啊。

王继才，好男儿，舍小家，把国保，
　　立志在海防线上站好岗、放好哨；
　　王仕花，好媳妇，辞教职，上海岛，
　　宽广的胸怀自有阳光灿烂星空闪耀。
　　夫妻二人为国为民赤胆忠心哪啊，
　　一个好比是穆桂英，一个如同杨宗保！
　　呀子喂，呀子喂，咿呀呀子呀子喂得喂！
　　……

　　王继才开始以为听错了，"摇花船"怎么可能唱到他和王仕花呢？可是再听，真的是唱他们，唱他们是怎么甘守寂寞，吃苦耐劳，在荒无人烟的小小海岛上扎下根来，为了国家的利益，坚守边防，敬业奉献，以实际行动来践行社会主义核心价值观的。这样一来，王继才听着听着，觉得不好意思了，他想，他和王仕花只不过做了自己想做和应当做的事情，值不得人们这样夸他们的。于是，他怕被别人认出来，低着头，打算趁人不注意时，悄悄地溜走。

　　可是，就在王继才准备要走的时候，偏偏腿不听从指挥，竟然挪不动了。他知道，不能怨腿，要怨就怨他自己。是他心里纠结，过后想再听一会儿，不光是曲调好听，他还想听听演员们是怎么唱他们的。他第一次听到人们用"摇花船"的形式来唱与他生活有关的事，不免有点新鲜，有点兴奋，有点好奇，还有点自豪……总之，那种感受挺复杂，甚至用一句话或两句话说不清楚。

　　但不管怎么样，王继才还是站在原地没有走。他细细地听着。在听演唱的过程中，驻守开山岛这么多年来的生活片段，画面般一幅幅地在王继才的眼前浮现着，竟把他感动了。他感觉到眼角湿润了，有泪水禁不住悄悄地溢了出来……

回到岛上，王仕花盯住王继才看。

王继才问，看什么？才分开大半天，就不认识了？

王仕花说，看把你喜的，在岛外遇到什么好事了，人一踏上码头，就咧着嘴巴笑，一直笑到现在还合不拢！

王继才说，哎，你别说，在燕尾港镇，我还真的遇上新鲜事了！

接下来，王继才绘声绘色地向妻子王仕花讲述了他在镇文化广场是怎么遇到"摇花船"演出的，那些演员又是如何歌唱他们的。甚至，王继才还把他记住的几句歌词背诵给王仕花听。

王仕花听完，低着头，像是在思索着什么，一声不吭。

王继才见状，问到，你怎么啦？

王仕花说，我在替你担心呢！

王继才说，替我担什么心啊？你看，我这不好好的吗？

王仕花说，我担心你在荣誉面前翘尾巴了！

王仕花接着说，也许你没有注意到，你讲在燕尾港镇遇到"摇花船"的那件事时，脸上流露出了一丝不易看出的得意。你跟我说心里话，当你听到别人在演唱咱们时，是不是特别地好受，特别地惬意，特别地舒服，特别地愉悦？如果是那样，不光是你，就连我，以后都要注意了。不错，这些年来，我们守岛，做了一些自己应当做的事，也吃了不少的苦，为此，上级和组织上给了我们许多的荣誉，比如"全国情系国防好家庭"、"全国十大海洋人物"、年度"感动中国"候选人、"海防模范民兵哨所"，等等。这些荣誉，是对我们的鞭策和鼓励，而不应是我们骄傲的资本。你不是常说起你的二舅吗？我记得你二舅说过这么一句话，他说，比起那些在战争中英勇牺牲的战友，我们还有什么苦不能吃，还有什么累不能受，还有什么功劳值得夸耀的呢？你说，是不是这样啊？以后，我们要经常相互提醒对方，不要觉得自己有多么了不起，不要以为获得荣誉是应该的，不要把自己当作是什么"名人"，更不要认为自己付出了太多今后可以适当地伸手索取！那是万万要不得的。我们要把荣誉看成是警钟，在荣誉面前，务必警钟长鸣！

王仕花竹筒倒豆子，一口气地说完了自己想说的话，然后看着站在她面前愣着的王继才，说你好好想想吧，看看是不是这个理。

这一夜，王继才失眠了，他想了很多很多……

第二天早晨，王继才升旗归来，做的第一件事，便是忙着收拾奖状。

王仕花看了就笑，说，怎么啦，要把它们挂在墙上？

王继才说，不，我把它们压在箱子底下。

王继才接着说，你说得对呢，这一页翻篇了，一切重新开始！

采访时，我来到开山岛，在王继才夫妻居住的宿舍东头的不远处，见到了一间荣誉室。那间荣誉室墙上挂着锦旗以及通过电脑彩色喷绘制作的带有图片的宣传图板，另外，室内沿着墙还有一些低矮的陈列柜，分别陈列着奖状、刊有开山岛民兵夫妻哨先进事迹的报纸、杂志、图书等实物。

王继才对我说，布置这么一间荣誉室，并非他们的本意。上级领导说了，他们取得的荣誉，不仅仅属于个人，也属于集体，属于社会。宣传他们，就是通过先进典型，诠释坚定不移的理想信念、艰苦奋斗的优良作风和甘于奉献的优秀品格，诠释爱国的情怀，以及敬业、诚信的价值取向……

我点点头，表示理解。

接着，我问王继才，如果外来的人上岛参观这间荣誉室，你会自己来到这里看一看吗？

王继才说，会的。

我问，为什么？

王继才说，我会隔三岔五地来到这里给自己敲敲警钟，对待荣誉，要有一颗平常心！

3....... 欲穷千里目

冬天，海上风大。

机帆船顶着风浪，"突突突"地朝着前方奋力驶去。

远处，位于机帆船的右侧，灰蒙蒙的海面上隆起了一个淡淡的灰色剪影，那便是王继才和王仕花朝思暮想的开山岛。

此时是2014年的年末。

细细算来，王继才夫妻离开开山岛已有一个多月了。自打1986年夏天他们驻守小岛以来，这回是他们外出时间最长的一次。

早在几个月前，王继才出岛采购日常生活用品，在燕尾港镇的文化广场遇上"摇花船"的演员演出时，他并没有意识到，在这之前，具体地说，也就是2014年8月26日，《光明日报》以头版头条以及6版整版的特大篇幅，刊发了标题为"王继才夫妇28年孤岛守海防"和"两个人的五星红旗"的文章，当即引起各方广泛的关注。时任中宣部副部长的王世明明确批示："王继才夫妇是一面闪光的国旗，他们的爱国之心如赤日炎炎。"他要求中宣部宣传教育局把王继才、王仕花夫妇作为全国重大典型"时代楷模"在国庆期间推出。

插一句，"时代楷模"是由中宣部集中组织宣传的全国重大先进典型，充分体现"爱国、敬业、诚信、友善"的价值准则，充分体现中华传统美德，是具有很强先进性、代表性、时代性和典型性的先进人物。时代楷模事迹厚重感人、道德情操高尚、影响广泛深远。根据时代楷模的职业身份，以中宣部和有关部门名义发布，并在中央电视台设立"时代楷模"发布厅。

这样一来，就有了2014年9月23日中宣部在中央电视台演播大厅举行的全国"时代楷模"现场发布活动。在这个万众瞩目的发布会上，王继才和王仕花作为"开山岛夫妻哨"，被授予了全国"时代楷模"的荣誉称号！

经过媒体的集中报道，"时代楷模"在社会上产生了广泛的影响。

中共中央总书记、国家主席、中央军委主席习近平在了解到王继才夫妻的先进事迹后，作出重要批示：讲好故事，事半功倍。

时任中央政治局委员、书记处书记、中宣部部长刘奇葆作出批示，要求在全国宣传"开山岛夫妻哨"。

于是，按照上级安排，由南京军区政治部和江苏省委宣传部、江苏省军区政治部共同主办的王继才、王仕花夫妇先进事迹宣讲团，在南京举行了报告会之后，先后赴江苏十二个省辖市以及福建、浙江、上海、江西、安徽等地作巡回报告。

现在，王继才、王仕花结束了为期一个多月的巡回宣讲，正搭乘一艘机帆船返回开山岛。

随着机帆船离小岛越来越近，王继才夫妻回岛的心情格外迫切！

现在不妨让我们见缝插针地来看一看王继才夫妻参加宣讲团的这一个多月来大致的活动日程安排吧——

10月28日，连云港；

10月31日，南京；

11月5日，徐州；

11月7日，淮安；

11月13日，泰州；

11月14日，扬州；

11月18日，镇江；

11月20日，常州；

11月21日，无锡；

11月27日，盐城；

11月28日，苏州；

12月8日至12月17日，福州、南昌、杭州、上海、合肥……

行程约三千二百多公里。

可以说他们是连日奔波，马不停蹄。

其间，王继才和王仕花还是有自己支配的时间的，但是除了生活所需和宣讲之外，他们把大部分时间都用在普通话的练习上。王继才夫妻是地地道道的灌云县人。他们的口音不可避免带有本地腔。比如，灌云话中，"灌云"的"云"，当地人读起来是"yong"，"巷子"的"巷"，读"hang"。这样一来，考虑到让各地的听众都能听得懂，纠正口音，尽可能地做到发音正确，便成为当务之急。为此，王继才夫妻一有空就对照宣讲稿查字典，一个字一个字地练习发音。有时候，他们还互相宣讲，让对方挑毛病，以便及时改正……在奔赴各地进行宣讲的过程中，王继才夫妻始终感到时间不够用，直到宣讲活动结束，他们才松了一口气。

实际上，在赴各地进行宣讲的日子里，王继才和王仕花有着许多的想法与思考，只是他们苦于没有交流的时间。现在，他们乘船回岛，航行途中，有了空闲，于是就有了以下的交谈——

王继才说，俗话讲得好，行万里路，如同读万卷书。这次外出一个多月，收获实在太大了！

王仕花说，是啊，巡回宣讲之前，省委书记、省长、省政协主席、省军区政委,以及省委宣传部部长等领导亲切接见了我们。你说,我们不就是按照上级的要求,驻守开山岛,为了国防建设的需要,站好岗、放好哨嘛,领导却给予了我们那么多的赞扬与鼓励,说我们"是江苏人民的骄傲,值得全省人民学习"……说得我都不好意思了。其实,我们只不过做了自己应当做的,也没有多大的事儿。

王继才说,谁说不是呢。你还记得吧,我们刚刚来到上海,上海警备区司令员何卫东就来看我们了。何司令说他在江苏省军区担任过司令员,对我们的情况非常了解。他关心地问我们身体怎么样,嘱咐我们说,岛上潮湿,一不注意,关节炎就会犯,可要保护好自己啊!我听他说这话,心里一阵阵发热,温人心呢!

王仕花说,在杭州,一个名叫孙国虎的小伙子,给我留下了深刻的印象。他是中国美术学院的学生,曾在西藏当过两年兵。小孙说,他在西藏驻守边防时,那里的自然环境恶劣,生活非常艰苦。但他所在的哨所,和我们在岛上一样,每天都要坚持升国旗。他说,为国戍边,无怨无悔!

……

王继才和王仕花说着说着,就说到了宣讲团的领队——江苏省军区政治部主任吕先景。吕主任曾跟王继才夫妻说过,宣讲团的任务不仅仅在于讲述,也在于参观和学习。

参观就不用多讲了,红色基因和红色传统需要传承,这一路走来,让王继才和王仕花有机会参观了中共"一大"会址、"八一"南昌起义纪念馆、渡江战役纪念馆,他们从中深受教育。

至于学习,对于王继才夫妻来说,收获特别大。

他们在上海,来到了"南京路上好八连"的驻地,与连队的官兵进行了面对面的交流。

"南京路上好八连"对于王继才和王仕花来说,如雷贯耳。他们在上小学的时候,就知道了在上海的南京路上有这么一支英雄的连队,他们身居闹市一尘不染，始终保持艰苦奋斗的优良传统，被中华人民共和国国防部授予了"南京路上好八连"的光荣称号。后来有一部影响很大的话剧《霓虹灯下的哨兵》，写的就是"好八连"官兵的故事。

从20世纪60年代初，"好八连"被命名，至今半个多世纪过去了，时代在变、环境在变、任务在变、生活条件在变，但"好八连"用艰苦奋斗精神培育官兵的传统从未改变，这正是王继才和王仕花感兴趣之处。在"好八连"，王继才夫妻与连队的现任连长周文杰进行了交流。周文杰连长说的一句话，给王继才和王仕花留下了深刻印象。周连长说："不管身在何处，环境如何，最重要的是要把握好自己，坚守思想上的高地！"这在王继才夫妻内心引起了共鸣。在他们看来，开山岛不仅仅是一座耸立于茫茫大海之中的小岛，也是一处高地，一处形而上的思想高地。坚守住它，就是坚守住人生的美好！

在南京，王继才和王仕花与南京火车站"158"雷锋服务站第一代领头人李慧娟进行了座谈。

王继才很敬佩一代又一代的服务站的成员们，他们用爱心和真情接力，风雨无阻为困难旅客服务了四十七年！近半个世纪的时光该是多么漫长啊，可是他们在这无数个日子里，多年如一日地用雷锋精神传递着铁路人的正能量，用先后一百多万人次的温馨服务，把南京站演绎成为南来北往的旅客们的贴心驿站！

让王仕花特别感动的是，四十七年前，随着南京长江大桥的建成通车，南京站投入了运行。建站之初，现今七十二岁的第一代学雷锋领头人李慧娟和她的同事们，义务为旅客服务，在车站广场搭起一个简易的帐篷，一条扁担，几根绳索，从诸如提行李、接送上下车、缝补衣服、寻找失物等小事做起，一做就做了数十年。这是什么？是责任，是坚守，是大爱！是光荣与梦想的传承，体现了一种值得称道的价值观！王仕花觉得要以实际行动向南京火车站"158"雷锋服务站的服务员们学习，在平凡的岗位上，创造出不平凡的业绩！

……这样的交流还有很多，由于篇幅的原因，恕我在这里就不一一叙述了。总之，对于王继才夫妻来说，参加巡回宣讲的过程，就是学习的过程。通过参加这个活动，他们走出了小岛，开阔了眼界，可以从一个更高的角度来看待和认知事物，思维比以前更加活跃了。

　　风大，浪也大。
　　大浪被大风席卷着迎面扑向船头，被机帆船劈得粉碎。高高扬起的浪沫重重地击落在甲板上，接二连三地发出"乓乓乓乓"的响声。
　　船继续前进。
　　船离开山岛越来越近了。
　　王继才和王仕花不约而同地把目光投向小岛。离岛一个多月了，他们实在是想它了啊！在这段时间里，上级安排人接替他们的工作，轮流上岛执勤，站岗放哨，他们不知道这些同志能不能适应岛上的环境，还有，冬天风大，岛上的树木没有被刮伤吧？小菜地里，被山茅草盖着保暖的过冬寒菜长势还是那么喜人吗？远方的那些过往的船只一切都好吗？……这样想着，王继才和王仕花恨不能插上翅膀，立即飞到岛上去，撸起袖子，大干一场！

4......"最是一年春好处"

事后，王继才仔细想过，他能够出席2015年在北京举行的"军民迎新春茶话会"，并受到习近平主席的亲切接见，并非偶然。尽管在这之后，也就是2016年的7月，他作为江苏省的两位代表之一获得了"全国爱国拥军模范"的荣誉称号，但当时他以什么资格参加了全国"双拥模范"代表、首都干部群众和驻京部队官兵代表欢聚一堂的如此重要的会议，却至今也没有弄清楚。他只记得2015年的2月初，接到上级通知，让他出岛进京参加一个活动。他便服从安排，于2月7日来到北京，由会议上的接待人员接站后，住进了西直门宾馆。

西直门宾馆位于北京市西城区西直门内大街172号，是中国人民解放军总政治部下属的一家四星级宾馆。住进这家宾馆后，王继才听说了许多有关这个宾馆的故事，竟与几十年来历史风云变幻多多少少有着某些勾连。当然，那都是陈年旧事了，王继才只是茶余饭后闲来无事时作为消遣，听听而已。

在宾馆居住期间，他不知道什么时候参加新春茶话会，也没有人告诉他，可他不便主动打听，只是待命，耐心地等候。

两天后，来了两位分别佩有大校军衔的军人，他们的肩头星光闪耀，威武得很。

其中一位大校问，您是王继才？

王继才答，是。

大校说，跟我们走吧。

王继才问，上哪？

大校说，换个地方住。

王继才心想，这地方挺好的，干吗要换个地方呢？但想归想，王继才什么话也没说，就跟着那两位大校军官走了。至于到什么地方去，王继才也没有问。

宾馆的门口停着一辆轿车，是来接他们的。上车后，王继才被送到了京西宾馆。

京西宾馆坐落在北京西长安街，与中华世纪坛、中央电视台、军事博物馆隔路相望。王继才听说过这家宾馆，它隶属于解放军总参谋部，档次较高，主要用于接待国家、军队高级领导，并素有中国"会场之冠"的美誉，经常是中央军委、国务院举行高规格大型重要会议的场所。2014年10月20日至23日，中国共产党十八届四中全会就是在这家宾馆召开的。

让王继才体会到京西宾馆的规格非同一般的，是它严格的保卫措施。王继才是经过安检，方进入宾馆的。

显然，来接王继才的一位大校怕他见怪，连忙解释说，上级派他们来接他，是因为中央领导要找他谈话，所以，有些措施是必要的。

王继才听了，问两位大校，是哪位中央领导？

大校军官神秘地笑了笑，说我们也不清楚，到时候你就知道了。

王继才便想，是哪位中央领导呢？会和他谈些什么？

直到来到2015年"军民迎新春茶话会"的会场，王继才才知道要和他谈话的是中共中央总书记、国家主席、中央军委主席习近平！

习近平主席来到会场时，与会的代表们报以热烈的掌声。

王继才第一次近距离地与中央领导同志在一起，心情激动，一个劲地鼓掌，把巴掌都拍红了！

说是领导找他谈话，其实那是那两位大校夸张的说法。不过，从迎新春茶话会会场安排来看，会场摆有近十张圆桌，王继才竟被安排在习主席左边的位置上。

茶话会由全国"双拥"工作领导小组、民政部、解放军总政治部联合举办。在由全国"双拥"工作领导小组成员、解放军四总部、驻京各大单位、武警部队有关负责人，全国"双拥"模范代表，首都干部群众和驻京部队官兵代表参加的茶话会上，王继才的位置如此显著，不难看出，会议组织者对他是多么重视。

茶话会开始后，首先由时任中共中央政治局常委、国务院副总理的张高丽致辞。他代表党中央、国务院、中央军委，向为保卫祖国、建设祖国作出巨大贡献的人民解放军指战员、武警官兵、民兵预备役人员、部队职工表示诚挚的慰问，向全体烈军属、伤残军人、转业复员退伍军人和军队离退休干部表示亲切的问候，向关心支持国防和军队建设的广大干部和各族人民表示衷心的感谢。

接着，张高丽回顾了过去的一年里，军政、军民紧密团结，"双拥"伟力彰显，要求今后"双拥"工作适应新的形势，力争新的更大的作为，为促进国防实力与经济实力的同步提升，实现中国梦强军梦，作出新的更大贡献！

张高丽讲话结束后，军地文艺工作者表演了以"双拥"为主题的文艺节目。

在会场洋溢着的喜庆热烈的节日气氛中，习近平主席边看节目表演，边与王继才进行了亲切交谈。

王继才觉得守岛这么多年来，舍小家为国家，吃了许多的苦，现在就连远在北京,整日里忙着国家大事的习主席都知道了。习主席说"你们辛苦了",他是代表国家和人民说这个话的,那么,这个话的分量就很重,重得让王继才觉得驻守小岛风风雨雨几十年来的所有的努力与坚守都值了。

于是,王继才对习主席说:"主席这么关心我们,在今后的日子里,我们要加倍努力地守好开山岛,为伟大的祖国站好岗、放好哨!"

采访时,王继才告诉我说,他出席2015年军民迎新春茶话会,与习近平主席近距离地坐在一起,共同度过了一小时十五分钟的美好时光。我想,王继才之所以把时间精确到分钟,是这个历史性的时刻,在他的心中的分量太重了。

为什么要这样说呢?

因为习近平提出的重要执政理念之一,就是"中国梦"。习主席把"中国梦"定义为"实现中华民族伟大复兴,就是中华民族近代以来最伟大梦想",并且表示这个梦"一定能实现"。

而王继才正是一个心中有梦的人。

王继才的梦想很现实,就是要在平凡的岗位上,脚踏实地地做好平凡的事,努力为祖国站好岗、放好哨,实实在在地当好海防卫士!

王继才觉得,他的梦,就是中国梦的一个组成部分。一个人,只要把自己的理想融入国家和民族发展的大业,就会形成巨大的合力,习近平主席提出的"中国梦",就一定会实现!

5....... 涛声依旧

  2014年的秋天，根据中宣部和江苏省委宣传部的统一部署，人民日报、新华社、中央电视台以及新华日报等二十家中央和省级主流媒体组成了联合采访团，来到连云港，对全国重大典型"开山岛夫妻哨"的先进事迹进行了集中采访报道。其中，中央电视台综合频道"朝闻天下"栏目连续三期、综合频道"新闻联播"连续两期，详细报道了王继才和王仕花二人数十年如一日驻守小岛的不同寻常的经历，声势强劲，引起了社会极大的反响。

  与此同时，各种荣誉如同开山岛四周海面盛开的浪花，纷纷簇拥着王继才夫妻！

  其间，王继才和王仕花除了按照上级的安排，参加一些必要的社会活动外，其余时间一律驻守在岛上。他们心里十分清楚，这些年来，自己只不过做了一个公民应当做的事，所有的荣誉，那都是国家和人民对他们的关爱和鼓励。他们需要做的，是一如既往地坚守海岛，一丝不苟地做好本职工作。

  这样想来，面对荣誉，他们便渐渐做到了以一颗平常心坦然对待。他们每天在开山岛这个方寸之地，不厌其烦，重复做着的，仍旧是唱国歌、升国旗，站岗、放哨，测量风向、风速，维护国防设施，观察海空……

只是有时候，闲下来，他们会想多年以后的事，想那时他们已经不再年轻了，到了某一天，终有巡逻走不动路的时候，那该怎么办？

尽管王继才和王仕花曾不止一次地说过，要做开山岛上的一棵不老松，站岗站到老，放哨放一辈子，可是，人的生命是有限的。你不能不想到未来，谁来接你的班，谁会在这个岛上伴着日月星辰继续他们的光荣与梦想。

这成了王继才和王仕花的心事。

依旧是往事了。

2014年10月22日，中国曲艺家协会主席姜昆和演员周炜、戴志诚等人来到开山岛，为王继才夫妻二人作了专场慰问演出。

艺术家们表演了精彩的节目。

当演出即将结束时，担任报幕的央视著名主持人鞠萍提议，让王仕花王大姐给大家唱首歌。

鞠萍的提议，得到了众人的响应，大家报以热烈的掌声。

王仕花知道推脱不过去了，索性大大方方地出场，大大方方地为大家唱了一首歌。她唱的是一首名叫《最浪漫的事》的歌。只不过她把歌词改了，改成自己需要的了。

王仕花在歌中这样唱道——

> 背靠着背坐在礁石上，
> 听听海涛轻轻歌唱。
> 你希望我越来越年轻，
> 我希望你放我在心上。
> 你说想送我个浪漫的梦想，

谢谢我伴你驻守海疆,
哪怕用一辈子坚守承诺,
只要心里有就记住不忘。
我能想到最浪漫的事,
就是和你一起慢慢变老,
一路上收藏点点滴滴的欢笑,
留到以后面对星辰日月慢慢聊。
我能想到最浪漫的事,
就是和你一起守着开山岛慢慢变老,
直到我们老得哪儿也去不了
就待在岛上看夕阳不也挺好……

王仕花用略带沙哑的嗓音,把这一首改编了词的歌唱得韵味十足。当时,作为听众的远道而来的艺术家们听得如痴如醉。这倒不是因为王仕花的歌唱在艺术上多么完美,最重要的是情真意切,她唱出了她和丈夫王继才共同的心声!

王仕花唱完,那些北京来的见多识广的艺术家们被她感动了。

姜昆激动地说:"唱得好!"

接着,姜昆对在场的演员们说:"开山岛的故事应该让更多的人知道。……艺术来源于生活,王继才夫妇的故事是最生动的艺术创作素材,他们身上体现出的爱国主义精神,更是我们文艺创作永恒的主题。"

后来,有的演员颇感兴趣地问王仕花,你是怎么想到要改编《最浪漫的事》的歌词的?

王仕花只是笑了笑,没有回答。

其实,对于王仕花来说,面对未来,她和王继才生活中的一个愿望,就是"一起守着开山岛慢慢变老",就是"直到我们老得哪儿也去不了,就待在岛上看夕阳不也挺好"……

　　为此,他们还曾经不止一次地聊过,说假如——仅仅是假如,要是有来生,她和他还要到开山岛来,在岛上谈恋爱,爱得要死要活,爱得让蓝天白云妒忌,爱得让海浪波涛生恨。他们要在岛上生娃娃,仍然是让王继才接生。届时王继才肯定轻车熟路,不至于惊慌失措、手忙脚乱了。他们要让他们的孩子读开山岛小学,每天早晨都要举行升旗仪式。他们要站岗、放哨、巡逻,要识别各种飞行器,要在大雾天为过往的船只敲打脸盆,为船老大导航。他们的生活条件肯定比现在要好,但每过一段时间,他们仍要拿海蛎子当饭,认认真真地吃一顿,为的是记住那些在暴风雨袭击的情况下缺粮断顿的艰苦日子……

　　而这些,怎么和北京来的演员们讲呢?有些话,只能搁在心里,直接说出来,会让王仕花感到不好意思。

　　已经记不清具体是哪一天了,有一个年轻的小伙子来到开山岛。

　　这个小伙子见到王继才和王仕花,自我介绍,说他是山东潍坊人,名叫王浩成,大学毕业后来到江苏,现经过应聘,在燕尾港镇的一个村里当"村官"。

　　王浩成说完这些,就径自在岛上转,把能够到的地方都走到了,把能够看的东西都一一看了,然后也不说什么,接着搭乘来的船走了。

　　当时,王浩成给王继才夫妻的印象是个"观光客",因为好奇,找个顺路的船搭乘一下,来岛上看一看,仅此而已。

　　让王继才想不到的是,过了一些时候,王浩成又来了。

　　王浩成再一次来到开山岛,明确地告诉王继才和王仕花,说他被他们长年守岛的事迹感动,爱上开山岛了。他愿在王继才和王仕花退休之后,接他们的班,当一名小岛哨所的新兵!

　　听王浩成这么说,王继才夫妻又惊又喜。

　　惊的是,可能吗?中国正处于转型期,生存环境的复杂性势必深刻地影响到当代年轻人这个群体。如今社会上的年轻人，物质欲普遍强烈，大多看重的是房子、票子和车子。他们大学毕业了，自以为有了资本，在择业等方面，偏重于向往都市生活，不说是憧憬灯红酒绿吧，最起码大城市有着宽广的信息和社交平台，有着较为舒适的工作环境，有着可供拼搏并不断晋级的职场空间，有着可以大把大把挣钱的机会……然而，上述这些开山岛有吗？没有！于是乎，王浩成的表白便值得存疑。

喜的是，如果这是真的，那不正是王继才和王仕花所盼望的吗？毕竟他们的年纪越来越大了，将来谁来接班，谁来继续守岛，他们不能没有考虑。说实话，年轻人有梦想，这是好事。当初，他们年轻，不是也有梦想吗？不是为了实现梦想，毅然上岛，一守就守了数十年吗？！有梦想，人生有精彩，国家有未来。习近平主席说："青年是标志时代的最灵敏的晴雨表，时代的责任赋予青年，时代的光荣属于青年。"习主席还说："现在在高校学习的大学生都是20岁左右，到2020年全面建成小康社会时，很多人还不到30岁；到本世纪中叶基本实现现代化时，很多人还不到60岁。也就是说，实现'两个一百年'奋斗目标，你们和千千万万青年将全过程参与。"他们希望王浩成是真诚的，这样一来，开山岛民兵哨所就后继有人了！

而王浩成说话当话，此后每隔一段时间，他就上岛上来，和王继才、王仕花一起站岗、放哨、巡逻……他说，他是在提前加入，权当实习，熟悉生活。

2014年的中秋节，王浩成来到开山岛。

王继才说，过节了，也不多陪陪女朋友，上岛来干什么？

王浩成经常到岛上来，时间长了，他和王继才夫妻成了朋友，相互之间无话不说。这不，就连王浩成有了女朋友的事，他也不瞒着他们。所以，王继才体贴王浩成，心想平日里工作忙，好不容易过节了，有了假期，年轻人应当享有他们独立的空间，毕竟小伙子正在谈恋爱嘛！

见王继才这么说，王浩成倒是爽快，他大大咧咧地说，没事，她听我的。我说到岛上来，她绝对没意见。

说着，王浩成嘿嘿地笑着，一脸山东人特有的憨厚样子。

王继才便不再说什么。

王浩成来到岛上，从不把自己当外人，他见王继才夫妻去巡逻，二话不说，跟着就走。

王浩成不是第一次在岛上跟着王继才夫妻执勤，他对巡逻的路线已经很熟悉了。于是，王继才和王仕花在前面走，王浩成跟着，而在王浩成的身后，是一白一花的两条狗。

他们一行三人加两条狗，从住处沿着石头台阶往下走，到了海边的小路上，接着朝左拐，然后围着小岛巡视一圈。

说实话，巡逻的路不大好走，有的地方甚至根本就没有路，他们需要翻过一座座礁石，越过一段乱石滩，才能把巡逻的路线走完。

说起巡逻，并非象征性地围着小岛走一圈便了事。巡逻的主要任务，是近距离地巡视近海海面和海滩，看看有没有可疑的漂浮物。

王浩成随同王继才夫妻巡逻，一路上虽然处处艰辛，却一切正常，并没有发现海上有什么可疑之物。

待巡逻完毕，回到住地，王浩成接到一个电话，是他女朋友打来的。

电话中，王浩成的女朋友向他发出了最后通牒。女友说，王浩成，限你明天中午十二点前出岛，否则，就分手！

王继才说，情况不妙嘛！

王浩成无奈地摇了摇头，然后苦笑着对王继才说，说得容易，明天中午出岛……哪有船啊！

是啊，在岛上，不是说走就走得了的。出岛，得搭乘过路的渔船。

王继才说，浩成，看来你的女朋友并不像你所说的那样，在上岛这件事上"听你的"。

王浩成不好意思地"呵呵"着。

接着，王浩成说，志不同，道不合，不行，就吹呗！

我在开山岛采访时，向王继才问及王浩成的情况。王继才说，小伙子考上研究生，现在在北京上学呢！

我说，他说过没有，将来研究生毕业了，回来守岛，接你们的班？

王继才说，他说了。

王继才说，2014年10月13日的《人民日报》报道了这方面的情况。

王继才接着说，不过，今后让一个研究生来做我们现在做的工作，你说，是不是有点大材小用，可惜了？

如今，王继才和王仕花依旧抱定"守岛就是守家，国安才能家宁"的坚定信念，继续坚守岗位，不厌其烦地做着三十二年来他们每天都要做的诸如站岗、放哨、巡逻等等那些平凡的事儿……

结束语

写到这里,两个人的哨所和一座小岛的故事就讲完了。

但我仍觉得意犹未尽。

我说过,我曾在离王继才夫妻驻守的开山岛不远的一座名叫达山岛的小岛拥有过一段生命中难忘的军旅生涯。有此经历,我对王继才和王仕花三十二年来为了国防事业的需要,不离不弃地坚守海岛,怀有一种近乎本能的亲近之感。

一个人一生中,能有多少个三十二年?

一个人能够用三十二年甚至更长的时间,在一个偏远的角落独自默默地做着一件利民利国的事,且把这件事做得风生水起,十分到位,十分纯粹,这样的人怎么能不叫人敬佩?!

别的不说,就说三十二年来王继才夫妻远离人群所经受的寂寞与孤独吧,在当今社会,并非是大多数人能够忍受得了的。我在小岛上生活过,感受过这种类似被弃于世界之外的寂寞与孤独。如果说,痛苦有极点,那么,极点是什么?就是痛苦得让你说不清、道不明。而寂寞与孤独,便是这样的一种痛苦。有时,你想抓它、挠它,想把它捉住撕得粉碎,可是它却总能成功地躲过你的追杀。有时,你愤怒极了,想对它吼，对它喊，对它用最恶毒的语言进行一番怒骂，却无奈得很，你根本就找不到对手，甚至连它的影子都见不到。它是无形的，却又是有形的。它需要让你难受时，就会立即出现在你的面前，或者潜入到你的内心！在岛上，你可以想方设法躲过狂风，避开暴雨，可以做到不理睬乌云，不触碰巨浪，然而，你却不能够远离寂寞，远离孤独。因为它对于你，似乎是与生俱来的，你若想战胜它，唯一的方式，就是使自己的内心强大起来！

其实，内心的强大，不是空洞的，它由许许多多实实在在的元素组合而成。比如，力量。

我们知道，一个人内心的强大，需要力量的支撑。

我们还知道，一个民族、一个国家，同样需要力量，需要一种持久的、深层的力量。那么，这种力量是什么？是全社会共同认可的核心价值观，它既承载着一个民族、一个国家的精神追求，也体现着一个社会评判是非曲直的价值标准。因此，践行社会主义核心价值观，并以此为人生价值去遵循，实现个人与社会的良性互动，就能够在实现富强、民主、文明、和谐的国家大目标下，实现个人的目标。

王继才夫妻便是如此！

对于王继才夫妻来说，还有一个关键词，即"承诺"，让我深受感动。

因为写作的需要，我与王继才先后接触了几次。他给我的印象是为人厚道、实在。他的话不多，一般情况下，你问他什么，他答什么。而且他的答话非常简约，能三五句说清楚的，绝不拖泥带水。即使是后来我们之间熟悉了，他在语言上也显得比较吝啬，情愿坐在那里默默地抽烟，也没有多余的话说。

但尽管话语不多，每每他说出的话，一句是一句，如同板上钉钉，牢靠得很。比如1986年7月，县武装部政委王长杰找到王继才，和他谈，说岛上需要建立民兵哨所，要有人在那里站岗、放哨；说组织上认为他合适，决定把这个任务交给他。王继才当场表态，感谢上级对他的信任。他一定不辱使命，为了国家的安全，社会的繁荣昌盛，守好海岛！王长杰说，在这之前，我们先后派了四个人守岛。可是他们吃不了那份苦，时间不长，一个个都走了。继才，这个阵地你得守住，不能再败下阵来。岛虽小，却是国家的战略要地。要是你不守，我不守，谁来为国家守这个岛？！王继才立正答道，请上级放心，今后岛在人在！

岛在人在，这就是王继才的承诺！

信守承诺，是中华传统美德之一。你只要看看"言而有信""君子一言，驷马难追""言必信，行必果""一诺千金"等这些富有中国传统文化意蕴的文字表述，就能掂量得出"承诺"在人们心目中处于什么样的重要地位。

其实，不仅仅中国文化如此，外国人也看重承诺。巴尔扎克说，遵守诺言就像保卫你的荣誉一样。松下幸之助说，信用既是无形的力量，也是无形的财富。阿米尔说，信用就像一面镜子，只要有了裂缝就不能像原来那样连成一片。大仲马说，当信用消失的时候，肉体就没有生命。西塞罗说，没有诚信，何来尊严？左拉说，失信就是失败……

王继才一诺千金三十二年，把男儿的侠义担在双肩。

——为了一句承诺，王继才最初也有过彷徨与动摇，他曾想过退缩，想过放弃，但面对躺在病床上的王长杰，他知道该怎么样去坚守，守住自己心灵的那块阵地。

——为了一句承诺，王继才在他的父亲、母亲、二舅，还有大哥去世的时候，因为工作的需要，均未能够出岛，为亲人生命中的最后一程送行。自古忠孝难两全。为了恪守心中的诺言，王继才舍弃了很多，在三十二年漫长的日子里，他的青丝可以染上银霜，不可改变的，是诚信。

——为了一句承诺，王继才忍痛割爱，让他的大女儿王苏辍学在家，照顾年幼的弟弟、妹妹。每次回家探望的时候，王继才的心都在流泪。但远方在召唤，他毅然按时返回到了小岛。对于王继才来说，他心中有爱，更有超越亲情之爱的神圣殿堂，那就是国家的利益——更高层次上的爱，大爱！

——为了一句承诺，王继才和妻子王仕花吃了许多苦。因长期守岛，空气潮湿，他们患有较重的风湿性关节炎，甚至有的骨节已经变形……但他们言忠信，行笃敬，恪守古老相传的信条，以奉献和担当，在两个人驻守的小小海岛上，演绎出了现代传奇……

实际上，当年王继才的承诺，不仅仅是对县武装部政委王长杰作出的，更是对国家对人民作出的。他用最朴素的语言，诠释了生活中最为深奥的命题。

对于王继才来说，一个恪守了大半辈子，并将继续恪守下去的承诺，重如泰山啊！

我相信世间万物皆有灵魂。

山有山魂，海有海魂，军有军魂，国有国魂，中华民族应当有着民族之魂。

不管是人是物，有了灵魂显然就不一样了，它会多了灵气，多了活力，多了坚韧，也多了强大。若是一座山，那必定拔地而起，气势磅礴；若是一条河，则注定波浪宽广，花香两岸。云飞，要飞得姿态非凡，不同凡响；霞舞，也要舞出风情万种，仪态万方。总之，不论身在何处，它都是标杆，都是峰巅，都是满满的正能量！

言归正传。

从今年春天开始，我接到出版社的约稿，按照既定的选题，通过采访，走进了"开山岛民兵夫妻哨"的生活，然后断断续续地进行了写作。时值初秋，我写完了这本书。在给书起名的时候，我自然而然地想到了"海魂"这两个字。

我觉得，大海是有灵魂的。

通过寻找，我找到了它，并把它记录在这本书的字里行间……

补记

就在这本书即将付印时，传来噩耗：全国"时代楷模"，江苏省"海防模范民兵哨所"、灌云县开山岛民兵哨所所长王继才执勤期间突发疾病，经抢救无效，不幸于2018年7月27日去世，终年五十八岁。

2018年8月6日，中共中央总书记、国家主席、中央军委主席习近平对王继才同志先进事迹作出重要指示强调："王继才同志守岛卫国32年，用无怨无悔的坚守和付出，在平凡的岗位上书写了不平凡的人生华章。我们要大力倡导这种爱国奉献精神，使之成为新时代奋斗者的价值追求。"

8月6日，王继才妻子王仕花向上级有关部门递交了继续守岛的申请。王仕花说："老王跟我说过，就算他哪天走了，也要在岛上走，在岗位上走。"王继才兑现了自己的诺言。如今她要握紧接力棒，继续完成神圣的使命。

刘晶林
2018年8月8日

图书在版编目（ＣＩＰ）数据

海魂：两个人的哨所与一座小岛 / 刘晶林著. —南京：江苏凤凰文艺出版社，2018.9
 ISBN 978-7-5594-2267-5

Ⅰ.①海… Ⅱ.①刘… Ⅲ.①报告文学－中国－当代 Ⅳ.①I25

中国版本图书馆CIP数据核字(2018)第123191号

书　　　名	海魂：两个人的哨所与一座小岛
著　　　者	刘晶林
责 任 编 辑	牟盛洁
出 版 发 行	江苏凤凰文艺出版社
出版社地址	南京市中央路165号，邮编：210009
出版社网址	http://www.jswenyi.com
印　　　刷	江苏凤凰通达印刷有限公司
开　　　本	718×1000毫米　1/16
印　　　张	17.75
字　　　数	180千字
版　　　次	2018年9月第1版　2018年9月第3次印刷
标 准 书 号	ISBN 978-7-5594-2267-5
定　　　价	42.00元

（江苏文艺版图书凡印刷、装订错误可随时向承印厂调换）